ANTIQUARIAT

HANS ERNST
BEVOR DIE SONNE VERSINKT

HANS ERNST

Bevor die Sonne versinkt

Roman

TITANIA-VERLAG STUTTGART

Verlags-Nr. 9416
ISBN 3 7996 9416 1

Alle Rechte vom Verlag vorbehalten
Printed in Germany
Druck: Wilhelm Röck,
Weinsberg (Württ.)

Als Barbara Reingasser, die Sennerin auf der Brachtensteinhütte, die Fensterläden aufstößt, erschrickt sie fast vor dem Farbwunder, mit dem das Morgenrot alles überflutet. Es fließt wie ein breiter Strom von den Bergen herunter und taucht alles in ein opalisierendes Licht, die Latschenhänge, die Almwiesenbuckel und die Hütte selber. Über den tiefer liegenden Wald zuckt es hin, als würde ein Baumwipfel dem anderen ein Feuer zeichnen. Barbara schaut so lange in dieses Morgenrot, bis ihr die Augen davon brennen. Sie hat schon oft die Sonne hinter den Bergen rötlich heraufsteigen sehen, aber so stark noch nie. Natürlich wird es Regen geben. Aus dem Gezweig des Vogelbeerbaumes hinter der Hütte ruft schon der Regenvogel.

Barbara Reingasser ist achtundzwanzig Jahre alt. Sie ist groß gewachsen, aber nicht gerade das, was man eine Schönheit nennt. Daß ihre Figur tadellos ist, wird ihr zwar oft gesagt von Bergwanderern, die bei ihr einkehren, aber von der Figur kann man nicht auf das schließen, was im Innern eines Menschen blüht. Wenn es wahr ist, daß die Seele eines Menschen sich in den Augen spiegelt, dann leuchtet aus den Augen der Barbara eine große Seele, spiegelt sich Güte, Hilfsbereitschaft und auch ein bißchen Einfältigkeit, eine Vertrauensseligkeit, die noch niemand belohnt hat. Ihr Gesicht ist etwas breitflächig. Das Schönste darin sind ihre Augen, die ein paar dichte

Brauen überschatten und die so nußbraun sind wie die dicken Zöpfe, die sie über der Stirn verschlungen trägt.

Sie steht mit beiden Füßen fest im Leben, dürfte bloß nicht so leichtgläubig sein. Weil sie selber nie lügt, glaubt sie auch, daß sie nicht angelogen wird, und dadurch hat sie schon ein paarmal schmerzliche Enttäuschungen erlebt. Sie sehnt sich ein bißchen heftig nach Liebe, und das geriet ihr oft zum Verderben, weil es nicht jeder Mann gern hat, wenn er zu heftig mit Liebe überschüttet wird.

Der Regen wartet an diesem Augusttag nicht bis zum Mittag. Gegen zehn Uhr rauscht er bereits heran, mit schweren Tropfen, wie man sie eigentlich nur bei einem Gewitter kennt. Das dauert fast eine Stunde, dann läßt er nach, der Regen strömt nun gleichmäßig und von keinem Wind getrieben nieder. Der Himmel ist ein einziges Grau. Nebelschwaden hängen weit über die Berge herunter, verhüllen auch das Almfeld vollends, daß man die Rinder drunten gar nicht mehr sieht, die sich im Schutz der Bäume zusammendrängen. Nur von Zeit zu Zeit hört man eine Glocke bimmeln, gerade als ob die Tiere sich bemerkbar machen wollten, daß sie noch nicht im Nebel ertrunken sind.

An diesem Tag sind keine Bergwanderer unterwegs. Die Dämmerung fällt schon früh herein. Barbara schließt die Fensterläden, zündet die Petroleumlampe an und nimmt sich einen zerrissenen Janker vor, dem ein paar Flecke aufzusetzen sind. Ihr Dienstherr, der Krassinger von Hierling, sorgt schon immer dafür, daß sie sich keine Feierstunde gönnen kann. Jeden Freitag, wenn er mit dem Fuhrwerk heraufkommt, um die Almerträge abzuholen, bringt er einen ganzen Korb voll Flickwäsche, Strümpfe und Socken zum Stopfen mit. Eigentlich ist es mehr die Bäuerin, die in ihren Mann hineinhetzt.

„Ich kenn mich herunten am Hof nimmer aus vor lauter Arbeit, und die Barbara sitzt droben auf der Alm und weiß net, wie sie sich die Zeit vertreiben soll. Und dafür zahlst du ihr auch noch fünf Mark in der Woche. Ich möcht net wissen, was die auch noch an Trinkgeldern kassiert."

Sie gibt nicht zu, daß diese Barbara in allem eine viel geschicktere Hand hat als sie. Wenn Barbara zum Beispiel einen Hosenboden einsetzt, ein Schneider könnte es nicht besser machen. Trotz ihrer schweren Arbeitshände kann sie zerrissene Strümpfe stopfen, daß es wie ein Kunststück aussieht.

Barbara hat ein kleines Feuer angemacht. Es ist gemütlich warm in der großen Sennstube. Im hintersten Winkel sind Balken und Dachsparren ganz verrußt von der Feuerstelle darunter, über der ein mächtiger Kessel hängt, in dem Käse zubereitet wird. Vorn ist ein viereckiger Tisch mit einer Bank, die sich um die Ecken zieht. Über dem Tisch in der Ecke ein Herrgottswinkel, mit Latschen und Almrausch geziert. Links im Hintergrund führt eine schmale Treppe zum Heuboden hinauf, eine Falltür geht zum Keller, eine zum Stall hinaus, und an der rechten Wand befindet sich noch eine Tür mit zwei Treppen, die in die Schlafkammer der Sennerin führt.

Es ist so still und friedlich. Nur der Regen rauscht vor den Fenstern. Manchmal knistert das Feuer, und dann ist noch das Ticken der kleinen Kuckucksuhr zu hören. Plötzlich Schritte vor der Hütte draußen. Barbara erschrickt gar nicht, sie denkt sich nur: ‚Wer wird denn heute, bei diesem Wetter, noch kommen?' Da wird die Türe bereits aufgestoßen, und ein großgewachsener Mensch tritt über die Schwelle. Sein Lodenumhang ist völlig durchnässt. Er nimmt den Hut ab und schleudert das Wasser aus ihm. Da sieht Barbara, daß er semmelblonde Haare hat, einen ganzen Wulst von Haaren. Unsicher schaut sie auf ihn, der sie jetzt anlacht.

„So ein Sauwetter! Da soll man keinen Hund nausjagen." Barbara legt ihr Flickzeug weg und schaut ihn genauer an. Er ist ein Mannsbild, wie sie selten eines gesehen hat. Sein schmales, wettergebräuntes Gesicht wirkt wie geschnitzt. Die Oberlippe ziert ein schmales, blondes Bärtchen, seine Augen sind hell wie das Quellwasser im Brunnen. Trotzdem, Anstand hat er keinen, denkt sie. Das kommt auch in ihren Worten zum Ausdruck, als sie sagt:

„Sonst sagt halt einer Grüß Gott, wenn er reinkommt, oder wenigstens gut'n Abend."

„Oh, entschuldige", sagt er mit spöttischer Höflichkeit. „Recht schönen Abend, schöne Sennerin. Aber es stimmt doch, einen Hund soll man net nausjagen bei so einem Wetter."

„Du bist aber doch draußen gewesen."

„Weil ich muß. Hockte auch lieber in einer warmen Stube. Der Nebel ist grauslich. Beinah wär ich an deiner Hütte vorbeigelaufen."

„Es ist net meine Hütte."

„Aha. Aber ich darf noch ein bissl rasten da?"

„Das kann ich dir wirklich net verwehren. Du bist ja durch und durch naß, wie mir scheint."

„Bis auf die Haut, und weiter geht's net. Ich darf doch meinen Umhang und die Joppe da hinten ans Feuer hängen?"

Barbara nimmt ihm den Umhang aus der Hand und hängt ihn an die Stange neben dem Herd. Sie legt auch ein paar Scheiteln in die Glut, hängt einen Topf mit Wasser darüber. Sie weiß selber nicht, warum sie es tut. An einen heißen Tee, mit Schnaps drin, denkt sie. Draußen ist Nebel und Regen, aber seit dieser Mensch die Hütte betreten hat, ist ihr gerade, als hätte er ein paar Sonnenbänder mit hereingebracht. Immer wieder schaut sie ihn verstohlen an.

„Wo kommst denn überhaupt her bei dem Wetter?" fragt sie.

„Verlaufen hab ich mich", antwortet er. „Für einen Viehhändler hab ich ein paar Kalbinnen ins Tirolerische nübergebracht. Drei Tag bin ich bereits unterwegs, und heimzu, da hab ich mir denkt, steigst übern Rofan, dann bist schneller wieder daheim. Unterhalb wars Wetter noch ganz schön. Aber wie ich rüberkomm, da ist der Regen da und später noch der verdammte Nebel. Wer weiß, wo ich hingeraten wär, wenn ich im letzten Augenblick die Hütte da net g'sehn hätt. Hätt ja auch leicht abstürzen können. Aber es wär net schad um mich, kein Mensch weint mir nach."

„Wie kannst denn so was sagen!"

„Ja, ja, manchmal verdrießt einen halt das ganze

Leben. Aber ich darf ja von Glück sagen, daß ich da hergefunden hab. Hoffentlich komm ich dir net ungelegen."

„Nein, warum? Magst jetzt vielleicht einen heißen Tee und einen Schnaps rein?"

„So was kann net schaden. Bin doch ziemlich ausgefroren. Aber ich mach dir ja bloß Arbeit."

„Die bin ich gewohnt."

Inzwischen hat er auch seine Joppe ausgezogen und hängt sie zur Lodenkotze an die Herdstelle. Zum erstenmal stehen sie jetzt nebeneinander. Barbara ist nicht viel kleiner als er. Wenn sie nur den Kopf ein klein wenig hebt, sieht sie gerade hinein in seine Augen. Eine ganze Weile stehen sie so voreinander, dann wendet sich Barbara schnell ab, seiht den Tee durch und trägt die große Tasse zum Tisch vor. Sie legt den halben Brotlaib dazu und einen Ballen Butter.

„Ui jeggerl, ui jeggerl", sagt er, „du sorgst ja für mich wie eine Mutter. Dank dir recht schön, Dirndl."

„Ist gern geschehn, Fremder", antwortet Barbara. „Und laß es dir schmecken jetzt." Sie sitzt ihm gegenüber, hat das Kinn auf die Hände gestützt und schaut ihm zu, wie er bedächtig das Brot ißt und den Tee schlürft. Mein Gott, denkt sie, so einen als Liebsten haben! Sofort verdrängt sie diesen Gedanken wieder. Wenn einer so aussieht wie der, da müssen ihm ja die Weiber nachlaufen wie die Kinder dem Rattenfänger zu Hameln. Barbara will sich keine Hoffnungen mehr machen, das hat sie sich geschworen. Mit einer Magd kann ja keiner was anfangen. Mit der kann man sich keine Existenz gründen. Eine

Magd ist einmal gut fürs Stroh, sie kann einem Hunger und Durst stillen, aber darüber hinaus gibt es nicht viel zu rechnen. Trotzdem findet sie jetzt den Mut zu fragen:

„Jetzt sag mir einmal, Fremder, wo bist denn du daheim?"

Er stellt die Tasse nieder und schaut sie mit einem sonderbaren Blick an.

„Warum sagst du denn allweil Fremder zu mir?"

„Ich könnt ja auch Nebelmensch sagen, denn aus dem Nebel bist ja gekommen."

Er sinnt ihren merkwürdigen Worten ein wenig nach, bis er sagt:

„Ferdinand Höllriegl heiß ich. Du kannst aber auch Ferdl sagen zu mir. Und daheim bin ich in Knödling."

„Wo liegt denn das?"

„Nimmer in den Bergen herinnen, eher draußen im Flachland."

„Bist ein Bauer, gell?"

Er schüttelt den Kopf und schiebt die leere Tasse zurück. „Bis vor ein paar Jahren, da war ich Knecht, dann hab ich mich selbständig gemacht."

„Und was treibst du da so alles?"

„Alles, was hergeht. Jetzt hab ich für einen Viehhändler ein paar Kalbinnen über die Grenze gebracht, dann hab ich auch Torf gestochen, einen Holzschlag übernommen, was halt alles so anfällt. Reich wird man net dabei, wenn man kein Anfangskapital hat. Aber wenigstens bin ich mein freier Mann jetzt und nimmer der Knecht von einem Bauern. So, und jetzt darf ich wissen, wer du bist und wem du dienst."

„Barbara heiß ich." Sie räumt den Tisch ab und geht ein paarmal hin und her, setzt sich wieder zu ihm, diesmal nicht gegenüber, sondern neben ihn. „Beim Krassinger in Hierling bin ich Stalldirn."

„Wie sich das schon anhört, Stalldirn, Stallmagd. Wie ein letzter Dreck in der menschlichen Gesellschaft."

„Warum bist du denn so verbittert?" fragt sie.

„Wenn man sieht, wie andere sich alles leisten können, dann merkt man erst, wie ungerecht es im Leben zugeht. Die einen haben alles, die andern nix."

„Daß du dich über so was aufregen kannst. Reiche und Arme hat es allweil schon gegeben und wird es immer geben."

„Ein Maulwurf, der arbeitet sich raus aus dem Dreck, aber unsereiner, wenn er sich rausarbeiten möcht, dann tritt man mit den Füßen auf ihn."

„Dem Maulwurf stellt man auch Fallen!"

Er steht jetzt auf, holt aus seiner Joppe eine halblange Pfeife und zündet sie an. Er pafft erst ein paar Wölkchen gegen die Decke, bis er das Thema ändert.

„Müssen wir zwei überhaupt über unsere Armut reden?"

„Müssen wir net. Wenn man g'sund ist, ist man net arm."

„Da hast auch wieder recht, Dirndl", lacht er. „Und g'sund bin ich, da fehlt nix." Er läßt die Muskeln an seinem Arm spielen und verlangt, daß sie sie prüfen solle. Mit einer Hand kann sie die Muskeln seines Oberarmes gar nicht umfassen, sie sind so hart wie Stein.

Ach, es ist alles so gemütlich auf einmal. Die Nähe

eines Menschen, der süßliche Pfeifenrauch, der den Raum erfüllt, der kleine Kuckuck, der sich aus dem Türchen reckt und die neunte Abendstunde anschreit. Barbara rückt keinen Zentimeter zur Seite, als er sich näher zu ihr hinschiebt und ihr Knie berührt.

„Regnet es eigentlich noch?" fragt er.

„Solange man die Dachrinne plätschern hört, regnet es noch."

„Da hast auch wieder recht. Aber wenn es die ganze Nacht so regnet – ich mein, du wirst mich doch net wieder nausjagen?"

Nein, das kann sie wohl nicht. In der Hütte ist ja Platz genug, droben im Heu oder draußen im Stall. Nein, fortjagen will sie ihn gewiß nicht. Es wäre überhaupt schön, immer so sitzen zu bleiben, seiner langsamen, schweren Stimme zu lauschen und seine hellen Augen auf sich gerichtet zu fühlen. Was ist denn das nur mit mir, denkt sie. Gespannt horcht sie in sich hinein. Ihr Herz klopft so heftig, daß sie meint, er müßt es sehen, an der Ader am Hals. Da sagt er auf einmal:

„Schöne Augen hast du."

„Ist's wahr?"

„Wenn ich es sag. Und ich lüg net gern."

„Da wärst du aber eine Ausnahme. Ihr Mannsbilder lügt doch alle."

Plötzlich legt er den Arm um sie.

„Da hat eine schlechte Erfahrungen gemacht, scheint mir."

„Ich glaub keinem mehr was."

Er nimmt die Pfeife aus dem Mund und legt sie hinter sich auf das Fensterbrett.

„Ja, ja, das alte Lied. Wenn einer recht Süßholz raspeln kann, dann fallt ihr gleich drauf rein. Aber wenn es einer ehrlich meint . . ."

„So wie du vielleicht?" unterbricht ihn Barbara.

„Ich möcht mich net besser machen als ich bin, aber eine, die an mich glaubt, der könnt ich den Glauben net zerstören."

Er hebt horchend den Kopf zum Fenster hin.

„Und grad regnen und grad regnen. Mir graust direkt, wenn ich wieder naus muß in die Nacht. Aber es wird mir ja doch nix anderes übrig bleiben."

„Deine Sachen sind noch net trocken", sagt sie, und sie sagt es so, als wünsche sie, seine Sachen wären bis zum andern Tag noch nicht trocken. „Es wird dir schon nix übrig bleiben, als daß du im Heu droben übernachtest."

„Im Heu oben? Bei den Mäusen. Geh, so hartherzig kannst du doch gar net sein."

„Aber – aber – ich kann dich doch net in meine Kammer mit neinnehmen."

„Warum eigentlich nicht?"

Er umfaßt sie nun fester. So schmeichlerisch ist sein Werben und so bittend seine Stimme.

„Und wenn ich dir verspreche, ganz brav zu sein?"

„Das sagst jetzt, und wenn ich dich in meine Kammer laß, dann tätest sicher auch recht frech werden."

„Auf Ehrlichkeit, ich rühr dich net an." Er hebt die drei Schwurfinger. „Ich schwör dirs, Barbara, ich rühr dich net an."

Seine Wange schmiegt sich an die ihre. Sie ist rauhgrätig und hat sicher schon tagelang keine Rasur mehr erlebt. Aber seine scheue Zärtlichkeit macht ihr Herz ganz erregt, und was er ihr da alles ins Ohr flüstert, ist so verwirrend, daß ihre Hände zu zittern beginnen. Von der Armut redet er, von der seinen und von der ihren, und daß die Armen sich doch sonst nichts schenken können als ein bisserl Liebe und Gutsein. Das sei doch ihr Brot, so ähnlich wie das Manna, das einmal vom Himmel gefallen ist.

Ein bisserl Liebe, denkt Barbara. Ach, sie ist ja so ausgehungert. Aber das kann sie ihm doch nicht sagen, denn bei allem ist es in ihrem Kopf noch ganz klar, und sie sagt sich: ‚Er ist doch ein Fremder, wer weiß, ob er überhaupt Ferdinand heißt. Er wird wieder gehn und wahrscheinlich nie mehr kommen.'

Langsam nimmt sie seine Hand von ihrer Hüfte. Sie öffnet ihr Schürzenband und deutet mit dem Kinn in den Hintergrund.

„Da hinten geht es zum Heuboden nauf. Es liegen auch ein paar Decken droben."

Bevor sie sich's recht versieht, steht er breitbeinig vor ihrer Kammertür.

„So hartherzig könntest du sein? Bärbele, das bringst du doch gar net über dein Herzl." Er seufzt ein paarmal tief. „Da trifft man endlich einen Menschen, dem man wirklich gut sein könnt, und dann wird man ins Heu naufgeschickt. Ich bin doch ausgefroren und durchnäßt. Ich glaub, es tät dir gar nichts ausmachen, wenn ich mich zu Tod erkälte da droben im Heu."

Hilflos schaut sie ihn an. Unschlüssig nimmt sie die Bierflasche, in deren Hals eine Kerze steckt, die sie anzündet. Dann löscht sie die Petroleumlampe aus. Nun steht sie wieder vor ihm, der bereits die Kammertür geöffnet hat.

„Was mach ich jetzt bloß mit dir?"

So fragt nicht die Unschuld, sondern eine Frau, die sich in die Enge gedrängt fühlt und mit ihren Gedanken nicht mehr ganz zurecht kommt.

„Bärbele, sei doch net so hart zu mir."

Unschlüssig nimmt sie den Kerzenleuchter von der einen Hand in die andere. Sie leuchtet in sein Gesicht.

„Erbarm ich dir denn gar net?" flüstert er, und dann beugt er sich schnell vor und küßt sie.

Die Küsse fallen zwar wie Feuer in ihr Blut, aber sie reagiert äußerlich nicht darauf, sie will sich in der Gewalt halten. Aber dann lehnt sie doch den Kopf an seine Schulter und bittet ihn:

„Aber du mußt heraußenbleiben, bis – bis ich im Bett bin."

„Und wenn ich drei Stunden warten müßt, Bärbele."

Wie er dieses Bärbele ausspricht, so weich und so zärtlich. Noch nie hat sie jemand so genannt. Immer nur dieses harte Barbara, das so polternd klingen kann wie Kettengerassel.

Er bleibt dann tatsächlich vor der Tür stehen. Er hört die fallenden Kleider hinter der Türe rascheln, das Aufklopfen des Bettzeugs mit harter Hand. Dann wird die Kerze ausgeblasen.

„Liegst schon?" fragt er flüsternd und öffnet die Tür.

Rabenschwarze Dunkelheit. Er reißt ein Zündholz an und sieht ihre angstvollen Augen.

„Ich tu dir doch nix", flüstert er, obwohl er das auch laut hätte sagen können, denn es ist niemand da, nur das leise Rauschen des Regens draußen vor der Hüttenwand. Barbara sitzt aufrecht im Bett. Sanft legt er seinen Arm um sie, und sie spürt, daß er mit der anderen Hand seine Schuhe aufschnürlt.

Dann merkt er, daß sie eine rauhe Decke zusammengerollt hat, die zwischen ihm und ihr wahrscheinlich die Grenze sein soll. Sie sieht nicht, daß er dazu lächelt und hört ihn sagen:

„In was für Händ' mußt denn du schon geraten sein, daß du so Angst hast. Du zitterst ja."

Er ist so zärtlich zu ihr, wie es noch niemand gewesen ist. Er küßt ihre Wangen, ihre Stirn, ihren Mund und streichelt ihr Haar, tut alles, was ihr die Angst nehmen soll. Und als er damit aufhört, bekommt sie sogleich Sehnsucht nach seiner Zärtlichkeit. Langsam atmet sie ihre Angst fort, die Scheu verliert sich, so daß sie es wagt, auch ihrerseits seine Hände zu streicheln und ihre Wange an die seine zu schmiegen.

„Erzähl mir was von dir, Ferdl", bittet sie.

Er schiebt zuerst noch seine Hand unter ihren Nacken und beginnt fast reportagenhaft zu erzählen.

Keine Eltern mehr, bei einem reichen Verwandten, dem Großbauern Ambros Höllriegl, aufgewachsen. Dem sei er dann davongelaufen, weil der ihn dauernd geschlagen habe. Dann Bauerndienen auf mehreren Höfen, bis er sich selbstständig gemacht habe.

„Aber weißt, Bärbele, das ist halt auch nichts rechtes. Ein Leben oft von der Hand in den Mund. Aber ich denk, daß ich mir einmal ein kleines Gütl erwerben kann. Und wenn es am Anfang bloß ein paar Kühe sind. Man kann sich ja hinaufarbeiten mit einem verlässigen Weiberl. So eine, wie du es bist, Bärbele."

„Du weißt ja gar net, ob ich die Richtige wär", sagt Barbara in die Dunkelheit hinein und denkt dabei gleich an ihre sechshundert Mark, die sie auf der Raiffeisenkasse hat.

„Das sagt mir meine innere Stimme, daß du schon die Richtige wärst." Er schnauft ein paarmal tief und lacht dann: „Da muß ich in den Regen und in den Nebel hineinkommen, daß ich so was wie dich finde."

Stumm zieht Barbara seinen Kopf an ihre Wange. Es ist sehr still, nur der Regen rauscht.

„Kommst du wieder einmal, Ferdl?"

„So gewiß, wie das Amen im Gebet. Aber – muß ich dann auch wieder so brav sein?"

„Da reden wir ein andermal drüber. Magst net schlafen jetzt?"

Er redet zwar noch eine Weile, aber immer müder wird seine Stimme, und schließlich schläft er ein. So tief schläft er, daß er es gar nicht merkt, wie Barbara ums Morgengrauen vorsichtig über ihn hinwegsteigt und ihre Arbeit beginnt.

Es regnet noch bis in den halben Vormittag hinein. Dann reißt der Himmel im Westen auf, und um die Mittagstunde liegt die Alm und alle Hänge ringsum in einem hellen Licht.

Ferdinand steht fertig angezogen vor der Hütte. Barbara hat ihm eine reichliche Jause in die Tasche gesteckt. Es ist ihr so weh ums Herz, und sie wagt ihn zu bitten, daß er doch dableiben möchte. Aber er wehrt ab.

„So leid es mir tut, Dirndl, es geht net. Aber ich komme wieder, vielleicht schon früher als du denkst."

„Da bin ich aber neugierig."

„Was ich versprech, das halt ich auch."

Und dieser Ferdinand Höllriegl hält sein Wort. Nach drei Tagen kreuzt er bereits wieder auf. Diesmal kommt er mit einem Rehbock im Rucksack und einem Abschraubstutzen unter seinem Umhang.

„Brauchst net erschrecken", sagt er lachend und nimmt sie gleich um den Hals. „Die Sehnsucht hat mich hergetrieben zu dir, und unterwegs, da lauft mir der Bock übern Weg. Mei, was hätt ich denn machen sollen!"

Barbara interessiert das alles nicht. Für sie ist ein Wunder geschehn. Ferdinand ist wiedergekommen, er hat sein Wort gehalten, alles andere zählt für sie in diesen Minuten nicht. Natürlich kann er den Bock in den Keller und das Gewehr unter ihr Bett legen. Ach, voller Aufregung ist sie und voller Hilfsbereitschaft, alles zu tun, was er will. Eine saure Rehleber soll es geben. Ja, aber Barbara hat jetzt keine Zeit, sie muß die Kühe herauflocken zum Abendmelken.

„Du brauchst dich um gar nichts kümmern, Schatzl. Mußt mir bloß sagen, wo die Sachen sind, die ich brauch, Salz, Butter, ein bißl Mehl, Essig und vor allem Pfeffer. Pfeffer riegelts Blut ein bissl auf."

„Was, kochen kannst du auch?" staunt sie. „Was kannst denn du noch alles?"

„Da wirst schon noch draufkommen mit der Zeit."

Später essen sie dann gemeinsam aus der Pfanne. Es schmeckt vorzüglich. Mit Schwarzbrot tunken sie die Soße heraus, und Ferdinand schmatzt ganz glücklich dabei.

„Schau, Schatzl, das ist der Vorteil jetzt in meinem Leben. Als Bauernknecht müßt ich jetzt im Heu schuften, und so kann ich bei dir sitzen. Jetzt kann ich über meine Zeit verfügen, wie ich will. Es wird dir doch nix ausmachen, Bärbele, wenn ich öfter einmal einen Rehbock bei dir hinterleg."

„Nein, nein, bloß – erwischen darfst dich halt net lassen."

„Sag nur gleich, daß du Angst hast um mich?"

„Die Jager fuchteln net lang umeinander, wenn sie einen erwischen."

„Wenn sie einen erwischen. Ich geh schon sicher. Kommen eigentlich die Jager öfter einmal in deine Hütte?"

„Ganz selten noch. Die sind öfter in der Staudingerhütte drüben, weil ihre Jagdhütte net weit davon entfernt liegt."

Ferdinand nickt. Das scheint ihm gerade so recht zu sein. Hernach sitzen sie noch draußen. Es ist ein schöner Abend. Die Sonne brennt aus, und die Berge leuchten. Verträumt kommt das Geläut der Herdenglocken aus dem tieferen Grund herauf. Die Vögel singen sich in den Schlaf, und die Quelle plätschert ihr urewiges Lied in den

Brunnentrog. Als die ersten Sterne schüchtern aufblinzeln, erhebt sich Ferdinand, streckt gähnend die Arme über den Kopf und sagt:

„Ich werd mich jetzt schlafen legen. Kommst bald nach?"

So selbstverständlich sagt er das, als wäre er hier schon ganz daheim oder als wären sie bereits verheiratet.

Ach, diese Barbara. Wie sie sich jetzt tummelt, in der Hütte noch aufzuräumen. Der Wind ihrer Einfalt durchweht sie wieder und stürzt ihr Herz ins große Verlangen.

Heute ist nicht die rauschende Wand des Regens vor dem Fenster. Nein, wenn sie einmal den Kopf hebt und hinausschaut, dann geraten ein paar Sterne in ihr Blickfeld, und es ist ihr, als ob von den Sternen etwas auf sie herunterströme, eine ganze Menge Hoffnung noch, Trost und Zuversicht.

„Bärbele", flüstert der Mann ihr ins Ohr, „da darf man weit gehn, bis man so eine findet wie dich."

„Du bist ja weit gegangen", flüstert sie zurück und horcht diesem ‚Bärbele' nach, das so süß klingt, als singe es ein Vogel. Und es ist so wunderschön, über die Liebe hinweg auch von dem zu reden, was ihre Herzen sonst noch bewegt. Das ist ein kleines Gütl mit ein paar Kühen, und Barbara wirft dabei auch ihre sechshundert Raiffeisenmark in die Waagschale. Ein bissl was verdient er ja auch so nebenbei. Er muß nämlich über ein paar recht gute Abnahmequellen verfügen, denn alle zwei, drei Tage kommt er mit einem gewilderten Stuck daher, und einmal muß sie ihm in einer mondhellen Nacht sogar helfen, denn diesmal ist es ein Hirsch, und der ist schwer.

Was muß denn dieser dumme Kerl auch übers Latschenfeld so weit herunterkommen, daß ihn Ferdinand vom Hüttenfenster aus schießen kann! Barbara ist schweißgebadet, bis sie das Monstrum im Keller haben. Aber Ferdinand ist wie ein Zauberer. Nach drei Nächten liegt von dem Hirsch nichts mehr im Keller.

Barbara richtet es immer so ein, daß der Keller leer ist, wenn der Bauer am Freitag heraufkommt. Einmal aber hat sie es vergessen, und der Krassinger findet ein halbes Reh da drunten. Ohne lange zu fragen, schneidet er die zwei hinteren Schenkel ab, um sie mit heimzunehmen. Nein, er fragt nicht lang, lächelt nur recht hintergründig und hebt warnend den Finger.

„Schau, schau, so ein verwegenes Luderl bist du. Aber Vorsicht, Barbara, daß du net einmal ein Malheur mit den Jagern hast. Ich weiß dann von gar nichts."

Zuerst begreift Barbara gar nicht, wie er das meint, aber dann wehrt sie sich.

„Aber Bauer, du wirst doch net meinen, daß ich . . ."

„Wer denn sonst? Das Reh lauft doch net allein in den Keller nunter. Bloß übertreiben darfst es halt net."

Da meint also der Bauer wirklich, daß sie zum Wildern nausgeht, weil er dann noch fragt, wo sie denn ein Gewehr herhabe.

Ferdinand lacht, daß es seinen ganzen Körper erschüttert, als es ihm Barbara erzählt. Dann nimmt er sie fest in seine Arme.

„So was wie dich brauch ich."

*

Du lieber Gott, wer hätte denn das gedacht! Barbara erlebt einen Almsommer, wie sie noch keinen erlebt hat. Ihr Herz ist trunken vor Liebe. Eine geheimnisvolle Macht hat sie ergriffen. Ihre Augen leuchten in einem rätselhaften Glanz, ihre verschlossene Seele scheint aufgesprungen zu sein wie eine Blüte im Frühling. Zwar ist der Ferdinand nicht mehr so viel bei ihr, nein, es sind Pausen von einer Woche dazwischen. Er redet viel von Geschäften, läßt auch etwas durchklingen von einer Erbschaft, aber darüber könne er noch nichts Genaues sagen. Aber Barbara könnte ihm um diese Zeit etwas Genaues sagen, nämlich, daß sich an ihrem Weibsein etwas erfüllt hat, worum jungverheiratete Bäuerinnen oft vergeblich beten und um einen Kindersegen sogar Wallfahrten machen.

Wenn Ferdinand das nächste Mal kommt, dann wird sie es ihm sagen, und sie freut sich jetzt schon darauf, was er für frohe Augen machen wird, denn in ihren nächtlichen Gesprächen haben sie neben dem kleinen Gütl auch von Kindern gesprochen, die später vor der Wiese am Haus umeinanderspringen werden. Ferdinand hat sich das immer mit viel Ruhe und Geduld mit angehört, gerade so, als ob er ihren Traum mitträume, obwohl ihm der Sinn nach ganz was anderem stand.

Vierzehn Tage ist er nun schon nicht mehr bei Barbara gewesen, aber Barbara empfindet darüber keine Angst, weil sie meint, daß er ohne sie nicht mehr leben könnte. So hat er es wenigstens ein paarmal angedeutet.

*

In Ferdinand Höllriegls Leben aber hat sich eine grundlegende Wandlung vollzogen. Kein Mensch kann ja sagen, daß das Schicksal sich nicht eines Tages aufmacht und in einer boshaften Laune die Menschen durcheinanderwirbelt, daß sie sich vor Staunen gar nicht mehr selber erkennen. Für Ferdinand heißt dieses Schicksal Ambros Höllriegl, Großbauer zu Perlbach, Besitzer eines Hofes mit dreihundert Tagwerk und viel Wald dazu. Das ist sein Onkel, der ihn damals als Bub, nachdem sein Vater verunglückt und die Mutter gestorben war, auf seinen Hof genommen hat und dem er dann davongelaufen ist.

Dieser Onkel Ambros ist immer schon ein bösartiger, hinterlistiger Mensch gewesen, und es wird von ihm erzählt, daß er sein eigenes Weib mit seinem Geiz und seinem Mißtrauen in den Tod getrieben habe. Jetzt hat es ihn selber erwischt, und er begreift in seinem Starrsinn nach zwei Herzanfällen doch, was ihm der Doktor sagt, daß sein Leben nur noch an einem Spinnwebfaden hänge, wenn er sich nicht ganz ruhig und still verhalte. So hockt er jetzt viel an warmen Tagen auf der Hausbank oder drinnen in der Stube in einem Lehnsessel, mit einer Decke um die Knie geschlungen, als ob davon das Herz eine Erleichterung spüre. Bei diesem untätigen Umeinandersitzen denkt er sich abermals recht was Boshaftes aus und will lieber Schicksal spielen, als auf das Zureden des Pfarrers zu hören, der diesen stattlichen Besitz gerne für die Kirche hätte.

„Schau, lieber Höllriegl", bekommt der Bauer zu hören, „du hast keine Kinder, und das Himmelstor würde sich für dich ganz weit öffnen, wenn du mit deinem Besitz auch an die Kirche denken möchtest."

Das ist dem Pfarrherrn sein gutes Recht. Aber der Ambros Höllriegl hat sich das bereits anders überlegt. Kinder hat er zwar keine, aber einen Neffen. Einen Neffen Ferdinand, der zwar nicht allzuviel taugt, aber immerhin ist er der Sohn seines verstorbenen Bruders, dem er ja seinerzeit sein elterliches Erbteil spärlich genug ausbezahlt hat. Andererseits ist da auch eine Verwandte seiner verstorbenen Frau da, die Philomena Schober von Eichelsried. Diese Philomena ist zwar recht häßlich von Angesicht, kropfert und schiefmäulig, so daß die Mütter in ihrer Umgebung zu ihren Kindern sagen: ‚Wenn du deine Suppe net schön ißt, dann wirst du einmal so häßlich wie die Schober Philomena.'

Aber das ist ja gerade das Prickelnde an der Sache. Genüßlich reibt sich der Höllriegl die Hände. Der schöne Ferdinand und die häßliche Philomena. Die müssen einander heiraten. Erstens bleibt dann der Name Höllriegl auf dem Hof, und zweitens sind die beiden in den besten Jahren und können für Nachwuchs sorgen. Er läßt die beiden herbeirufen; der Ferdinand verzieht zwar das Maul und macht ein ganz erschrockenes Gesicht, als ihm die Philomena gegenübertritt. Aber da es um so einen prächtigen Besitz geht, sollte er da etwa nein sagen? Das kann er nicht. Er denkt sich nur, bei Tag werd ich sie net viel sehn, und bei der Nacht ist jede Kuh schwarz.

Ja, aber sie müßten beide etwas Schriftliches vorlegen, daß kein Ehehindernis vorhanden sei, kein lediges Kind etwa oder sonst ein Makel in ihrem bisherigen Leben.

Der Ferdinand legt schwörend seine Hand auf sein Herz, daß kein Makel in seinem Leben sei und auch kein lediges Kind. Und die Philomena schüttelt auch den Kopf, fragt aber überflüssigerweise noch: „Wie sollt denn ich zu einem ledigen Kind kommen? Aber wenn wir verheiratet sind, dann möcht ich gleich eins. Gell, Ferdinand?"

Zerknirscht nickt Ferdinand und denkt sich dabei, daß die Barbara die reinste Venus gegen die Philomena sei. Aber er muß ja wohl oder übel in den sauren Apfel beißen. Wenn er nur wüßte, wie er es der Barbara beibringen soll! Zwar macht er noch den schüchternen Versuch, dem Onkel zu erklären, daß da ein anderes Mädl sei, eine ganz Tüchtige sogar, die ihm ganz sicher auch gefallen würde. Aber die Bosheit stampft mit seinem Hakelstecken in den Boden hinein und schreit, soweit er noch laut schreien kann:

„Nix da! Die Philomena muß es sein, sonst wird aus der ganzen Erbschaft nix. Das ist ja grad das Brisante an der Sach', an der ich meine Freud' hab."

Ferdinand verschiebt es dann noch von einem Tag zum andern, aber schließlich muß er doch den weiten Weg auf sich nehmen und zur Barbara auf die Alm gehen.

*

Es ist ein Tag, wie Gott ihn immer nur bei guter Laune schafft. Der Himmel hängt wie Seide über den Bergen, nur mit vereinzelten, dünnen Schleierwolken, die an den Gipfeln vorbeiziehen oder mitten durch eine Felsspalte durch.

Der Almrausch ist schon verblüht, und die Büsche stehn traurig am Hang. Wenn der Wind über sie hinweht, dann neigen sie sich, als hätten sie Trauer um ihre verlorenen Blüten. Nur vereinzelt leuchtet noch so ein kleines rotes Blümlein, als sei es vergessen worden. Eine leise Ahnung des Herbstes weht die Landschaft bereits an, und inmitten des Grüns der düsteren Tannenwälder leuchtet da und dort ein Ahorn auf wie eine leuchtende Fackel.

Immer wieder bleibt Ferdinand stehen, aber nicht weil ihn das Wunder der Natur so beeindruckt, sondern weil ihm immer schwerer ums Herz wird, denn, er kann es betrachten wie er will, dieser Barbara ist er doch tiefer zugetan gewesen, als er gewußt hat. Ihre unbeschwerte Natürlichkeit, ihr frohes Zukunftsdenken, wenn auch reichlich naiv, hat ihn doch irgendwie in den Bann gezogen. Vor allem, sie ist eine bequeme Geliebte, die nicht viel fragt und grenzenlos vertraut. Und dieses Vertrauen muß er nun jäh zerstören.

Ein paarmal seufzt er so tief, als müßte er das Seufzen von den Beinen heraufholen. Aber es hilft nichts, dieser Schritt muß getan werden. Dann zieht er wieder den Zettel heraus, den er geschrieben hat, und der sich so liest:

Ich bestätige hiermit, daß Herr Ferdinand Höllriegl keinerlei Ansprüche an mich zu stellen hat und ich folglich kein Ehehindernis für ihn bin.

Ja, diesen Wisch soll Barbara unterschreiben. Schon die Abfassung des Textes beweist, daß Ferdinand auch kein großes Licht ist, denn es hätte ja schließlich heißen müssen, daß die Barbara keine Ansprüche an ihn zu stellen hat.

Barbara wäscht gerade die Milchkübel am Brunnen aus, als sie den Ferdinand von unten heraufkommen sieht. Sofort läßt sie alles liegen und stehen, reißt das Gatter auf, rennt ihm entgegen und fliegt an seinen Hals.

„Ach, Ferdl, weil du nur grad wieder da bist! So lang darfst mich aber nimmer warten lassen."

Seine Zärtlichkeit ist heute nicht von so stürmischer Wildheit wie sonst, und Barbara hält sein Gesicht von sich ab und betrachtet ihn aufmerksam.

„Hast du was, Ferdl?" Sie streicht ihm mit der Hand über die Stirne, als möchte sie die Falten dort wegwischen. „Hast einen Verdruß gehabt?"

„Verdruß, na ja, wie man's nimmt. Wir reden dann über alles. Zunächst aber hab ich einen sakrischen Durst."

„Dem ist abzuhelfen", lacht Barbara, glückselig, daß er endlich einmal da ist. Sie bringt ihm Bier aus dem Keller, setzt sich zu ihm auf die Hüttenstufen.

Ferdinand blickt über ihren Scheitel hinweg zum oberen Almfeld hinauf, auf dem jetzt die Kühe weiden.

„Hast du 's Vieh jetzt da oben?" fragt er.

„Ja, seit acht Tag schon. Drunten ist schon alles abgegrast. Ja, ja, Ferdl, der Sommer geht seinem Ende entgegen."

Er trinkt und starrt dann auf das Bierflaschl in seinen Händen.

„Ja, ja, einmal geht alles seinem Ende entgegen."

Wäre Barbara weniger verliebt, sondern mehr hellhörig gewesen, dann hätte sie aus diesen Worten und dem Tonfall, mit dem sie gesprochen wurden, schon etwas heraushören können. Aber sie ist ja so ahnungslos, außerdem wird ja der Ferdl gleich ein freundliches Gesicht machen, wenn sie ihm ihr Geheimnis anvertraut. Sie kuschelt sich mit ihren Lippen an seinen Hals und will gerade damit anfangen, als eine Gruppe Bergwanderer um die Ecke der Hütte kommt. Durst haben sie und Hunger. Mißmutig verfolgt Ferdl eine Weile Barbaras geschäftiges Hin- und Herrennen. Dann steht er auf und sagt, daß er sich hinter der Hütte ein wenig ins Gras legen werde. Den Hut übers Gesicht geschoben, die Hände hinterm Nacken verschränkt, liegt er da und grübelt darüber nach, wie er es ihr sagen soll. Jetzt, da er sie wiedergesehen hat, kommt es ihn viel schwerer an. Es ist ja auch nicht so, daß er sie nicht gern hätte. Aber es muß halt sein. Er kann doch ihretwegen nicht auf soviel Reichtum verzichten.

Vor lauter Grübeln schläft er dann ein und erwacht erst, als etwas an seiner Wange kitzelt. Zuerst schlägt er mit der Hand danach, dann reißt er plötzlich die Augen auf. Barbaras Gesicht ist über dem seinen, und er kann gar nicht anders, er muß den Arm um ihren Hals legen.

„Jetzt sind sie fort", lacht Barbara und schmiegt sich an seine Seite. „Hoffentlich kommt net wieder jemand."

„Hoffentlich net."

„Hast lang warten müssen jetzt auf mich, gell Ferdl? Dafür hab ich dir aber auch ganz was Schönes zu sagen."

„So? Da bin ich aber neugierig."

Und nun, da sie es sagen will, stockt sie doch wieder und wird brennend rot.

„Was ist dann jetzt mit deiner Neuigkeit?" fragt er ungeduldig. Barbara nimmt seine Hand, beugt sich dann gegen sein Ohr hin und flüstert es ihm zu.

„Wir werden was Kleines haben, Ferdl."

Wie von einer Natter gebissen springt Ferdinand auf, reißt seine Hand aus der ihren und starrt sie finster an. Dann bricht es aus ihm heraus:

„Das ging mir grad noch ab!"

Ein eisiger Schreck durchfährt das Mädl.

„Aber Ferdl, du freust dich ja gar net."

Er schaut sie wie ein Irrer an, reißt einen Grashalm neben sich aus und zerrupft ihn.

„Freuen soll ich mich auch noch?" schreit er sie an. „Ja, sag einmal, hast denn du noch alle fünf Sinne beieinander. Herrgott sakra! Wie stellst du dir denn das vor? Wie soll denn das überhaupt zugegangen sein? Ich kann mich an gar nix erinnern."

„Aber Ferdl", wimmert Barbara, als sei sie soeben geschlagen worden. „Ich kann doch nix dafür und – und außer dir ist doch keiner bei mir gewesen."

„Das kann schon sein, kann aber auch net sein. Aber gut, ich will dir glauben. Aber das muß ich dir sagen, du bringst mich in eine ganz schöne Verlegenheit."

„Warum denn?" Hilflos und wie verstört sitzt sie jetzt neben ihm, und spürt, daß etwas Furchtbares über sie kommen will. Sie hat sich das alles ganz anders vorgestellt. Sie hat gemeint, daß er sie voller Freude in die

Arme reißen wird. Statt dessen fragt er, wie denn das zugegangen sein soll.

„Kreuzteufl", flucht er wieder und schreit ihr dann brutal zu: „Aber das sag ich dir gleich, heiraten können wir net."

Darüber erschrickt Barbara gar nicht einmal, versteht es vielleicht auch falsch, weil sie meint:

„Das macht ja nix, Ferdl. 's Kindl verhungert deswegen auch net. Wenn ich es net bei mir behalten darf, dann geb ich es der Brieglmutter in Pflege. Da zahl ich zwei Mark in der Woche und du auch zwei. Und nebenbei schaust du dich um ein kleines Gütl um, dann können wir heiraten. Es pressiert gar net, Ferdl."

Dem Ferdinand wird immer unbehaglicher zumute. Es hat sich doch mit einem Schlag alles geändert. Die Barbara tut ihm zwar leid, aber er ist ein Mensch, der rücksichtslos das festhalten will, was ihm da als Erbschaft zugeflogen ist. Er fährt sich ein paarmal mit dem Zeigefinger den Hemdkragen entlang, räuspert sich umständlich, bis er dann endlich sagt:

„Jetzt muß ich halt doch mit der Wahrheit rausrücken. Schau, Bärbele, du bist mir wert und gut, und daß ich dich gern hab, das weißt ja. Aber das Schicksal kann einen Menschen mit einem Schlag aus allen Himmeln reißen. Wir zwei haben zwar allweil von einem kleinen Gütl geredet, und jetzt soll ich auf einmal von meinem Onkel einen Hof erben, der so groß ist wie drei andere Höfe zusammen."

Mit einem Schlag begreift Barbara. Ihr Herz zuckt auf,

und ihr Rücken steift sich. Kaum verständlich kommt es von ihren Lippen:

„Das heißt soviel, daß du mich jetzt nimmer brauchen kannst?" Der Ferdinand windet sich, zuckt die Achseln ein paarmal, wiegt den Kopf hin und her.

„So ist es ja auch grad net. Es ist bloß – ach, Barbara, es kommt mich hart an, daß ich es dir sagen muß. Keine nähm ich lieber wie dich, aber bei der Erbschaft ist eine grausige Klausel dabei, es ist sozusagen eine geteilte Erbschaft. Ich die Hälfte und die andere eine gewisse Philomena Schober. Und beide können wir die Erbschaft net antreten, wenn wir uns net heiraten. Das ist eine teuflische Klausel, aber was soll ich denn machen? Ich weiß mir keinen Rat."

„Ich auch net", sagt sie mit kläglicher Stimme. „Aber mir geht's ja allweil so. Wenn ich einmal zu einem Menschen Vertrauen gefaßt hab, dann kommt hinterher der Fußtritt."

„So darfst es auch net betrachten, Bärbele. Schau –"

Sie stößt seine Hand zurück, die sich auf ihren Arm gelegt hat.

„Nenn mich nimmer Bärbele, ich bitt dich drum."

„Du bist jetzt verbittert, und ich kann's verstehn. Aber schau, Barbara, was tätst denn du, wenn dir so eine Erbschaft in den Schoß fallen tät? Tätst du darauf verzichten?"

Langsam hebt sie den Kopf und schaut ihn an. Ihre Brauen bewegen sich unablässig. Dann holt sie tief Atem und sagt:

„Ja, ich tät auf die ganze Erbschaft verzichten, wenn ich dich dabei verlieren müßt."

„Das sagst halt jetzt, aber wenn es wirklich drauf ankäm, tätst halt auch zugreifen."

„Ich net. Aber lassen wir's. Ich kenn mich ja jetzt aus."

„Nimm es doch net so tragisch, Barbara. Schau, ich hab mir das schon ausdenkt. Wenn ich einmal Bauer bin auf dem Hof, dann kann ich dir schon was zukommen lassen fürs Kindl."

„Einen Gnadentaler, meinst?" Hart lacht die Barbara auf und horcht eine Weile diesem Lachen nach. „Ich will dir einmal was sagen. Einmal bist aus dem Nebel gekommen, jetzt gehst wieder in den Nebel hinein. Was dazwischen war, das muß ich vergessen. Und wenn du dich zu dem Kindl net bekennen kannst oder willst, auf deine Gnade bin ich net angewiesen."

Ferdinand zerrt den Zettel aus seiner Joppentasche.

„Das solltest mir halt schriftlich geben. Sei so gut, unterschreib mir den Wisch."

Barbara liest mit zusammengekniffenen Augen. Dann reißt sie ihm den Bleistift aus der Hand. In ihrer grenzenlosen Einfalt lächelt sie sogar spöttisch, als sie ihren Namen hinschreibt.

„Da hast es. Ich will gewiß keine Ansprüche von dir, und für so einen erbärmlichen Kerl, wie du einer bist, will ich kein Ehehindernis sein. So, und jetzt geh mir aus den Augen."

Sie rennt von ihm weg in die Hütte hinein und schlägt

die Tür so heftig hinter sich zu, daß es wie ein Schuß dröhnt.

Zufrieden steckt Ferdinand Höllriegl den Zettel wieder ein, der ihm im Ernstfall doch wenig genützt hätte. Dann zieht er den Hut tief in die Stirn hinein und geht davon. Unterwegs fällt ihm noch ein, daß er vergessen hat, sein Gewehr mitzunehmen. Aber soll sie es haben. Dann erinnert sie sich doch zuweilen an ihn.

*

In dieser Nacht sitzt Barbara lange in ihrem Stübchen auf der Bettkante. Mit monotonen Bewegungen kämmt sie ihr Haar, bis es wie eine dunkle Stola um ihr verweintes Gesicht niederhängt. Dann faltet sie die Hände im Schoß und starrt in das flackernde Licht der Kerze, die vor ihr steht. Aus ihren Gedanken wollen die Worte nicht weichen, die sich wie Peitschenhiebe in ihr Denken geschlagen haben: ‚Aber wenn ich einmal Bauer bin, dann kann ich dir fürs Kindl schon was zukommen lassen.'

Das heißt soviel, daß er sie mit dem Kind allein lassen will. Ihr Verstand will das nur schwer fassen, wenn sie an die Nächte mit ihm denkt und an seine Zärtlichkeiten. Darum hat er immer so gelächelt, wenn sie ihm von einem kleinen Gütl vorgeschwärmt hat. Sechshundert Mark stehn ja auch wahrhaftig in keiner Größenordnung, auch wenn sie erspart und erdient sind. Das Resultat ihres Denkens in dieser Nacht ist schließlich, daß sie sich sagt: ‚Niemals mehr will ich ihn sehen, und mein

Kind soll nie wissen, was für ein erbärmlicher Kerl sein Vater gewesen ist.'

Endlich, nach Stunden zermürbenden Grübelns, fällt sie doch noch in den Schlaf, der so schwer wird, daß sie das Rattern des Weckers überhört und die Kühe schon ungeduldig muhend vor der verschlossenen Stalltür stehen.

Ihr inneres Wehren, diesen Ferdinand nie mehr sehen zu wollen, hilft ihr nicht viel, denn eine Woche später steht Ferdinand nochmal vor ihr, so groß, so semmelblond, so treuherzig im Blick wie ein Klosterpater, der keinem Menschen ein Leid zufügen kann. Aber es ist nicht der Ferdinand, den sie einmal gekannt und geliebt hat, sondern ein Fremder. Und nur einen Fremden kann man so barsch fragen:

„Was willst?"

„Als ich das letzte Mal fort bin von dir, ist mir hernach eingefallen, daß ich mein Gewehr vergessen hab."

„Das hab ich in die Klamm nuntergeworfen."

„Aber, aber. Wie kannst denn so was machen. Ist ein gutes Büchserl gewesen."

„Ich hätt es ja auch den Jägern geben können."

„Das hättest du ja doch net übers Herz bracht." Er macht einen Schritt auf sie zu, als wenn er sie umfassen will. Sofort tritt sie ein paar Schritte zurück und greift nach dem langen Käsemesser, das am Herdrand liegt.

„Rühr mich net an, sonst . . .!"

„Ui jeggerl, ich glaub, das könntest du tatsächlich. Da hätt ich mir ja was Sauberes aufgehalst. Und dabei hab ich's noch gut gemeint. Ich hab mir denkt, ganz vergessen hättest du mich doch noch net."

„So einen wie dich kann man leicht vergessen."

„Na ja, dann ist's ja gut. Aber ich hab mir denkt, alles hätt zwischen uns net aus sein brauchen. Ich wär schon noch manchmal zu dir raufkommen, auch wenn ich die andere heiraten muß."

Barbara legt das Messer wieder zurück und streift sich mit der Hand ein paar Haarsträhnen aus der Stirn. In ihrem Blick ist nur noch kalte Verachtung.

„Jetzt will ich dir noch was sagen. Bis heute war noch ein Bröckerl Erinnerung in mir. Aber jetzt, von der Stunde an, bist du für mich gestorben. Ich kann den Herrgott nur noch bitten, daß er mir meine Sünd verzeiht und daß das Kindl net den schlechten Charakter von seinem Vater erbt."

Dann geht sie hin und reißt die Türe ganz weit auf.

„Du schmeißt mich also naus?" fragt er törichterweise noch.

„Geh! Mir wird schon schlecht, wenn ich die gleiche Luft mit dir schnaufen muß. Und Glück sollst keines haben in deinem Leben. Das wünsch ich dir."

Es bleibt ihm nichts anderes übrig, er muß gehen. Und weil sie die Tür so heftig hinter ihm zuschlägt, kommt er sich in seinem Stolz gedemütigt vor, denn anders kann man es nicht sagen, als daß sie ihn hinausgeworfen hat, so wie man einen Hund hinauswirft.

*

Der Mensch lebt und leidet, sagt ein Dichter, wie es ihm auferlegt ist. Jedoch immer wählt Gott unter den Seelen eine aus, die er härter prüft und umpflügt, wie einen Acker, auf dem er dann Liebe säen kann.

So hat er sich auch diese Barbara vorgenommen. Sie ist mit Leid überschüttet und hadert nun ein bißchen mit dem lieben Gott, weil er gerade sie ausgesucht hat. Dann hätte er wenigstens vorher eine Warntafel aufstellen und sie nicht sündig werden lassen sollen. Er müßte doch wissen, daß sie ein bißchen einfältig ist und mit dieser Einfalt auf jede Versuchung leichter hereinfällt. Aber nun ist es einmal geschehen, und sie muß allein mit allem fertig werden. Sie ist eine jener Verfemten geworden, auf die man mit Fingern zeigen wird, zumal sie keinen Vater anzugeben weiß. Ach, es ist alles so verworren geworden. Vielleicht wäre manches leichter, wenn es ins Frühjahr hineinginge. So aber stirbt der Sommer schon ab, die Sonne wird mit jedem Tag müder, wird zu einer alten Frau, die sich der wilden Stürme nicht mehr erwehren kann und alles duldet, was da hereinbricht an kalten Nächten, an Reif am Morgen, der so weiß glitzernd über den Almfeldern liegt, daß sie die Kühe vor Mittag nicht mehr hinauslassen kann.

Barbara weiß, daß ihr Aufenthalt auf der Alm nicht mehr lange währt und hat bereits begonnen, Kränze aus Latschenbüscheln zu binden und Papierblumen hineinzuflechten, denn die Tiere müssen ja geschmückt werden zum Abtrieb, vorausgesetzt, daß es kein Unglück gegeben hat. Barbara hat ihre Herde gut über den Sommer gebracht, keines der Tiere ist krank gewesen, keines ist verunglückt. Nur sie selber ist zu Fall gekommen und weiß noch nicht, wie dieser Sturz enden wird.

Schön ist der Herbst noch mit dem schmerzlichen Hauch der vielen Farben im Wald und dem Geschrei der ziehenden Vögel. Aber eines Morgens ist es dann doch soweit. Als Barbara vor die Hütte tritt, liegt fußhoch Schnee, bis weit ins Almfeld hinunter. Wahrscheinlich sieht man das auch drunten im Dorf, denn am Vormittag kommt bereits der Bauer mit dem Fuhrwerk. Es wird alles aufgeladen, die Kühe werden bekränzt, dann geht es talwärts ins Dorf, in dem man vom Winter noch nichts weiß, denn es hat ja bloß auf der Höhe über zwölfhundert Meter geschneit.

Die Bäuerin verlangt gleich das schwarze Notizbüchlein, in dem Barbara die Einnahmen des Sommers eingetragen hat. Das hat zwar der Bauer schon geprüft, aber die Bäuerin ist so mißtrauisch, daß sie hinter jedem Menschen was Schlechtes vermutet.

„Es wird schon stimmen", sagt sie. „Obwohl, nachprüfen kann man das sowieso nicht genau. Wieviel hast denn wieder Trinkgelder kriegt?"

Die gehn dich gar nichts an, hätte Barbara am liebsten gesagt. Aber sie ist ja jetzt in einer Lage, die es ihr geraten erscheinen läßt, lieber zu schweigen. Nein, sie will die Bäuerin mit keinem Wort reizen, denn insgeheim hofft sie, daß sie ihr Kind bei sich behalten darf. Noch sieht man ihr ja nichts an. Ihr Gang ist noch aufrecht und straff, ihre Bewegungen ausgeglichen wie immer. Und hat nicht die Frau des Postmeisters im letzten Winter ein

Kind zur Welt gebracht, ohne daß man ihr vorher etwas angemerkt hätte?

Der Winter fällt dann frühzeitig ins Land. In der ersten Adventswoche wirft es Schnee in großen Massen herunter. Um die Höfe bauen sich hohe Wände aus geschaufeltem Schnee. Man sieht kaum von einem Hof in den anderen hinein. Nur wenn Barbara in der eisigen Morgenfrühe den Mist aus dem Stall auf den hohen Haufen hinauskarrt, dann sieht sie über die verschneiten Dächer hinweg bis zum Friedhof, wo auf den Grabsteinen auch hohe Schneekappen liegen. Grau und schwer hängt der Himmel über dem Dorf. Aber hin und wieder reißt der Himmel in kleinen Lücken auf und zeigt ein glänzendes Gestirn. Vielleicht ist es jener Stern, der Maria und Josef den Weg gezeigt hat. Ja, in so einer Nacht werden sie unterwegs gewesen sein, die beiden, und niemand hat ihnen Obdach gegeben. Nicht daß Barbara sich mit der Gottesmutter Maria vergleichen möchte. Dazu steht sie zutiefst in der Sünde, und sie hat ja auch ein Dach über dem Kopf, eine feuchte Kammer neben dem Kuhstall, mit Eisenstäben am Fenster, damit kein Unbefugter einsteigen kann, um sich im Strohsack der Magd zu wärmen. Soweit ist also Barbara gut dran. Sie steht tagsüber draußen vor dem riesigen Daxenhaufen und hackt die Äste klein zu Brennholz und Reisigbüscheln. Sie stopft sich Grummet in die Holzschuhe, weil das so schön warm hält. Um vier Uhr kommt schon die Dämmerung, dann geht sie in den Stall und melkt die Kühe. Hernach sitzt sie in der warmen Bauernstube, näht oder flickt die Kindersachen der Bauersleute zusammen, strickt auch für sich einmal ein paar Strümpfe. Der Bauer spielt hinten am kleinen Ofentisch mit den zwei Knechten Karten, die Bäuerin hat die vier Kinder ins Bett gebracht, setzt sich nun auch vorn zur Barbara auf die Bank und beginnt in einer Wochenzeitschrift zu lesen mit dem verheißungsvollen Titel: ‚Glocken der Heimat'.

Ach ja, es ist so gemütlich in der warmen Stube, eine ruhige Geborgenheit schließt Barbara ein und läßt sie ihren Kummer vergessen.

Da kommt in der letzten Adventswoche, wie jedes Jahr, der Hausierer Blasius Röhrl mit seinem Gespann in den Krassingerhof gefahren. Dieses Gespann ist ein fröhlicher Mischmasch von verblichener Eleganz und altem Trödlerkarren. Früher kann es einmal eine Herrschaftskutsche gewesen sein. Das schwarze Lederdach überdeckt die Waren, die Blasius mitführt, und auf den Höfen anpreist. Seitlich des Gefährts hängen dicht nebeneinander Eimer, Kochtöpfe, Tiegel und Pfannen. Das klingelt und scheppert durcheinander, wenn er in das Dorf fährt, daß man den Hausierer schon von weitem kommen hört. Des Schnees wegen hat Blasius jetzt Schlittenkufen unter den Rädern befestigt. Gezogen wird dieses merkwürdige Gefährt von dem Maulesel Pilatus. Blasius hat ihm diesen Namen gegeben, weil er genauso unberechenbar und hinterlistig ist wie sein einstiger Namensvetter, der sich die Hände in Unschuld gewaschen hat.

Blasius ist etwa fünfzig Jahre alt, eigentlich recht gut gewachsen, nicht mager, nicht fett, mit einer dominierenden Hakennase in seinem verwitterten Gesicht. Sein

Mundwerk geht wie geschliffen, wie es eben ein Hausierer haben muß, wenn er Geschäfte machen will. Entrüstet wehrt er sich dagegen, wenn man ihn etwa als billigen Jakob betrachtet, der auf Jahrmärkten seine Waren ausschreit. Er will als Kaufmann bewertet werden. So steht es auch in seinem Wandergewerbeschein. Er läßt auch nicht mit sich handeln wie ein billiger Jakob. Nur wenn sein Herz einmal einen guten Tag hat, dann schenkt er vielleicht einem Kind eine Glaskugel oder eine rote Borte für den Unterrock eines Mädchens. Aber da fragt er dann schon, ob ein Meter fünfzig Borte nicht auch ein bißchen Liebe wert sei. Das Mädchen möge doch darüber nachdenken. Manchmal hat er auch Glück. Blasius schweigt darüber wie auch das Mädchen schweigt, weil es sich doch nicht nachsagen lassen will, daß es mit einem Hausierer im Stroh gewesen ist.

Obwohl, so eine schlechte Partie wäre dieser Blasius gar nicht. Man sagt von ihm, daß er sogar ein Haus besitze am Rande einer Stadt. Außerdem ist er wortgewandt und weitgereist und von großem Wissen erfüllt. Nicht, daß er geistig eine Glanznummer wäre, aber er kommt weit im Lande umher, es wird ihm soviel erzählt, er weiß um so viele Schicksale, in die er hineinhorcht, daß er viele Abende davon erzählen kann.

Auf den Krassingerhof kommt er schon seit vielen Jahren. Hier bleibt er über die Feiertage. Der Bauer sagt, daß es schon dreißig Jahre wären. Hier schläft er im Stall in einer leeren Boxe neben seinem Pilatus. Jeden Morgen packt er eine mächtige Kürbe voller Ware und geht damit von Bauernhof zu Bauernhof, bis hinauf in die entlegensten Einöden. Es ist eine gute Zeit, so vor Weihnachten. Da kauft eine Magd ein Taschenmesser für den heimlichen Geliebten, eins mit sieben Klingen und einer Nagelfeile daran – was zwar überflüssig ist, denn wann hätte ein Bauernknecht oder Holzknecht einmal Zeit und Muße, seine Fingernägel zu pflegen. Oder einer Bäuerin fällt ein, daß sie ihrem Mann eine neue Pfeife unter den Christbaum legen könnte, obwohl er es nicht verdient hat, weil er so selten noch an die Liebe denkt.

Abends kommt er dann mit leerer Kürbe auf den Krassingerhof zurück und läßt die Geldstücke in seinem Hosensack klimpern.

„Hast du schon gegessen?" fragt dann die Bäuerin.

Blasius hat meist schon gegessen. Er ist ja überall gern gesehen. Außerdem leistet er sich manchmal auch im Gasthof ein lukullisches Essen.

Eines Abends, es ist drei Tage vor Weihnachten, kommt er ziemlich spät auf den Hof zurück. Barbara hat seinen Pilatus gefüttert, und er sagt, daß er sich schon was Schönes für sie ausdenken werde. Vielleicht ein Heiligenbild oder einen Rosenkranz, denn eine so gutgedrechselte Magd müsse viel beten, daß sie noch vor der Zeit zu einem Hochzeiter käme. Der Bäuerin schenkt er auch immer vor seiner Abreise einen Stoffballen aus Loden oder ein paar Seidentücher, für Aufenthalt und Verpflegung.

Gemütlich wie immer sitzt Blasius auf der Ofenbank und raucht eine Virginia. Den Buckel an den warmen Ofen gelehnt, bläst er kleine Ringerln gegen die niedere Stubendecke, überdenkt sein heutiges gutes Geschäft und schweigt. Das ist so was Ungewöhnliches, daß der Krassinger fragt:

„Ist dir heute vor Kälte das Maul zugefroren, Blasius?"

Da taut er auf. Es ist ein schönes Gefühl für den wandernden Kaufmann, wenn man auf ihn angewiesen ist, das eisige Schweigen in so einer Bauernstube aufzulockern durch einen flott hingeworfenen Witz oder sonst einer Neuigkeit, die er erlebt hat. Die Geschichten dürfen sich nur nicht immer gleichen, sonst werden sie uninteressant. Blasius fragt deshalb vorher:

„Hab ich euch das schon erzählt von der Bäuerin von Niederach?"

„Die Bäuerin mit ihren Vierlingen?"

„Nein, das war eine andere. Niederach liegt draußen im Niederbayrischen. Da hat also eine Bäuerin Zwillinge zur Welt gebracht. Eines davon war ein wunderschönes Kind, wie ein Engel sozusagen. Das andere war häßlich wie eine Ratte. Das hat den Bauern im Gehirn so verstört, daß er jetzt umeinanderläuft und nach dem Vater des häßlichen Zwillings sucht."

„Ah geh, des gibts doch gar net", zweifelt die Krassingerin.

„Zwillinge sehen einander allweil gleich. Da mußt dir schon was anderes einfallen lassen."

Jetzt erzählt Blasius die Geschichte einer Posthalterstochter, die ins Moor gelaufen und dort versunken war, weil sie einer Stimme nachlief, die sie zur Liebe gerufen hatte. In Wirklichkeit aber sei das nur das Rufen einer Eule gewesen, die ihre nächtliche Einsamkeit übers Moor hingeschrien habe.

„Die ist halt mannstoll gewesen", meint der Krassinger. Barbara aber läßt ihr Strickzeug sinken und sagt versonnen:

„So was kann ich mir durchaus vorstellen."

Blasius macht ein paar heftige Züge an seiner Virginia, weil sie beinahe ausgegangen ist und lehnt sich an die Kacheln des Ofens zurück.

„Jetzt erzähl ich euch aber etwas, das wahr ist. Komm ich da im Herbst, Oktober ist es schon gewesen, in ein Bauerndorf, Perlbach, glaub ich, hat es geheißen. Da hat an dem Tag grad eine Hochzeit stattgefunden. Ich bin in der Stube herunten gesessen und hab gegessen. Wie ich halt bin, hab ich einen gefragt am Tisch, wer denn da heiratet. Einer der größten Bauern in der ganzen Umgebung hält heute Hochzeit, hat man mir erzählt, aber eine merkwürdige. Der Hochzeiter ist ein großer, sauberer Mensch gewesen, die Hochzeiterin ein kümmerliches Frauenzimmer. Ist halt eine zusammengekuppelte Geschichte. Er hätte net erben können, wenn er die net geheiratet hätte."

In diesem Moment fällt Barbara das Strickzeug aus der Hand. Steil aufgerichtet sitzt sie da, die Lippen schmal gepreßt, die Augen weit geöffnet.

„Was hast denn auf einmal?" fragt die Bäuerin.

„Nichts." Barbara bückt sich nach ihrem Strickzeug. „Was war dann weiter?"

„Ein Onkel soll der Ehekuppler gewesen sein. Und den Hof gibt er erst aus der Hand, wenn ein Nachwuchs da ist, ein Erbe sozusagen, weil er selber keinen gehabt hat."

„Verkuppeln hätt ich mich nie lassen", sagt der Krassinger. „Ich hab mir die meine schon selber gesucht, gell, Wally?"

Die Krassingerin nickt und gibt zu: „Ja, die Haxn hättest dir bald ausgerennt nach mir."

„Damals hab ich halt noch junge Füß gehabt. Aber wie geht denn die G'schicht weiter, Blasius? Hast du dir denn das Brautpaar net ang'schaut?"

„Natürlich bin ich nauf in den Saal. Wo geheiratet wird, da braucht man auch Kindswäsche, hab ich mir denkt. Also er, der Bräutigam, wie ich euch sag, ein bildschönes Mannsbild, groß gewachsen, hellblond und ein Gesicht, wie man es auf Defreggerbildern sieht. Aber ihr wißt wohl net, wer der Defregger war."

„Das ist ja auch wurscht", sagt die Bäuerin. „Erzähl weiter, wie war denn die Hochzeiterin?"

„Ja, das ist es doch. Sie ist neben ihm gesessen, dürr und schiefmaulet, mit einem faltigen, häßlichen Gesicht. Man hätte meinen können, eine alte Mutter säße neben dem Hochzeiter. Die hätte mit Gold bestickt sein können, dann hätte ich Reißaus vor ihr genommen."

Barbara ist aschfahl geworden, und das Herz klopft ihr bis zum Hals herauf. Sie packt ihr Strickzeug zusammen und steht auf. Wie ein Dolchstich schmerzt es sie, als Blasius ihre Gestalt mißt und dazu sagt:

„Zu so einem Kerl tät eher eine passen wie du."

„Ich hab keinen Hof und – ich tät mich auch net verkuppeln lassen", antwortet Barbara und rennt mit hochrotem Kopf hinaus.

„Was hat sie denn auf einmal?" rätselt Blasius.

„Überständig wird sie halt schön langsam", sagt der Krassinger und streicht seinen Bart. „Aber ich bin froh, wenn keiner kommt zu ihr. So eine gute Dirn kriegen wir so schnell nimmer."

Barbara aber sitzt draußen in ihrer Kammer. Nur eine Bretterwand trennt sie vom Kuhstall. Sie hört die Tiere schnaufen, und manchmal rasselt eine Kette. Sie hockt auf dem Bettrand und hat die Hände zwischen den Knien zusammengekrampft. Ich werde fortgehen von hier, denkt sie, und kann sich im Augenblick gar nicht vorstellen, daß sie im nächsten Sommer wieder auf die Alm ziehen und dort das Kind zur Welt bringen wird. Da oben werde ich die Erinnerung erst recht nicht los, und ich müßte täglich einen Lebenden in meinem Herzen begraben. Aber wenn sie zu Lichtmeß von hier fortginge, weit fort, dann wüßte niemand etwas von ihrer Schande. Aber das geht auch wieder nicht, denn der Bauer hat sie ja schon gefragt ob sie bleibt und ihr den Taler ausgehändigt, der fürs Dableiben Geltung hat. Das ist wie ein Schwur, den man geleistet hat.

Häßlich ist sie, die andere, dürr und faltig. Ihre Gedanken wollen plötzlich frohlocken. Das vergönn ich ihm, denkt sie schadenfroh. Und jedesmal, wenn er in der Schlafkammer das Licht löscht, dann wird er sicher an sie denken müssen, an die lebensprühende, gesunde Sennerin von der Brachtensteinalm, zu der er einmal im Nebel gekommen ist.

Nebenan geht eine Tür. Blasius sucht sein Lager auf. Sie hört, wie er mit seinem Maulesel redet. Dummes Zeug, denn was soll ein Tier schon verstehen von

Geschäften und wieviel Prozent er auf ein paar rupfene Hemden draufhauen kann. Dann hört sie Stroh rascheln, wahrscheinlich schüttet er es auf für sein Nachtlager.

Hat der Bauer nicht etwas gesagt, daß die Kuh ‚Brunhilde' bald kälbern wird? Barbara weiß, daß es damit noch vierzehn Tage Zeit hat. Aber man kann ja einmal nachsehen.

Blasius richtet sich von seinem Lager auf, als er die Tür gehen hört. Barbara hat nur die eine Lampe im Futtergang eingeschaltet, aber sie sieht den grauen Schädel schon, der sich hinter dem Barren aufrichtet.

„Du bist es noch, Barbara?"

„Ja, ich muß bei einer Kuh nachsehen", sagt sie und geht vorbei. Sie richtet hinter den Kühen ein wenig die Streu, dann kommt sie wieder hervor.

„Nach mir schaut niemand", klagt Blasius. Er hat sich mit beiden Armen auf der einen Seite an den Barren gelehnt. Barbara muß nun unwillkürlich stehenbleiben und lehnt sich auf der andern Seite an den Barren.

„Du, Hausierer –" will sie beginnen. Blasius aber unterbricht sie in weinerlichem Ton.

„Sag doch net Hausierer zu mir."

„Also, Kaufmann dann."

„Blasius sollst sagen, Barbara."

„Also, Blasius", beginnt sie von neuem. „Ist sie wirklich so gräuslich, wie du erzählt hast?"

„Wer soll gräuslich sein?"

„Na ja, diese Hochzeiterin halt, in Perlbach oder wie das heißt."

„Ach so." Blasius schiebt seinen Schädel ein bißchen

vor, Barbara den ihren zurück. Blasius riecht nach Bier aus dem Mund. „Also, wenn ich dir's sag, Barbara, gräuslich langt da nimmer. Mit so was könnt ich net ins Bett gehn, und wenn du mir zehntausend Mark geben tätst."

„Ja, dann freut es mich."

„Was freut dich, Barbara?"

„Daß du soviel Charakter hast, Blasius."

„Ich hätt schon noch mehrere gute Eigenschaften", lobt er sich selber. „Im Geschäft hab ich Glück, aber in der Liebe keins."

„Das sagst halt so. So uneben bist du doch net. Warum sollt dich kein Madl mögen?"

„Das weiß ich selber net. So eine wie du, Barbara, so eine tät schon zu mir passen. Voriges Jahr hab ich es dir schon sagen wollen, aber heuer wär ich net weggefahren, bevor ich dich net gefragt hätt, ob du mit mir kommen willst."

Voriges Jahr, denkt Barbara ein wenig schockiert. Voriges Jahr wäre alles noch in Ordnung gewesen mit ihr. Es hätte keinen Almsommer und keinen Ferdinand gegeben. Und gar so unrecht ist der Blasius gar nicht.

Blasius faßt nach ihrer Hand, und Barbara kann sie ihm nicht entziehen. Es ist kein Zweifel, daß er es ehrlich meint. Blasius besitzt tatsächlich ein Haus mit einem großen Garten in der Kreisstadt. Er könnte ihr die Papiere zeigen, wenn es bei dieser fünfundzwanzig Watt-Lampe nicht gar so düster wäre. Ja, das Haus beschreibt er ihr ziemlich ausführlich. Fünf Zimmer habe es, und im nächsten Sommer will er sich ein Bad einrichten. Er hat nur nicht viel von dem Haus, weil er so selten heimkommt, es steht fast das ganze Jahr leer, und der Herd ist kalt.

Mein Gott, wie er reden kann, wie er sein Herz ausschütten kann, ohne daß es eine richtige Liebeserklärung wird. Vorerst wenigstens nicht. Er streichelt nur ihre Hand, den Arm entlang und wieder herunter. Ganz weich und zärtlich.

„Magst dich net zu mir rübersetzen ins Stroh?" fragt er. Warum nicht. Für Barbara bedeutet es keinerlei Gefahr mehr, und wenn sie ihm dann sagt, warum sie den Herd in seinem Haus nicht heizen kann, dann wird er sie sowieso gleich von seiner Seite stoßen. Ein Bauer kauft gern eine Kuh mit Kälbchen. Aber man soll ja Mensch und Tier nicht vergleichen.

Barbara sitzt also neben ihm im Stroh. Mit dem Rücken lehnen sie an der Bohlenwand. Drüberhalb rappelt sich der Maulesel auf und schaut neugierig über die Planke herüber und wackelt mit seinen langen Ohren. Dann legt er sich wieder nieder.

Blasius denkt diesmal nicht an eine Borte für einen Unterrock. Es fällt ihm sogar ein Lodenkostüm ein, ohne daß Barbara dafür ein Opfer zu bringen hätte, wenn sie ihm nur für die Zukunft ein wenig Hoffnung schenken möchte. Es ist doch so, meint er, daß Gott die Welt nicht für einen Menschen allein eingerichtet hat. Man muß sich paaren, um die Welt überhaupt erhalten zu können. Und was ihn, Blasius, betreffe, er kenne das Leben. Aber es sei halt so schwer, immer allein durch dieses Leben zu laufen, mit einem Schlüssel in der Tasche, der zu einem

Haus gehört. Er träume es oft, wenn er mit seinem Gefährt so durch den Staub der Landstraßen fahre, wie schön es wäre, heimzukommen, und es stünde eine Frau unter der Türe, die ihn dann fragen würde: ‚Wie war das Geschäft, lieber Blasius? Komm gleich herein jetzt, ich habe dir Kalbsrouladen gemacht, weil du die doch so gerne magst.‘ Ja, und er würde dann fragen: ‚Was machen die Kinder?‘ Die sind in der Schule. ‚Na gut, sie sollen nur fleißig lernen, denn man kann im Leben nie genug wissen.‘

Bitte, hör auf! hätte Barbara am liebsten geschrien. Es ist ja für alles zu spät. Warum hast du mir das alles nicht früher gesagt? Und nun, um überhaupt etwas zu sagen, fragt sie:

„Wie groß ist denn das Grundstück bei deinem Haus?"

„Für einen reisenden Kaufmann eigentlich zuviel. Fünf Tagwerk."

„Da könntest du dir zwei Kühe halten."

Barbara denkt immer gleich an Kühe. Es ist ihr ganz schwindlig im Kopf, und sie steht jetzt auf.

„Du hast so schön geredet, Blasius. Aber jetzt gute Nacht."

„Gute Nacht, Barbara. Und denk ein bißl nach über alles. Ich meine es ernst."

Nun ist Barbara wieder in ihrer Kammer, hockt auf dem Bettrand und starrt vor sich hin. Ach, hat sie denn ihre Gedanken überhaupt beieinander? Wie könnte es ihr sonst durch den Sinn gehen, ob man den Hausierer nicht täuschen könne. Schau, könnte sie sagen, in seinem Haus mit dem nun warmen Herd, ich bin über die Treppe gestürzt, und jetzt ist eben das Kind mit sieben Monaten da. Aber dafür reicht die Zeit nicht mehr hin. Sie ist ja schon im vierten Monat, und wenn sie draußen beim Daxenhacken steht, dann vernimmt sie manchmal das zarte Anklopfen unter ihrem Herzen. Nein, es ist für alles zu spät.

Das Herz wird ihr erst recht schwer, als sie am ersten Weihnachtsfeiertag Blasius sieht. In einem tadellosen, dunklen Nadelstreifenanzug sitzt er am Tisch bei der Morgensuppe, in einem schneeweißen Hemd mit Krawatte, sauber rasiert, mit einem Siegelring am Finger. Die Bäuerin stellt ganz erstaunt fest:

„Ja, Blasius, du bist ja, wenn du rausgeputzt bist, ein ganz respektables Mannsbild. Da muß man sich direkt wundern, daß du noch net verheiratet bist."

„Wenn man, wie ihr, in einem warmen Nest sitzt, versteht man das vielleicht net. Ich aber bin allweil noch mit der Landstraße verheiratet."

„Wahrscheinlich bis an dein Lebensende."

„Wenn ich die Richtige net krieg, dann schon."

Dabei schaut Blasius die Barbara an. Sie wird sich wundern. Gerade vorhin hat er ihr ein braunes Lodenkostüm in ihre Kammer gelegt. Am Abend vorher bei der Bescherung hat es sich nicht geschickt.

Mit schönem Hall läuten die Glocken der Pfarrkirche zum weihnachtlichen Hochamt. Barbara ist bereits in der Christmette um die Mitternachtsstunde gewesen und hat das Haus zu hüten und den Weihnachtsbraten zuzusetzen. Es gibt eine Gans mit rohen Kartoffelklößen. Fast einen Viertelzentner hat Barbara mit dem Reibeisen zu bewältigen, denn es sind viele hungrige Mäuler, die mittags am Tisch sitzen werden, Blasius mit eingeschlossen. Man hat ihn eigens eingeladen, nachdem er sich auch nicht kleinlich gezeigt und allerhand Kleinigkeiten auf den Gabentisch gelegt hat. Für Barbara ein niedliches Wachsstöckerl, weil ja von dem Lodenkostüm niemand was wissen soll. Sie weiß es ja selber noch nicht. Sie steht am Herd und reibt Kartoffel um Kartoffel, Schweiß steht auf ihrer Stirn, und manchmal schiebt sie die Unterlippe vor und bläst eine lockere Haarsträhne zurück.

Als sie damit fertig ist, läutet vom Kirchturm die Wandlungsglocke, und da weiß sie, daß sie mit allem zurechtkommen wird bis zur Mittagsstunde.

Inzwischen muß sie noch überall aufbetten. Sie schüttelt auch draußen im Stall in Blasius Boxe das Stroh auf und breitet sorgfältig die Wolldecken darüber. Dann erst kommt sie in ihre Kammer und sieht das Kostüm. Ein mit ungelenker Schrift beschriebener Zettel liegt dabei: ‚Für dich, liebe Barbara, zum Kristkindl vom Blasius.'

Das Herz will ihr stillstehen vor Freude oder vor Schmerz, weil es doch für alles zu spät ist. Und die ‚liebe Barbara' gerät in einige Schwierigkeiten, weil sie nichts hat zum Schenken, was diesem Blasius auch zur Freude gereichen könnte.

Spät am Abend, als sie beim Melken sitzt, kommt Blasius bei den Kühen hinten vorbei und sei es nur, um zu fragen, ob sie das Kostüm schon probiert hat. Falls es nicht passe, dann hätte er schon noch ein zweites parat.

Barbara nimmt den Kopf vom Leib der Kuh zurück, melkt aber weiter.

„Warum hast du das getan, Blasius? Nein, ich hab es noch nicht probiert. Aber was soll ich denn sagen?"

„Daß du es mir abgekauft hast."

„Nein, ich möcht dir ganz was anderes abkaufen, Blasius. Wolle hast du wohl nicht? Etliche Stränge hellblaue und ebensoviel rosarote."

Blasius nimmt die Zigarre aus dem Mund, schiebt das Goldband vorsichtig herunter und steckt es an seinen Finger. Auf seiner Stirn stehen plötzlich ein paar dicke Falten. Er kennt sich ja aus. Bäuerinnen kaufen zuweilen so eine Art Wolle, wenn sie Nachwuchs für den Hof erwarten. Momentan aber ist er in Wolle ausverkauft.

„Tut mir leid", sagt er und nimmt die Zigarre wieder in den Mund. „In den Farben bin ich ausverkauft. Aber wenn ich im nächsten Jahr wiederkomme, hab ich rosarot und blau dabei."

Schon wieder zu spät, denkt Barbara. Wenn sie es genau nachrechnet, muß das Kind Anfang Juni kommen. Sie geht von der Kuh weg, schüttet die Milch durch ein Seihtuch in einen großen Kübel und stellt den Schemel wieder unter eine andere Kuh. Blasius ist ihr überall nachgegangen und steht nun wieder neben ihr.

„Heut nacht", beginnt er langsam, „da haben wir geredet miteinander, und ich weiß nicht, ob du mich genau verstanden hast. Aber nur soviel: Ich meine es ernst. Ich weiß nicht – ich meine, es wäre doch des Überlegens wert. Ich will dich nicht drängen, nein, überleg dir alles in Ruhe, Barbara. Notfalls könnte ich auch bis zum nächsten Jahr warten. Aber bevor ich diesmal weggehe, sollst du mir wenigstens ein ganz kleines Zipferl Hoffnung mit auf den Weg geben. Ich weiß nicht, ob das zuviel verlangt ist."

„Nein, wirklich nicht, Blasius. Wann willst du denn wieder fort?"

„Übermorgen."

„Gehst du dann in dein Haus?"

„Ja, ich muß wieder neue Ware laden."

„Ich werde es dir bis übermorgen noch net sagen können, Blasius."

„Aber wenn ich im nächsten Jahr wiederkomm?"

„Dann vielleicht, aber wer weiß denn, Blasius, was bis zum nächsten Jahr alles sein wird. Oder ob du bis dahin noch so denkst wie heut?"

„Bei mir ändert sich da nichts, Barbara."

„Sei still jetzt, Blasius, ich glaub, der Bauer kommt."

Ja, der Krassinger kommt vom Roßstall herüber. Barbara kennt ihn an seinem schlürfenden Schritt.

„Ah, da ist er ja. Hab dich g'sucht, Blasius. Möchtest du vielleicht 's Melken lernen?" lacht der Krassinger.

„Nein, ich hab mir grad überlegt, wie das gehn soll. Im Fränkischen droben, da sitzt eine alte Wahrsagerin, die prophezeit, daß eine Zeit kommt, da werden die Küh elektrisch gemolken."

„Also, das ist ein Witz", lacht der Krassinger schallend auf. „Den muß ich mir merken." Auch die Barbara lacht mit. Ein Kerl ist er schon, der Blasius. Immer wieder fallen ihm so ulkige Sachen ein. Und wie er dasteht, in weißen Hemdsärmeln, die Zigarre im Mundwinkel, an der Weste eine silberne Uhrkette mit einem Marientaler. Der reinste Herr gegen den minder gewachsenen Krassinger.

„Ja, ich geh mit", sagt Blasius, als ihn der Bauer fragt, ob er nicht auf ein Viertele Rotwein mitkommen wolle.

Die Gaststube im Wirtshaus ‚Zur goldenen Gams' ist an diesem Abend gesteckt voll. Dicke Rauchschwaden aus Pfeifen und Zigarren schweben unter der niederen Decke. Blasius kennt sie fast alle, wie sie hier am Stammtisch sitzen. Er ist beliebt hier, und sie rücken zusammen, daß er noch Platz an dem mächtigen Ofentisch hat.

Beim ersten Viertele ist er noch ziemlich schweigsam. Erst beim dritten Viertel kommt Blasius langsam in Fahrt, er glüht geradezu von innen her und erzählt allerlei witzige Sachen, erfundene und solche, die Wahrheit sind. Wie die von jenem Bauern im Grund, der ziemlich verschuldet gewesen ist und eines Tages seinen zwölfjährigen Buben zu sich nimmt und ihm erklärte: ‚Es hilft nix, Karle, wir müssen zündeln bei uns ... Du laufst jetzt ins Dorf nauf und alarmierst die Feuerwehr, den Meßner, daß er die Kirchenglocke läutet, und in die Häuser schreist hinein, daß es bei uns brennt. Wenn die Kirchenglocke Sturm läutet, dann zündel ich in der Streuschupfe.'

Die Feuerwehr rückt aus, die Kirchenglocke läutet, aber man sieht noch kein Feuer. Als man bei dem Hof ankommt, raucht es zwar heftig, aber es brennt nicht. Die Streu ist zu naß, weil es beim Dach hereingeregnet hat. Der unglückselige Brandstifter kniet am Boden und bläst mit gewaltigem Atem in die Streu. Aber es kommt nicht zum Brennen, nur zum Rauchen. Warum kommt ihr auch so schnell? schreit der Bauer die verdutzten Feuerwehrleute an. Der Bub aber sagt: ‚Sogar zum Feuerl anmachen ist mein Vater zu dumm.'

Polterndes Gelächter in der Wirtsstube, und die Kellnerin kichert dazwischen:

„Wenn er wenigstens Petroleum über die Streu geschüttet hätte, dann hätte es schon brennt."

Es gibt auch noch herzlich darüber zu lachen, daß einmal die Kühe elektrisch gemolken werden sollen. Wie das vonstatten gehen soll, das weiß Blasius natürlich auch nicht, er ist ja kein Wissenschaftler, sondern nur ein Hausierer, respektvoll gesagt, ein wandernder Kaufmann, der nicht gar so trinkfest ist wie die Bauern am Tisch. Und als der Krassinger ihn um die Mitternachtsstunde auffordert, daß sie heimgehen sollten, da muß sich Blasius beim Krassinger fest einhängen, weil ihm die Füße dauernd durcheinander geraten. Dunkel und verschwiegen liegen die Häuser beiderseits der Dorfstraße. Nur beim Wimmer schlägt heftig der Hund an, weil Blasius so laut plappert. Es ist unsinniges Zeug, was er so daherredet, von seiner Liebe zu Barbara und was für ein prächtiges Weib sie wäre.

„Sie will mich noch nicht", jammert er. „Aber du mußt sie für mich aufheben, Krassinger, bis ich im nächsten Jahr wiederkomm. Gut aufpassen mußt, Krassinger, daß kein anderer über sie kommt."

„Ja, ja, ist schon recht. Schrei net so, Blasius."

„Und was ich noch sagen will, Krassinger. Der Verschlag neben dem Kuhstall, das ist kein Schlafraum für die Barbara. Das ist menschenunwürdig. In deinem großen Hof hast doch Kammern genug."

Sie sind mittlerweile beim Hof angekommen, und der Krassinger hat ein wenig Mühe, den um Barbaras Wohlbefinden so besorgten Blasius zu seinem Lager im Stall zu bringen.

„Und jetzt schlaf deinen Rausch aus", sagt der Bauer, schlägt die eiserne Stalltür hinter sich zu und geht ins Haus hinüber.

Davon erwacht Barbara. Sie setzt sich im Bett auf und hört, wie drüben auf der anderen Seite hinter der Bretterwand Blasius mit seinem Maulesel redet:

„Heut hat's mich erwischt, Pilatus. Aber das macht nix. Morgen bin ich schon wieder beim Zeug. Der Blasius hat nämlich Pflichtbewußtsein. – Oh, ist mir schlecht, so schlecht. Wenn ich nur grad sterben könnt!"

Das ist für Barbara zuviel. Wenn einer vom Sterben spricht, dann muß er nicht mehr weit vom Tod sein. Hastig schlüpft sie in Rock und Spenzer, geht in den Stall hinüber und dreht das Licht an.

„Was ist denn mit dir, Blasius?"

Er ist so müd und so zerschlagen, daß er sich gar nicht aufrichten kann. Nur den Kopf hebt er ein wenig und will lachen, als er Barbara erkennt, aber es wird nur ein verzogenes Grinsen, eine Grimasse wie die eines Zirkusclowns, wenn er Kinder zum Lachen bringen will.

„Bist du krank, Blasius?" Barbara beugt sich zu seinem Gesicht hin und fährt gleich wieder zurück. „Du hast ja einen Rausch, Blasius, du stinkst nach Wein. Da hilft auch keine Medizin. Höchstens ein kalter Wasserguß."

Aber so grausam kann nun Barbara nicht sein. Sie hat Mitleid mit dem stöhnenden Mann, den der zuviel getrunkene Wein geschlagen hat. Sie geht zurück in ihre Kammer, holt ein Tuch und taucht es in das eiskalte Wasser des Brunnens. Sie denkt daran, auch noch einen Klumpen Eis hereinzuholen, aber Blasius ist für den kalten Umschlag um seine Stirn schon so dankbar, daß er nach Barbaras Hand greift.

„Das tut gut, Barbara. Dank dir schön."

„Ja, schlaf jetzt, Blasius. Morgen reden wir dann weiter."

Barbara zieht ihm die Wolldecke bis zum Hals hinauf. Blasius nimmt das vielleicht gar nicht mehr wahr, auch daß Barbara ihn wieder allein läßt, bemerkt er nicht mehr. Bleischwer fällt der Schlaf über ihn her und hält ihn umklammert bis in die späte Mittagsstunde des andern Tages. Und da sagt er, daß er nichts essen könne, es dröhne noch in seinem Kopf, was ihm sonst eigentlich nie passiere. Höchstens, daß er einmal im Jahr über den Durst trinke. Er schaut dabei die Barbara so treuherzig an, als ob er sagen möchte: ‚Nur keine Angst, Barbara. Säufer bin ich keiner.'

Es ist der zweite Weihnachtsfeiertag. Sie sitzen gemütlich in der Stube beisammen. Der Christbaum steht in der Ecke, die Kugeln glänzen an ihm, Lametta und Engelshaar flimmern im matten Schneelicht, das durch die Fenster hereinfällt. Es duftet nach Bratäpfeln, die in der Ofenröhre liegen. Die zwei älteren Kinder knien unterm Christbaum und blättern in einem Bilderbuch. Den Text dazu kann der ältere Bub Jakob bereits mühsam lesen, denn er hat im Herbst mit der Schule angefangen. Das Mädchen Liesl sitzt auf dem Kanapee, wippt mit den Füßen und wiegt ihre neue Puppe in den Armen. Das Jüngste liegt noch im Körbchen, das auf der Ofenbank steht, und wimmert in einem fort.

„Was hat er denn, der Pepperl, daß er allweil greint?" fragt der Krassinger.

„Vielleicht kriegt er Zähne", vermutet die Bäuerin und schaut auf die Uhr. „Hunger kann er ja noch net haben. Aber wir machen uns jetzt einen Tee."

„Ich hab das Wasser schon aufgesetzt", sagt Barbara und geht in die Küche. Kurz darauf kommt sie wieder mit einer Kanne voll duftenden Tees, und die Bäuerin stellt eine Schüssel voll Weihnachtsgebäck dazu.

In diesem Augenblick fährt draußen ein Schlittengespann vor. Die Tür wird aufgerissen, und der Schoiberbauer von Axting tritt ein. Der Schoiber ist ein Bruder der Krassingerin und hat seinen Hof etwa eine Stunde außerhalb von Hierling auf einer Höhe liegen. Die Krassingerin ist erschrocken aufgesprungen.

„Was ist denn passiert, Wastl? Du bist ja ganz aufgeregt."

„Ja, Schwester. Die Kathl – wir haben gmeint, es wär erst um Lichtmeß so weit – und heut mittag – der Doktor ist bei ihr, eine Frühgeburt", sagt er.

„Lebt das Kind?" fragt der Krassinger.

„Ja, ein Bub ist es wieder. Und – Schwager, ihr müßt mir helfen. Ein paar Tage wenigstens. Ich hab niemand, der mir die Kühe melkt."

Der Krassinger schaut die Barbara an: „Barbara, pack zusammen, was du für ein paar Tage brauchst."

„Ich?" fragt Barbara verdutzt.

„Wir haben doch bloß eine Barbara."

Der Bruder und Schwager will sich nicht einmal Zeit nehmen für eine Tasse Tee. Als Barbara mit dem Rucksack hereinkommt, brechen sie sofort auf. Schon im Schlitten sitzend, sieht sie das Gesicht des Blasius hinter dem Fenster. Sie hebt schüchtern die Hand und winkt ihm zu. Dann senkt sie den Kopf und starrt auf den Rücken des Pferdes, das in scharfem Galopp durch das Dorf rast und erst etwas langsamer wird, als es bergauf geht. Nicht einmal richtig auf Wiedersehen hat sie ihm sagen können. Ganz abgesehen davon, was sie ihm heute abend noch hätte sagen wollen. Ohne daß der Schoiberbauer es merkt, beginnt Barbara zu weinen. Langsam rinnen ihr die Tränen über die Wangen herunter und frieren am Kinn schon ein, so kalt weht ihr der Wind ins Gesicht.

*

Beim Schoiber ist der Hof nicht so groß wie beim Krassinger. Es stehen auch bloß zwölf Kühe im Stall. Und doch spürt Barbara sofort die friedliche Atmosphäre in diesem Haus.

Der Schoiber hat ihr sofort beim Ankommen eine helle, freundliche Kammer zu ebener Erde neben der Küche angewiesen. Da könne sie schlafen. Auf diesem Hof sind ebenfalls drei Kinder bereits da, sehr gut erzogen, wie es scheint, denn sie reichen Barbara ungezwungen die Hand, als ihnen der Vater sagt, daß dieses Fräulein für ein paar Tage am Hof sein werde.

„Seid brav und tut folgen", befiehlt er noch, dann geht er hinauf zu seiner Frau.

Zur Stallarbeit erscheint er wieder, versorgt die zwei Pferde, schüttet den Kühen vor und mistet aus. Hernach essen sie. Barbara trägt eine große Schüssel mit heißer Milch auf, in die der Bauer Brotbrocken hineinschnipselt.

Der Schoiber ist ein ruhiger Mann, mit schwarzem Haar und stillen Augen. Was er macht, geschieht mit ruhiger Gelassenheit, und was er spricht, ist von bedächtiger Würde. Mit seiner Schwester, der Krassingerin, hat er kaum etwas gemein. Er scheint sie auch nicht besonders zu lieben, weil er jetzt sagt:

„Es ist mir schon lieber, daß du mitgefahren bist und net die Wally."

„Ich hoff, daß du mit mir zufrieden bist."

„Das hab ich doch schon gesehn, wie du im Stall gearbeitet hast."

Nach dem Essen nimmt der Schoiber die Barbara mit hinauf in die Kammer der Wöchnerin.

„Schau her, Kathl, das ist die Barbara vom Krassinger. Die hilft uns ein paar Tage aus."

Die Schoiberin ist noch eine verhältnismäßig junge Frau, ganz hübsch sogar, nur jetzt ein wenig blaß und erschöpft. Sie streckt der Barbara die Hand hin zum Gruß.

„Ich schau schon, daß ich bald wieder aus dem Bett komme."

„Darf ich das Kindl ansehen?" fragt Barbara und beugt sich über die Wiege, die neben dem Bett steht. „Mei', ist das ein liebes Butzerl." Weich und zarthäutig liegt der Bub in den Kissen. Barbara spürt, wie sie von einer wehen Trauer überschwemmt wird, als sie denkt, daß ihr Kind einmal nicht so wohlgeborgen in einer Wiege liegen wird. Vielleicht in einem aus Ruten geflochtenen Korb, mit Heu ausgefüllt. Dieses hier ist ja auch ein Wunschkind, ihres ein Sündenkind. Mit einem schweren Seufzer richtet sich Barbara wieder auf und horcht, was die junge Bäuerin sagt:

„Morgen mußt roggene Schmalznudeln machen und Apfeltauch dazu. Der Bauer wird dir schon zeigen, wo die Sachen sind. Übermorgen kochst dann Schweiners mit Kraut und Knödl. Und am dritten Tag – derweil werd ich schon wieder aufstehn können."

„Der Doktor hat g'sagt, mindestens die ganze Woch' sollst liegenbleiben", meint der Schoiber.

„Der Doktor hat leicht reden. Ist mir sowieso schon so leid, daß wir diesmal den Doktor braucht haben. Was der wieder kostet."

„Da darf uns jetzt nix reun, Kathl. Die Hauptsache ist, daß du und der Bub g'sund seid."

„Ja, g'sund schon. Aber jetzt möcht ich schlafen. Müd bin ich."

Als sie wieder hinuntergehen, denkt Barbara, daß es ja furchtbar wäre, wenn sie auch einen Doktor brauchen würde. Sie wird erst wieder ruhiger, als sie mit dem Bauern in der Stube drunten sitzt. Die Kinder sind bereits im Bett. Der Bauer zündet am Christbaum ein paar Kerzen und ein paar Sternwerfer an, schaut versonnen dem Flimmern zu und zündet sich eine kurze Pfeife an.

„Ist ein nettes Buberl", versucht Barbara ein Gespräch anzuknüpfen.

„Ja, aber jetzt muß Feierabend sein. Mehr wie vier Kinder vertragt der Hof net. Es wird jetzt sowieso ein bissl brenzlig, und ich überleg schon, ob wir uns net eine Magd einstellen sollen. Es wird alles zuviel für die Kathl." Er löscht die Kerzen wieder aus und setzt sich auf das Kanapee, auf dem ein Haufen Bügelwäsche liegt. Barbara hat es längst gesehn und fragt jetzt:

„Weißt du, wo ein Bügeleisen ist?"

„Das kannst morgen machen. Aber eine andere Frag: Zu uns möchtest net kommen für ganz? Oder hast dich schon wieder verdingt beim Krassinger."

„Ja, fürs nächste Jahr bin ich schon wieder verdingt. Das kann ich nimmer rückgängig machen. Ich hab es auf Handschlag versprochen, und was man verspricht, das muß man halten."

„Ja, schon. Manche halten sich bloß net daran. Schad, Barbara, ich glaub, du tätst zu uns herpassen."

„Hast du eine Alm?"

„Leider nein."

„Ich brauch aber eine Alm. Wenigstens für den einen Sommer noch."

„Na ja, da kann man halt nix machen. Aber wenn du dich im nächsten Jahr wieder verdingst, vielleicht denkst dann an uns."

„Ja, ich werd dran denken", sagt Barbara, denkt aber:

‚Mein Gott, was wird im nächsten Jahr alles sein.' –
„Kann ich jetzt noch was tun?"

„Nein, nein, leg dich nur schlafen. Morgen wartet ein Haufen Arbeit auf dich. Wenn ich grad net da sein sollt, dann gibst dem Xaverl ein Stück Hausbrot und einen Apfel mit für die Schule."

„Dann gute Nacht."

„Gute Nacht, Barbara."

Barbara schläft in dieser Nacht so gut, wie schon lange nicht mehr. Aber punkt vier Uhr wacht sie auf wie gewöhnlich. Im Haus ist es noch ganz still. Barbara macht Feuer in der Küche und setzt Wasser auf. Ich werde mir heute einmal die Stiege zum Speicher anschaun, denkt sie, wo man runterfallen und unerwartet eine schnelle Geburt haben kann. Vielleicht ist diese Stiege so schmal und hinterlistig, daß sie von jedem sein Opfer fordert, wenn man sich nicht zur Engelmacherin zu gehen getraut.

Wie still es hier auf dem Schoiberhof ist, fast so friedsam wie auf einer Alm. In reinem Weiß liegt hier der Schnee, nur von der Skispur durchzogen, die der Xaverl hinterlassen hat, als er zur Schule gefahren ist.

Der Schoiber braucht der Barbara nichts zu sagen. Barbara weiß selber, was zu tun ist, ihre Handgriffe sind so sicher, als wäre sie immer schon hiergewesen. Ach ja, wenn sie nur hierbleiben könnte. Aber wie lange noch, dann würden sich die stillen Augen des Bauern verfinstern, wenn ihr Zustand offenbar wird. Und er würde ihr den Vorwurf machen: ‚Ja, das hättest du mir schon sagen müssen.'

Wie Barbara ihr Leben überdenkt, es ist ein Riß hineingekommen. Dieser Nebelmensch – einen andern Namen weiß sie für den Ferdinand Höllriegl nicht mehr – dieser Nebelmensch hat ihr Leben versaut und zerstört.

Um die neunte Vormittagsstunde mag es sein, als Barbara zufällig vom Küchenfenster aus hinunter schaut auf die Straße, die vom Dorf in den Wald hineinführt. Da sieht sie ein Gefährt dahinzuckeln. Die graue Plane flattert ein bißchen im Schneewind, und die langen Ohren des Maulesels sind kerzengerade aufgerichtet, als seien sie gefroren. Man kann es aus dieser Entfernung zwar nicht mehr genau sehen, zumal der Schnee hinter dem Gefährt aufwirbelt, aber wer soll die Gestalt schon sein, die etwas zusammengekrümmt auf dem Bock sitzt, als Blasius, der Hausierer, der wandernde Kaufmann mit dem Herzen eines Kindes, mit dem sie heute noch etwas hat ausreden wollen. Sie weiß zwar nicht, ob sie dann wirklich den Mut gehabt hätte, ihm zu sagen: ‚So und so steht es mit mir, Blasius, wenn du mich jetzt noch haben willst . . .' Aber da fährt Blasius nun durch den kalten Wintertag in die Ferne, von der er immer soviel zu erzählen weiß. Wenn er im nächsten Jahr wiederkommt, wird er Barbara nicht mehr allein finden, und er wird dann nicht mehr mit ihr im Stall sitzen wollen, wird höchstens sagen: ‚Nein, Barbara, so hab ich es nicht gemeint. Dich hab ich haben wollen, aber ohne Anhängsel.'

Drei Tage ist Barbara nun schon auf dem Schoiberhof, und sie wäre gerne noch länger geblieben. Aber am vierten Tag läßt die Krassingerin durch den Postboten ausrichten, sie möge doch endlich wieder zurückkehren, wohin sie gehört. Und so packt Barbara halt wieder ihr Bündel und will heimgehen, soweit sie den Krassingerhof ein Heim nennen darf. Der Schoiber aber spannt ein und bringt sie zurück. „Dank dir schön, Schwester", sagt er zur Krassingerin. Der Barbara aber hat er, obwohl er selber nichts übrig hat, unterwegs schon ein Fünfmarkstück zugeschoben und dazu gesagt: „Brauchst aber meiner Schwester nix sagen."

*

Der Winter dauert lange in diesem Jahr. Bis in den März hinein liegt Schnee über den Feldern, und am Josefitag ist es noch einmal so bitter kalt, daß Eisblumen an den Fenstern blühen und die Bauern Angst haben, die Saaten könnten unter der Schneedecke vernichtet sein. ‚Liegt der Schnee über hundert Tage, wird er für die Saat zur Plage', sagt ein alter Bauernspruch.

Der Krassinger zählt am Kalender die Tage ab. Neunundachtzig Tage bringt er zusammen, seit sich der erste Schnee übers Land gelegt hat. Barbara zählt die Tage nicht, sie weiß es auch so, wann ihr Unglück kommt. Aber an einem dieser kalten Tage geht sie spät abends noch zur Dorfkramerin Seibold. Der Laden ist zwar längst zu, aber Barbara kann auch zur Hintertür hinein. Die Kramerin ist das schon gewohnt. Dienstboten haben ja nie Zeit, untertags einzukaufen. Was brauchen sie auch schon? Ein Stückl Seife vielleicht oder eine Spule Garn. Die Kramerin hat ein Herz für dienende Menschen. Barbara darf auf dem Sofa Platz nehmen, und es kommt ihr auch nicht darauf an, der Krassingermagd ein Glaserl Met anzubieten. Erst hernach fragt sie:

„Mit was kann ich dienen?"

Die Seiboldin will ja keine gewöhnliche Kramerin sein, die fragt: ‚Was kriegst?' Nein, sie will dienen.

„Ja", sagt die Barbara und knetet ihre Hände im Schoß. „Das wirst du vielleicht gar net haben. Für eine Bekannte – die hat mir geschrieben – für die soll ich Wolle besorgen."

„Schafwolle?"

„Nein, eine feinere. Drei Strang hellblaue und drei rosarote."

„Aha", sagt die Kramerin. „Ich kenn mich schon aus. Für Kindswäsche, gell?" Sie mustert Barbara mit schmalen Augen. „Und für eine Bekannte, sagst? Warum kommt die net selber?"

„Weil sie doch von auswärts ist."

„Ah so. Also rosarot und hellblau hast gsagt? Hab ich. Als ob die Seiboldin einmal nix hätte. Aber da kauft man ja lieber bei dem windigen Hausierer." Mühsam erhebt sich die Kramerin, klagt über ihr schmerzendes Hüftgelenk und humpelt in den Laden hinaus.

Die Wolle ist prächtig in der Farbe, lind und daunenweich. Barbara streicht ein paarmal damit über ihre Wange und fragt: „Was bin ich jetzt schuldig?"

„Ja, die ist net billig. Sechs Strang, das sind genau neun Mark. Ich habe aber auch noch eine billigere da, den Strang für neunzig Pfennige."

„Nein, nein die ist schon recht. Ich mein, meine Bekannte wird schon das Bessere haben wollen."

Barbara zählt die Geldstücke auf den Tisch hin. Die fünf Mark vom Schoiber sind auch dabei. Dann macht sie sich wieder auf den Heimweg. Die Kramerin begleitet sie hinaus, und beim schaukelnden Licht der Straßenlaterne mustert sie streng nochmal ihre Gestalt. Nein, es ist Barbara noch nichts anzumerken.

Nach diesem frostigen Josefitag bricht das Eis. Fast über Nacht setzt Föhn ein. In schweren Wellen bricht er über das Gebirge herein, macht die Herzen der Menschen schwermütig und allen Schnee zu Matsch. Die Bäche schwellen gefährlich an. In den Nächten hört man sie rauschen und brausen. Aber die Wiesen zeigen nach einer Woche schon die ersten Leberblümchen her, und schüchtern kommt das Gras aus der trächtigen Erde. Die Haselnußstauden haben aufbrechende Knospen, und in der Osterwoche sind die ersten Schwalben da und zwitschern um den Türstock beim Stall, wo sie im Vorjahr ihr Nest gehabt haben.

Herrliche Sonnentage gehn über das Land. Der Schnee wäre schon vergessen, wenn nicht oben auf den Bergspitzen noch welcher läge. Aber es ist nicht mehr das reine Weiß des Winters, grau und verstaubt liegt der Schnee in den Mulden.

Am Ostersonntag darf Barbara ins Hochamt gehn. Sie zieht zum erstenmal ihr Kostüm an. Geradezu prächtig sieht sie darin aus.

„Tu fei' anständig beichten", sagt der Krassinger, als sich Barbara zum Gehen anschickt.

Natürlich kann Barbara nicht beichten. Der Pfarrer

könnte ihr ja die große Sünde schon von den Augen ablesen, bevor sie den Beichtstuhl betritt.

Die Krassingerin kann es kaum fassen und glüht vor Neid.

„Hast das Kostüm gesehn?" fragt sie den Bauern.

„Ich bin ja net blind. Und sie schaut gut aus damit."

„Aber wo hat sie es her? Wann kann eine Magd sich schon so ein Kostüm leisten? Entweder sie hat uns vorigen Sommer auf der Alm wieder beschummelt, oder..."

„Oder?"

„Sie hat es vom Hausierer geschenkt bekommen."

„Umsonst meinst du?" fragt der Krassinger anzüglich und blinzelt mit dem linken Auge dazu.

„Du bringst mich da auf eine Idee, Thomas." Die Krassingerin denkt ein wenig nach. „Ich hab ihn manchmal beobachtet, wie er sie angeschaut hat – so komisch, wie ein abgestochener Geißbock."

„Und die Barbara ist eben auch ein Weib."

„Ja, aber bloß eine Magd, und der steht so was net zu. Aber das bring ich schon raus aus ihr."

„Mich interessiert das net weiter."

„Mich schon. Und wenn das zutrifft, was ich vermute, dann bleibt mir der Blasius nimmer über Nacht bei uns."

„Sei doch net gar so brotneidig."

„Bin ich net, aber was braucht denn die Barbara so ein teures Kostüm? Ich hab ja auch keins."

Ja, das Kostüm. Natürlich merken es auch andere. Für Barbara ist es direkt ein Spießrutenlaufen vom Glockenhaus bis vor zum Kirchenstuhl der Krassingers, vorn in der zweiten Reihe. Der steht ihr als Magd zwar nicht zu, aber nachdem die Bäuerin heute Hauswacht hat, ist es ihr erlaubt worden. Die Lichthamerin, eine angesehene Bäuerin, rückt zwar im ersten Augenblick ein wenig zur Seite, aber dann greift sie doch herüber und befühlt mit spitzen Fingern den Stoff. Bester Loden, und die Knöpfe sind auch aus echtem Hirschhorn.

„Wo hast denn das her?" flüstert sie.

„Vom Hausierer."

„Vom Blasius? So ein Gauner, mir hat er so was net vorgelegt. Was hat es denn gekostet?"

Barbara wird rot bis zu den Haarwurzeln hinauf. Sie begreift plötzlich, was alle denken werden, wenn sie sagt, daß sie es geschenkt bekommen habe. Aber antworten kann sie sowieso nicht mehr, denn das Sakristeiglöckchen ertönt, und der Pfarrer tritt mit den Ministranten vor den Altar.

Auch nach der Kirche wird Barbara nachgestarrt, als sie mit ihren weiten, zügigen Schritten über den Kirchplatz geht. Es heißt nicht umsonst, Kleider machen Leute. Und Barbara sieht ja auch prächtig aus. Es fragt sich nur, was das für Zeiten sind, und wo das noch hinführen soll, wenn eine Magd sich so aufputzen kann. Daheim geht dann erst die Fragerei los. Die Krassingerin bibbert ja direkt, der Wahrheit auf die Spur zu kommen. Also doch vom Blasius. Die Bäuerin nickt grimmig vor sich hin.

„Und was hat denn das gekostet?"

„Sechzig Mark", lügt Barbara. „Aber er hat mir was nachgelassen."

„So, so, nachgelassen. Und für was hat er was nachgelassen? Vielleicht alles? Schau mir einmal in die Augen. Hat er es dir geschenkt?"

Jetzt findet Barbara endlich den Mut, zu sagen, was sie schon längst einmal hätte sagen müssen:

„Das geht dich gar nix an."

Die Krassingerin ist so perplex, daß sie erst nach Luft schnappen muß, bevor sie sagt:

„Was sagst du zu mir? Es geht mich nix an, wenn du es mit dem Hausierer treibst?"

„Was soll ich 'trieben haben?"

„Frag doch net so unschuldig. Ich kenn mich schon aus. Aber das merkst dir, der Blasius kommt mir nimmer ins Haus. Unser Haus ist ein christliches Haus, und wenn wir net schon bald vorm Almauftrieb wären, da tät ich dich gleich zum Teufel jagen. Schau, daß du nauskommst jetzt in den Stall."

Es kommt dann im Laufe des Nachmittags noch zu einem richtigen Familienkrach, weil die Bäuerin dauernd in den Bauern hineinhetzt.

„Weißt, was sie gesagt hat? Das ginge mich gar nix an."

„Da hat sie auch recht."

„Was? Recht hat sie? Ja, ja, du schaust ihr ja allweil durch die Finger."

„Als Magd ist sie tüchtig, da kann man ihr nix nachsagen, und als Sennerin zweimal net."

„Aber deswegen braucht sie mir noch lange net dumm zu kommen. Nächstes Jahr verdingst du sie nimmer."

„Wer weiß, was bis nächstes Jahr sein wird. Und wie ich schon g'sagt hab, in der Arbeit kann man ihr nix nachsagen, und was sie außerhalb der Arbeitszeit tut, das geht uns wirklich nix an."

Die Zeit geht dahin. Die Kartoffeln sind gesetzt, und im Obstanger ist bereits das erste Gras zu mähen. Ein Gottesgeschenk ist es jedesmal, wenn man sich die Zeit nimmt, das Blühen und Prachten zu beobachten. Mit jedem Tag springen mehr Knospen auf; wenn man von oben herunter auf das Dorf schaut, dann ist es, als wachse zwischen den roten Schindeldächern ein weißblühendes Wunder heraus. Alle Vögel sind schon da, die Bienen summen eine Orgelmelodie um die blühenden Zweige, und aus den Wäldern ruft der Kuckuck.

Still und ergeben verrichtet Barbara ihre Arbeit und sehnt den Tag herbei, an dem sie wieder zur Alm ziehen kann. Auf ihrem Gesicht liegt etwas wie eine Verklärtheit, und nur selten einmal öffnet sich ihr Mund zu einem Lächeln.

Endlich ist es soweit. Am Pfingstsamstag beginnt der Almauftrieb. Langsam trottet Tier um Tier aus dem Stall, mit einer Glocke oder Schelle am Hals. Sie stehen in dichten Haufen im Hof herum und brüllen durcheinander. Der Krassinger spannt seinen Gaul vor den hohen zweirädrigen Almkarren und lädt noch auf, was man droben auf der Alm alles braucht.

Nun tritt Barbara aus dem Stall, nur einen Rucksack umgehängt, den langen Bergstecken in der Hand. Es ist soweit. Vorher aber kommt die Bäuerin mit einem Weihbrunnkessel, besprengt die Tiere mit Weihwasser, auch den Mann und das Pferdegespann, zum Schluß noch die Barbara.

„Gottes Segen sei mit dir und der Herde", sagt sie in versöhnlichem Ton, auch wenn sie das mit dem Hausierer und dem Kostüm noch nicht ganz vergessen hat.

Dann setzt sich Barbara an die Spitze der Herde, und langsam zieht alles aus dem Hof. Der Bauer fährt hinterher. Zuerst geht es über die blühenden Bergwiesen hinauf, und dann verschwindet der ganze Zug im Wald. Erst geht es allmählich bergauf, dann wird der Weg immer steiler und steiniger. Barbara spürt, wie jeder Schritt mühsamer wird. Ihr Gesicht hat noch die Farbe des Winters. Aber ein paar Wochen Bergwind und Sonne werden es wieder braun werden lassen wie Nußbaumholz. Nicht nur sie empfindet die Mühsal des Bergsteigens. Der braune Haflinger hat ebenfalls Mühe, den schweren Karren zu ziehen. Der Bauer geht neben dem Gefährt her, hält sich nur mit der einen Hand am Geländer des Wagens fest und hat es insofern ein wenig leichter als Barbara. Der rinnt der Schweiß unter dem Kopftuch heraus in den Hals hinein, und immer müder werden die Bewegungen ihres Armes, der den Bergstecken in den Boden stößt. Manchmal, wenn die Eisenspitze auf einen Stein trifft, sprühen Funken davon.

Noch sind sie im Wald, aber in einer Stunde etwa werden sie aus dem wohltuenden Schatten herauskommen in die grelle Sonne. Schön ist der Wald um diese Morgenstunde. Sonnenbänder huschen wie goldene Scheinwerfer durch die Lücken der Zweige, verwandeln das Moos unter den Bäumen in schillerndes Grün und umhuschen auch die großen Felsbrocken, die vereinzelt im Wald umherliegen. Die Glocken der Herde verschenken ein hundertfaches Echo. Es ist, als stehe hinter jedem Felsbrocken oder Gebüsch eine Kapelle oder eine Kirche, die zum Hochamt ruft.

Als sie aus dem Wald herauskommen, fällt es dem Bauern ein, nach vorne zu rufen:

„He, Barbara, schmeiß doch deinen Rucksack auf den Karren." (Als ob ihm das nicht unten schon hätte einfallen können). „Mußt dich doch net damit abschinden."

Barbara schaut über den Rücken der Rinder zurück, zieht ihr Kopftuch weiter in die Stirne herein und geht weiter. Der Rucksack ist ja nicht schwer, es sind ja bloß sechs Strang Wolle darin. Jedenfalls ist er nicht so schwer wie die Gedanken, die durch Barbaras Hirn jagen. Manchmal strömen sie alle zusammen auf einen Punkt. Dann meint sie, daß sie keinen Schritt mehr weitergehen könne, und das Herz ist so schwer wie ein Stein.

Jetzt kommt die in einer Talmulde liegende Staufingeralm in Sicht. Barbara bleibt stehen und ruft zurück:

„Beim Staufinger haben sie schon aufgetrieben."

„Ja, vorgestern schon."

Weiter rechts von der Almhütte, auf einem Buckel, liegt unter Bäumen die Hütte der Jäger. Die Fensterläden dort stehen offen, und aus dem Kamin kräuselt sich bläulicher Rauch.

„Da ist auch schon jemand im Haus", schreit der Krassinger nach vorn, und es fällt ihm dabei ein, daß er im vorigen Jahr einmal ein paar Rehschlegel bei der Barbara mitgenommen hat. Wo sie die bloß hergehabt hat? Den ganzen Winter über hat er vergessen, der Sache näher nachzufragen, wie es ihm selbst auch nie in den Sinn gekommen ist, daß er sich eigentlich strafbar gemacht hat. Nein, nein, das hat er ja gebeichtet, als Fundunterschlagung, und der Herr Pfarrer hat auch nicht weiter nachgefragt. Er lächelt vor sich hin, als ihm das wieder einfällt, nimmt jetzt den Hut ab und läßt den Wind über seine verlängerte Stirn wehen.

Der Krassinger ist ja gerade kein imponierendes Mannsbild. Von Gestalt klein und gedrungen, geht er auf krummen Beinen dahin. Sein spitzes Kinn ist von einem Bart umkräuselt, während die Oberlippe glatt rasiert ist. Diese Barttracht ist keineswegs landesüblich. Solche Bärte tragen Fischer vom Ostseestrand, aber keine Bauern aus dem Oberland. Aber er ist eben ein Eigenbrötler.

Endlich kommen sie bei der Almhütte an, und Barbara öffnet das Gatter. Die Tiere, als seien sie sich jetzt erst ihrer Freiheit bewußt, drehen die Schwänze auf, rennen toll vor Freude umher, daß die Glocken an ihren Hälsen wild durcheinanderbimmeln. Sie rennen zum unteren Almfeld hinunter, wo sie dann nach langer Zeit ruhig zu grasen beginnen.

Barbara öffnet als erstes die Fensterläden und reißt die Fenster auf, um die stockige Winterluft hinauszulassen. Vielleicht ist auch noch der süßliche Duft des Pfeifenrauches dabei von jenem Nebelmenschen, der für sie einmal der Ferdl gewesen ist.

*

„Meinst, daß ich heuer auch wieder Rehfleisch im Keller finde?" fällt es dem Bauern plötzlich ein.

„Nein, das glaub ich net."

„Schade. Ich hab dich auch nie gefragt, wo es herkam. Das geht mich auch weiter nix an. Ich hab halt bloß gemeint. Und was ich noch sagen will, Barbara: Die Bäuerin möchte, daß du in Zukunft für ein Glas Milch um ein Fünferl mehr verlangen sollst, fürs Übernachten im Heu anstatt zwanzig, dreißig Pfennige, und die Butterportionen sollst auch nimmer so groß machen."

„Die Bäuerin vergißt bloß, daß auch einmal ein paar ganz arme Teufel vorbeikommen, die Hunger haben und Durst und kein Geld."

Der Krassinger zieht die Augenbrauen hoch.

„Zum Herschenken haben wir nix. Wo kämen wir denn da hin!"

„In der Bibel steht aber ..."

„In der Bibel steht viel", unterbricht sie der Bauer. „Des kommt grad drauf an, wie man sie auslegt."

„Ist schon recht", sagt Barbara und weiß genau, daß sie es so wie bisher halten wird. Vielleicht, daß sie sich die Leute genauer anschaut, man kriegt ja einen Blick dafür, wem Geld in der Tasche klimpert und wem der Hunger aus den Augen schaut. Aus ihrer Frage klingt blanker Hohn:

„Aber ich darf doch essen, was ich will?"

„Mit Maß und Ziel halt. Und wenn jemand einen Schmarrn will, verlangst auch um ein Zehnerl mehr."

Barbara hätte eigentlich erheitert sein können über die

kleinlichen Rechenkünste ihres Herrn, wenn ihr nicht so traurig zumute gewesen wäre. Sie schaut den Krassinger mit schmalen Augen an.

„Und das kannst du mit deinem christlichen Gewissen ohne weiteres vereinbaren?"

Verständnislos schaut er sie an. Dann trinkt er zuerst noch von seinem Bier, bevor er antwortet:

„Was heißt da Gewissen. Mir schenkt ja auch niemand was. Und 's Sach wird auch allweil teurer. Und daß du nicht vergißt, alles aufzuschreiben."

„Bin ich vielleicht schon einmal net ehrlich gewesen?"

Er sieht, wie sich ihr Gesicht verfinstert hat, und diese scharfe Falte zwischen ihren Brauen ist auch da, die ihn zum Einlenken zwingt.

„Doch, doch, ehrlich bist, auch wenn du net sagst, wie du zu dem Kostüm kommen bist. Aber deine Vorgängerin, die Moidl, die hat uns ausgeschmiert. Da bin ich auch bloß durch Zufall draufkommen. Aber weil du so ehrlich bist, darum zahl ich dir ja fünf Mark in der Woche. Andere Mägde haben bloß vier Mark. Der Lindinger zahlt gar nur drei Mark fünfzig. Aber da läßt sich der Krassinger nix nachsagen. Wenn ein Mensch fleißig und ehrlich ist, dann soll er auch zu seinem Sach kommen. Trinkgeld wirst ja auch kriegen?"

„Hin und wieder."

„Na also. Ich will ja gar net wissen, wieviel. Aber es wird sich schon ein bissl was z'ammtröpfeln. Sollst es haben, ich vergönn es dir, und ich hoff ja auch, daß wir noch viele Jahre beieinanderbleiben. Was meinst du?"

Die Frage kommt so unverhofft, daß sie Barbara verwirrt. Sie druckst eine Weile umeinander, bis sie sagt:

„Das kommt net auf mich an. In einem Jahr kann sich viel ändern. Das kommt eher auf dich an und hauptsächlich auf die Bäuerin."

„Ja, ja, ich weiß schon, sie ist manchmal ein herbes Frauenzimmer. Da kann sie nix dafür, das ist halt so ihre Art."

„Ich hab halt auch meine Art", erwidert Barbara und beginnt nun die große Kiste auszuräumen, stellt alles an seinen Platz, das Geschirr, die Lebensmittel, Putzmittel, Bettwäsche, Handtücher, was man so braucht im Laufe eines Almsommers. Die Lebensmittel haben ja auch nur jeweils eine Woche auszureichen, denn jeden Freitag kommt der Bauer und holt die Almerträgnisse ab, Butter und vor allem Käse. Nur ihren Kufer, Barbara getraut sich nicht recht, denn er ist schwer. Der Bauer hilft ihr, ihn in die Kammer hinauszutragen. Dann trinkt er sein Bier aus und sagt, daß er sich jetzt draußen unter dem Vogelbeerbaum zu einem kleinen Schlaferl hinlegen werde. Das dauert bis zwei Uhr. Dann spannt er den Haflinger wieder vor den Karren. Bevor er wegfährt, sagt er noch:

„Das Almrosenbüscherl im Herrgottswinkel, hab ich gesehn, ist verwelkt und erfroren. Hol dann einen frischen rein. Unser Herrgott mag allweil was Frisches und Grünes um seine Füße haben. – Also dann, b'hüt dich Gott und bleib gesund!"

Barbara wartet gar nicht, bis das Gefährt um die nächste Wegbiegung verschwunden ist, sie macht sich gleich an die Arbeit, wischt zuerst überall Staub und holt Wasser vom Brunnen herein. Sie beginnt zu putzen, schrubbt auf den Knien den Bretterboden sauber und ist erst zufrieden, als alles spiegelt und blitzt und nach Seifenlauge riecht. Auch der Herrgott im Winkel zwischen den zwei Fenstern erhält einen frischen Buschen Almenrausch zwischen seine Füße gesteckt. Bis alles seine Ordnung hat, ist es bereits Zeit zum Melken geworden. Barbara zieht sich um, tritt zum Gatter hinaus, öffnet es und hebt die hohlen Hände vor den Mund:

„Kuhsä geh, Kuhsä geh!"

Die Leitkuh hebt den Kopf, setzt sich langsam in Bewegung, und die anderen folgen ihr mit prallgefüllten Eutern zum Stall herauf.

Nach dem Melken werden sie wieder ins Freie gelassen. Langsam wird dann auch für Barbara Feierabend. Sie rechnet nie nach, aber wenn sie es täte, so käme sie auf einen Arbeitstag von sechzehn Stunden.

Es ist jetzt die Zeit, in der der Himmel schon ausgeglüht ist und sein Abendrot nur mehr über die Berge hingleiten läßt, daß es aussieht, als seien die grauen Wände für kurze Zeit von Blut überflossen. Die Dämmerung fällt dann sehr rasch, fast ohne Übergang, und man sieht die Kühe auf dem Almfeld drunten nur mehr als graue Hügel. Sie haben sich wieder vollgefressen, liegen still und warten auf den Mond. Langsam steigt er hinter den Bergen herauf, der Fürst der Nacht, eine fremde Sonne, die ihr Silberlicht über die Erde ausbreitet.

Manchmal brüllt noch eine Kuh. Sie hat eine mächtige

Orgel im Leib, und ihr Gebrüll dringt tief in das Dunkel der Wälder hinein.

Ja, so eine Kuh kann sich ihre Freude oder ihr Leid, überhaupt ihr ganzes Gefühlsleben aus dem Leibe herausbrüllen. Der Mensch kann das nicht. Was würde es auch helfen, wenn Barbara ihre Not in die Nacht hineinschreien würde. Es käm ja doch niemand mehr aus dem Dunkel oder dem Nebel heraus. Und so sitzt sie eben allein auf der Hüttenschwelle und hat ihre Wolle aus dem Rucksack genommen. Drei hellblaue und drei rosarote Stränge. Aber sie kann die Farben nicht mehr unterscheiden, der Mond versilbert alles, sogar Barbaras Hände. Sie bräuchte nur jemand jetzt, der die Arme auseinanderhielte, damit sie die Wolle abwickeln könnte. Aber es ist niemand da. Sie könnte es morgen vielleicht an den Hörnern der Leitkuh ausprobieren. Sie ist ein geduldiges Tier, ein ganz und gar mütterliches, das sicher eine Weile stillhalten würde. Dann aber hat sie einen anderen Einfall. Sie holt sich aus der Hütte einen Stuhl heraus, legt den ersten Strang um die Lehne und beginnt abzuwickeln.

Ach ja, Barbara ist ja nicht dumm, sie weiß sich schon zu helfen, sie ist nur mit einer leichtgläubigen Vertrauensseligkeit behaftet. Das Mondlicht liegt auf ihrem Gesicht und verwischt das Strenge und Grüblerische in ihren Zügen. Auf alle Fälle, das weiß sie, bevor der Sommer auf seine Höhe gestiegen ist, wird sie ein Kind haben. Die Frucht einer leichtgläubigen Stunde im vorigen Jahr. Aber sie wird keinen Vater benennen können, und deshalb wird man ihr, symbolisch gesehen, ein

Schandmal auf die Stirn brennen. Dabei ist alles aus einer tiefen Liebe und im Vertrauen auf den rechtlichen Willen und die Güte des anderen geschehen.

Und so sitzt sie jetzt auf der Hüttenschwelle, wie vor Jahrhunderten vielleicht Burgfräulein am Fenster ihrer Kemenate am Spinnrad gesessen haben. Ihre Hände bewegen sich wie verzaubert, und auf ihrer gesenkten Stirn glänzt das Mondlicht.

In so einer stillen Stunde vergißt sie alles; alle Verzweiflung ist entschwunden, und es kümmert sie nicht, was alles man über sie reden wird, daß sie ein liederliches Weibstück sei, deren Kammerfenster für jedermann offen gewesen ist, den es nach Liebe gedürstet hat, ein Holzknecht oder ein Jäger, ein Bergfex oder gar der Bauer selber. Seit sie wieder da heroben ist, fühlt sie sich frei und wie erlöst, weil sie sich nicht mehr zu verstellen, weil sie sich nicht mehr zu schnüren braucht, sie braucht nicht mehr so steif aufrecht zu gehen, jetzt darf sie der Last des Leibes nachgeben, und es schmerzt nicht mehr so, dort, wo das Kind im Dunkeln liegt. Wenn sie ganz still sitzt, so wie jetzt, meint sie den Atem und den Herzschlag des Kindes zu vernehmen. Alles Bedrückende löst sich in ihr, auch die Angst weht fort, die mit nichts zu vergleichende Angst vor der Geburt und vor der Zukunft überhaupt.

*

So gehen die Wochen dahin. Hin und wieder ein Gewitter, am andern Tag wieder der helle Himmel über den Bergen, deren schattseitige Wände noch glänzen vom Regen. Ach, es ist schön, so nahe an den Bergen zu leben. Wenn Barbara wirklich einmal eine Stunde findet, wo sie die Hände ruhen lassen kann, dann geht sie langsam über das Latschenfeld hinauf zum Hang, wo die Almrosen blühen. Wie ein roter Teppich glänzt das auf den Matten, bis hin, wo der Einstieg zu den Felsen beginnt. Dazwischen leuchten die blauen Kelche des Enzians, verstreute Steinröserl. Ach, es gibt so vielerlei Gräser und Wurzeln im weiten Umkreis, und manchmal sieht man die alte Brieglmutter umherstreichen mit einem Korb, in den sie Kräuter sammelt, die sie für allerlei Heilzwecke braucht. Meist sind ein paar halbwüchsige Kinder bei ihr, die auch fleißig in den Korb hineinbrocken.

Manchmal wünscht sich die Barbara, daß die Brieglmutter einmal in ihrer Hütte einkehren möchte. Sie hätte allerhand zu besprechen mit ihr, wenn etwa die Krassingerin es nicht dulden will, daß sie ihr Kind bei sich behält. Die Brieglmutter ist so eine Art Ziehmutter, eine Kostgeberin für arme, verlassene Kinder. Die Brieglmutter hat Verständnis für die Nöte so armer Menschen und tut so manches um Gotteslohn. Was kann so eine Magd dafür, die da aus Leichtsinn oder weiß Gott aus welchen Gründen keinen Vatersnamen angeben kann! Im Rausch der Leidenschaften werden Gottes Tafeln oft verwischt oder weggestoßen. Aber brauchen nicht gerade die Armen ein warmes Nest für ihre Kinder? Und so ein warmes Nest hat die Brieglmutter in ihrem Häusl etwas außerhalb des Dorfes. Man nennt sie die Kindsnärrin, obwohl sie nie ein eigenes Kind gehabt hat.

*

Der Sommer läßt sich in diesem Jahr gut an, was das Almgeschäft betrifft. Immer mehr Gäste kehren auf der Brachtensteinhütte ein, denn es spricht sich herum, daß Barbara den besten Käse im ganzen Umkreis zubereiten kann. Sie hat da verschiedene Gewürze, die sie zugibt und die ihr Geheimnis sind und dem Käse einen besonderen Geschmack verleihen. Sogar die Jäger kommen jetzt vorbei und holen sich ein paar Pfund. Wie gut, daß sie das im Vorjahr noch nicht gewußt haben.

„So etwas Exquisites habe ich nur in Frankreich kennengelernt", sagt der Zugführer Weigand zu seiner Frau Emma, mit der er acht Tage Urlaub auf der Alm verlebt. Ein weitgereister Mann, dieser Zugführer. Er hat Züge bis nach Paris gefahren und in die Normandie. Darum weiß er über so vieles Bescheid, und es ist seinen scharfen Augen auch nicht entgangen, daß diese Barbara, die so freundlich für sie sorgt, in anderen Umständen ist und manchmal verweinte Augen hat. Er redet auch mit seiner Frau darüber, und die weiß es besser.

„Sie kommt bald nieder", sagt sie. „Ich betrachte sie manchmal, mit welcher Hingabe sie diese Kinderjäckchen häkelt. Sie hat trotz der schweren Arbeit eine geschickte Hand. Mich erbarmt sie, und wir werden ihr ein anständiges Trinkgeld geben, wenn wir gehen. Ich habe auch schon nachgedacht, ob von unseren Kindern nichts mehr da ist, was man ihr schicken könnte."

Der Zugführer ist ein Riese von einem Mann und so tief braungebrannt, daß man meinen könnte, er habe noch Ruß von der Lokomotive in seinem Gesicht. Er läuft viel in den Bergen herum. Seine Frau, klein und rundlich, folgt ihm nicht immer bei seinen Touren. Sie liegt lieber hinter der Hütte im Gras und liest kleine Romanheftchen. Barbara liest zufällig einmal einen Romantitel: ‚Das Findelkind', und ein sonderbarer Gedanke durchzuckt sie. Ganz heiße Wangen bekommt sie, und um ihre Lippen spielt ein Lächeln, das selbst Frau Weigand auffällt.

„Willst du es lesen, Barbara?" fragt sie.

„Ich hab doch keine Zeit", antwortet Barbara. „Was versteht man denn unter einem Findelkind?"

„Ja, siehst du, Barbara, ein Findelkind ist etwas, was ich nie verstehen werde. Da geht so eine Frau neun Monate schwanger, erlebt die schwere Stunde der Geburt, das Kind atmet, ist mit Leib und Seele geboren, und so eine Rabenmutter legt es dann nachts fremden Leuten vor die Tür und verschwindet auf Nimmerwiedersehen. Könntest du denn dein Kind herschenken?"

„Ich? Nein! Nicht um alles in der Welt!"

„Na, siehst du. Kinder verschönern einer Frau das Leben und schenken viel Freude, auch wenn sie später, wenn sie groß sind, viel Kummer machen können. Es geht mich ja nichts an, aber du bist doch mit dem Kind nicht allein? Der Vater wird schon auch dafür sorgen."

„Ja, sicher", sagt Barbara, und das Lächeln um ihren Mund ist wieder verschwunden.

Ein paar Tage später machen die Weigands eine Tour auf die Brachtensteinspitze und kommen am Abend ziemlich erschöpft zurück. Sie wollen sich bald schlafen legen, weil sie am anderen Tag wieder zurück wollen in die Stadt.

„Ich habe die Decken heute in die Sonne hinausgelegt und das Heu frisch aufgeschüttelt", sagt Barbara. „Sie werden gut schlafen können."

Sie sitzen noch vor der Hütte, bis die Sonne untergegangen ist. Barbara näht ein blaues Jäckchen zusammen, das letzte von ihrer Wolle. Frau Weigand schläft bereits am Tisch ein, und Herr Weigand will nur noch seine Zigarre zu Ende rauchen. Dann steigen sie die schmale Treppe hinauf zum Heuboden.

Sonst plaudern sie sich immer noch eine Weile in den Schlaf, heute aber sind sie so müde, daß sie sofort einschlafen. Sie mögen vielleicht ein paar Stunden geschlafen haben, als Herr Weigand durch irgend etwas aufwacht und seine Frau rüttelt.

„Du, Emma, da hat doch jemand geschrien. Horch doch einmal." Nein, es ist kein Schrei mehr. Nur ein unterdrücktes Stöhnen und Wimmern. Das kommt von unten rauf. „Da ist mit der Barbara was", sagt die Frau, springt auf und schlüpft in ihren Morgenmantel.

Ja, da ist freilich mit der Barbara etwas. Die Stunde der Geburt ist da. Um elf Uhr nachts. Frau Weigand hebt die Lampe über Barbaras schweißgebadetes Gesicht. Dann hilft sie mit sicheren Händen, wie eine Frau, die selber bereits drei Geburten gehabt hat, helfen kann.

Das Kind ist da. Es ist ein Mädchen, das nun die ersten Schreie in die armselige Magdkammer stößt.

In müder Erlöstheit schaut Barbara sich um, sieht zu, wie diese Frau Weigand sich um sie und das Kind bemüht und faltet still die Hände zu einem Dankgebet, denn sie hätte ja vielleicht ganz allein sein können in dieser Nacht. So aber greifen die Hände der fremden Frau zu. Sie wäscht die Mutter und wickelt das Kind mit den paar armseligen Fetzen, die sie findet, dann legt sie es mit einer stillen Gebärde an die Brust der Mutter.

*

Es geht schon auf fünf Uhr früh zu, als Barbara von dem Lärm aufwacht, der vor der Hütte entsteht. Die Kühe stehen vor der verschlossenen Stalltür, muhen und schütteln die Köpfe, daß die Glocken zu rasseln beginnen.

Mühsam kommt sie aus dem Schlaf der Erschöpfung hoch und wird sich erst bewußt, als sie das schlafende Kind an ihrer Seite spürt, daß sie nun Mutter geworden ist. Das Flämmchen, wie sie es immer genannt hat, solange es unter ihrem Herzen gelegen hat, ist nun aus dem Dunkel herausgetreten – ans Licht der Welt. Und dieses Licht ist vergoldet, denn das Morgenrot steht leuchtend vor dem kleinen Fenster. Wie ruhig das Kind atmet und wie es die kleinen Fäustchen unter das zerknitterte Gesichtlein stemmt, als bräuchte der kleine Kopf schon eine Stütze.

Behutsam löst sich Barbara von der Seite des Kindes, setzt die Füße zuerst auf den Boden und erhebt sich dann ganz. Ein Schwindelgefühl ist in ihrem Kopf, und die Knie zittern. Aber es hilft nichts, die Pflicht ruft, die Kühe muhen nicht umsonst, aber wenn sie einen Verstand hätten, dann würden sie vielleicht begreifen, warum Barbara so schwankt als sie die Stalltüre öffnet.

Hernach wird es dann schon leichter. Barbara kann auf dem Melkschemel sitzen und die Stirne an den Leib der Kuh lehnen.

Von dem Krach ist auch das Ehepaar Weigand erwacht. Sie kommen in den Stall, und Frau Weigand schlägt die Hände über dem Kopf zusammen.

„Um Gottes willen. Barbara, du bist schon auf und arbeitest? Du sollst ja mindestens neun Tage im Bett liegen!"

Diese sorgenvolle Feststellung nötigt Barbara trotz des ermatteten Körpers ein Lächeln ab.

„Was meinen Sie denn, wer die Kühe melken soll? Die Bäuerin ist nach ihrem letzten Kind auch am zweiten Tag schon wieder am Herd gestanden. Aber mir stehen doch keine zwei Tage zu."

„Siehst du, Emma", sagt jetzt Herr Weigand. „Das ist noch ungebrochene Natur, das ist noch Rasse, strotzt vor Gesundheit und Willen. Soweit ich mich erinnere, bist du bei unserm letzten Kind drei Wochen gelegen."

„Vier, lieber Heinrich. Ich lag ja auch im Krankenhaus."

Eigentlich wollten Weigands an diesem Vormittag schon zu Tal wandern. Aber nun geben sie noch die Stunden bis zum Spätnachmittag zu und wollen dann vom Dorf aus erst mit dem letzten Omnibus um halb acht Uhr fahren.

Frau Weigand zeigt Barbara, wie man ein Kind badet, wie man es kunstgerecht wickelt. Sie hatte zwei Leintücher mitgebracht, weil sie ja auf dem blanken Heu nicht haben schlafen wollen. Die opfert sie nun und schneidet breite Streifen als Windeln zu. Zu Mittag flattern diese weißen Leinenstreifen und Dreieckstücher schon draußen im Wind.

„Ja, und nun müßte halt der glückliche Vater benachrichtigt werden. Können wir in dieser Hinsicht etwas für dich tun, Barbara, wenn wir jetzt ins Dorf kommen?"

Barbara wird brennend rot und schüttelt nur stumm den Kopf. Die Weigands sehen sich an, fragen aber nicht weiter. Sie ahnen wahrscheinlich die Schwere des Schicksals, mit dem diese Barbara geschlagen ist. Es wundert sie nur, daß dieses Mädchen es so leicht trägt. Seit sie das Kind hat, ist ein selten schöner Glanz in ihren Augen, der Mund hat alle Bitterkeit verloren. Nur blaß ist sie noch, und müde sind die Bewegungen ihrer Hände.

Man bräuchte halt jetzt einen Korb, in den man das Kind betten könnte. Aber es ist kein Korb da. Herr Weigand stöbert nur eine Kiste auf, etwa achtzig Zentimeter lang und fünfzig tief. Unten hinein kommt Grummet und dann eine Decke drüber. So kann das Kind doch weich liegen.

In ihrer gottbegnadeten Einfältigkeit reimt Barbara es sich so zusammen, daß der liebe Gott sie nicht ganz hat fallenlassen und daß er ihr diese fremden Leute geschickt hat für ihre schwere Zeit. Vielleicht hat er sogar einen Engel geschickt, damit er seine Flügel ausbreite über Mutter und Kind.

Zum erstenmal nimmt Barbara ihr Kind auf die Arme und trägt es hinaus. Herr Weigand betrachtet es eingehend und sagt:

„Wenn mich nicht alles täuscht, dann wird das einmal

ein wunderschönes Mädchen. Es hat Augen, so blau wie der Himmel, und einen ganz zarten, hellblonden Flaum auf dem Kopf."

Doch nun müssen Weigands wirklich aufbrechen. Und für Barbara wird es Zeit, das Kind zu versorgen. Der Fratz kann wirklich schon ganz kräftig schreien, wenn er Hunger hat. Barbara nimmt es auf den Arm und öffnet ihm die Bluse.

*

Die Tage steigen aus dem Meer der Ewigkeit herauf, einer schöner als der andere. Barbara geht wieder umher, als hätte sie nie eine schwere Stunde gehabt. Wenn sie sich über das Kind beugt, dann ist in ihren Augen ein Glanz voll seltener Tiefe, und um ihren Mund blüht jetzt immer ein Lächeln, als hätte sie aus einem goldenen Becher getrunken, in dem reingekelterte Freude gewesen ist.

Vielleicht hat sie bisher selber nicht gewußt, wieviel praktischer Sinn in ihr schlummert. Eine Wiege hat sie nicht, aber kann sie denn die Kiste nicht mit einem Seil am unteren Ast des Vogelbeerbaumes befestigen? Sie kann sie anschaukeln, wenn sie will, aber wenn der leiseste Wind geht, bewegt sich die Kiste mit dem Kind sacht von allein. Sie muß nur eins von den dünnen Seihtüchern über das Gesichtlein legen, damit es der glühenden Sonne nicht ausgesetzt ist und den lästigen Fliegen.

Einmal bekommt sie dann doch einen Schrecken, der ihr alles Blut in den Adern erstarren läßt. Eine Weile schon steht ein Bussard unbeweglich über dem Baum. Sein Gefieder glänzt in der Sonne. Auf einmal stößt er herunter wie ein Pfeil, direkt auf die Kiste zu. Zum Glück steht Barbara ganz nahe und wirft sich mit einem Aufschrei über die Kiste. Sie spürt einen Schmerz an der Schulter, schlägt dann wie wild um sich, bis der Bussard mit rauschenden Flügelschlägen davongeschwebt ist und sich erst droben wieder ins Almrosenfeld hineinfallen läßt. Das ist Barbara eine Lehre, und sie stellt die Kiste mit dem Kind von da ab nur mehr unter das vorspringende Dach der Hütte.

Der Freitag kommt heran, und der Krassinger wird mit dem Fuhrwerk kommen. Aber Barbara braucht jetzt keine Angst mehr zu haben, daß er ihren Zustand erkennen könnte, wie in den Wochen vorher. Außerdem weiß sie jetzt, was sie sagen wird. Doch gerade ihre Figur ist es, was ihm sofort ins Auge fällt, und als er den Gaul ausspannt, ist seine erste Frage:

„Bist du magerer geworden? So ist es ja auch net, daß du nicht genug essen könntest."

„Ich ess' schon", sagt Barbara und lächelt ein wenig hintersinnig. Erst als er dann die Biertragl in den Keller schaffen will, sieht er die Kiste unterm Vordach und daß sich darin etwas bewegt. Das schockiert ihn so, daß er das Tragl niederstellen muß.

„Ja, was ist denn das?"
„Ein Kind."
„Ja, das seh ich selber. Aber wo kommt denn das her?"

Barbara muß zuerst tief Atem holen, bis sie ihre Lüge über die Lippen bringt.

„Ein Findelkind ist es. Vor die Tür hat es mir jemand gelegt."

Der Krassinger schiebt den Hut aus der Stirn und beugt sich über die Kiste.

„Und ein schönes Kind ist es auch noch. Wie kann man denn so ein Kind überhaupt aussetzen?"

„Ja, net wahr? Das frag ich mich auch. Die Mutter wird sich halt keinen andern Rat gewußt haben."

„Und da legt man so ein Kind ausgerechnet dir vor die Hütte? Als wenn du es behalten und aufziehen könntest."

„Doch, ich werde es behalten und aufziehen."

Der Krassinger trägt zuerst das Bier in den Keller. Als er wieder heraufkommt, stellt er sich vor die Barbara hin und meint:

„Das entscheidest net du. Da gibt es andere Stellen, die dafür zuständig sind. Notfalls fällt es halt der Gemeinde zur Last."

„Es wird niemandem zur Last fallen", sagt Barbara und beginnt dann einen Teig anzurühren für einen Schmarrn. Während sie ihn in der Pfanne zerstochert, erzählt sie so nebenhin:

„Stell dir vor, Bauer, vorgestern stößt ein Bussard direkt auf das Kindl runter. Ich hab mich grad im letzten Augenblick noch drüberwerfen können. Aber das Luder hat mich dafür ganz schön kratzt an der Achsel." Wie zur Bestätigung greift sie sich an die linke Achsel. „Das brennt ganz höllisch."

Der Krassinger, sonst eigentlich nicht so teilnehmend,

was andere betrifft, steht vom Tisch auf und tritt zu Barbara an den Herd.

„Du, da ist nicht zu spaßen. Man weiß ja net, was der Bussard vorher in seinen Krallen gehabt hat. Laß einmal sehn."

Barbara ziert sich, sie kann doch vor dem Bauern ihren Spenzer nicht ausziehen.

„Geh, tu doch net so g'schamig, ich schau dir nix runter."

Nun zieht Barbara den Spenzer langsam über die linke Achsel herunter, nur so weit, daß er den entzündeten roten Flecken sehen kann.

„Du, das schaut fei' net schön aus. Hast du Arnika da? Menschenskind, da könntest ja eine Blutvergiftung kriegen. Der hat dich ja ganz schön gerissen."

„Arnika ist dort in der Flasche auf der Stellage."

Es brennt fürchterlich, als der Krassinger einen sauberen Lappen mit Arnika tränkt und ihn über die wunde Stelle legt. Aber Barbara verzieht keine Miene, beißt die Zähne zusammen, daß sie knirschen und stochert mit der anderen Hand den Schmarrn in der Pfanne klein.

Während sie am Tisch sitzen und essen, fängt draußen unterm Vordach die Kleine zu weinen an. Erschrocken springt Barbara auf, öffnet den Spenzer, nimmt das Kind heraus und legt es an ihre Brust.

Dem Krassinger treibt es die Augen heraus, als er zum Fenster hinausschaut und das beobachtet. Er denkt aber nur: ‚Hat die einen Busen!' Und er denkt dabei an seine Bäuerin mit ihrem Hängebusen. Als Barbara wieder hereinkommt, fragt er sie:

„Was ist es denn eigentlich, ein Bub oder ein Mädl?"
„Ein Mädl."
„Und wie heißt denn das Butzerl? Ist da kein Zettel dabeigelegen?"
„Nein, nichts."
„Aber du mußt dem Kind doch einen Namen geben."
„Ich hab noch net drüber nachgedacht." Flämmchen hat sie es genannt, solange es noch im Dunkeln war. An Sternlein denkt sie jetzt, obwohl sie einen solchen Namen noch nie in einem Kalender gelesen hat.

Nach dem Essen laden sie die schweren Käslaibe auf, die morgen bereits zum Wochenmarkt gefahren werden. Der Krassinger rechnet das Einnahmebüchlein nach und nimmt das Geld mit. Dann spannt er wieder ein. Einen Mittagsschlaf kann er sich heute nicht leisten, weil drunten die Heuernte in vollem Gange ist.

Er fährt bereits schon weit drunten durch den Wald, als es ihn wie ein Blitz streift.

Wieso, wenn es ein Findelkind ist, kann es dann bei der Barbara trinken? Warum kommt er erst jetzt darauf, daß Barbara ihn angelogen hat. Natürlich wird das Kind ihr gehören, und weil sie keinen Vater angeben kann oder angeben will, muß es jetzt ein Findelkind sein. Da er aber in Biologie, soweit es über seine Herdenzucht hinausgeht, keinerlei Kenntnisse hat, kommt er mit seinen Gedanken in große Zweifel. Er erinnert sich, daß ihm einmal eine Kuh beim Kälbern verendet ist. Man hat das Kälbchen dann ganz einfach unter das Euter einer anderen Kuh gestellt. Er erinnert sich weiter, irgendwo einmal gelesen zu haben, daß ganz feine Damen ihre Kinder von einer Amme stillen lassen, um sich selber die Schönheit der Brüste zu bewahren.

Nachdem er das alles durchdacht hat, nickt er vor sich hin und treibt den Haflinger ein bißchen an, damit sie schneller nach Hause kommen. Seine Bäuerin wird die Sache dann schon vom weiblichen Standpunkt aus erklären und beurteilen können.

*

Barbara aber sitzt ein wenig nachdenklich vor ihrer Hütte und überlegt hin und her, was sie tun soll. Der Bauer ist es gewesen, der sie etwas gefragt hat, worüber sie sich jetzt den armen Kopf zermartert. Natürlich muß das Kind einen Namen haben. Bei sich selber kann sie es ja Sternlein nennen. Aber das hat ja keine Geltung in der Welt und vor den Menschen. Das Mädchen muß auch getauft werden, es kann doch kein Heidenkind bleiben.

Ja, es ist ein recht anstrengender Tag vor lauter Grübeln und Denken geworden. Barbara ist froh, als die Nacht sich nähert. Ein großer Friede kommt über das Almfeld, mit einem lautlosen Nachtwind, der sanft um die Hütte streicht und die Blätter des Vogelbeerbaumes zum Flüstern bringt. Nichts Lautes oder gar Dröhnendes ist unterwegs. Das alles kommt erst später wieder, wenn die Brunftzeit kommt und die Hirsche ihren Liebesschrei durch die Wälder orgeln lassen.

Schlafenszeit ist es. Barbara schließt die Fensterläden und legt den schweren Balken vor die Tür. Dann geht sie in die Kammer, entkleidet sich und löscht mit nassen

Fingern die Kerze aus. Endlich ist der ersehnte Augenblick da. Sie bettet das Sternlein in die weiche Mulde zwischen ihrer Brust und den aufgezogenen Knien. Das ist ein unbeschreiblicher Trost für ihr Gemüt, und es ist ihr zumute, als liege Gottes Hand über ihrer Stirn und lösche alle Sorgen aus.

Im stillen Daliegen sieht sie im Ausschnitt des Fensters den bestirnten Himmel und denkt, man müßte ein paar von den Sternblumen herauspflücken können und um die Stirn des Kindes winden dürfen. Dann könnte man ihm den Namen Sternlein belassen.

*

Der Krassinger kommt erst spät an diesem Abend dazu, bei seiner Frau die Sprache auf Barbara zu bringen. Er hat gewartet, bis sie allein sind. Er faltet die Zeitung zusammen, in der er gelesen hat, und sie sitzt auf dem Kanapee, hat ihre Zöpfe gelöst und kämmt mit einem Kamm, an dem schon eine Menge Zähne fehlen, ihr strähniges Haar.

„Stell dir vor, Wally", beginnt er. „Da hat man der Barbara droben ein Kindl vor die Hütte gelegt. Ein Findelkind."

Ruckartig läßt die Krassingerin den Arm mit dem Kamm sinken und schaut den Mann entgeistert an.

„Was sagst du da?"

„Ja, ein Mädl ist es. Ein liebes Kindl auch noch."

Sofort züngelt wieder das Mißtrauen der Frau. Sie schaut mit schmalen Augen hinter dem Mann her, der jetzt barfüßig in der Stube auf und ab geht, vor der Kuckucksuhr stehenbleibt und sie aufzieht. Dann dreht er sich um.

„Sag einmal, Alte, gibt es das, daß man ein Findelkind einfach an die Brust nehmen und trinken lassen kann?"

„Hat sie das getan?"

„Ja, ich hab natürlich weggeschaut."

„Wer es glaubt."

„Von weitem hab ich halt hingesehn."

„Und da glaubst du Rindviech, daß es ein Findelkind wär!"

„Beim Heimfahren sind mir auch Zweifel gekommen, und darum hab ich ja jetzt mit dir reden wollen."

Die Bäuerin kämmt jetzt wieder ihr Haar. Es kratzt leise, wenn sie mit dem Kamm so durchfährt. Wahrscheinlich müßte es längst wieder einmal gewaschen werden.

„Daß du überhaupt den Schwindel mit dem Findelkind geglaubt hast, das zeugt wieder einmal von deiner geringen Intellergenz." Sie kann solche Wörter zwar nicht richtig aussprechen, aber sie will halt gern beweisen, daß sie geistig über ihm steht. In bestimmten Bereichen ist es auch so.

Der Krassinger wandert weiter barfuß durch die Stube, nachdenklich und mit gefurchter Stirn. Plötzlich scheint er eine Erleuchtung zu haben.

„Wenn es kein Findelkind ist, dann muß es ja von der Barbara selber sein, und sie muß dann sagen, wer der Vater ist."

„Herrschaft, Thomas! Bist du begriffsstutzig. Wer wird es denn schon sein? Der Hausierer halt."

„Der Blasius, meinst?"

„Wer denn sonst?"

Kein Nachrechnen der Zeit, kein weiteres Überlegen. Der Hausierer muß es einfach sein.

„Schau den alten Dattl an", sagt der Krassinger und kratzt sich hinter den Ohren.

„Meinst du vielleicht, er hätte ihr das Kostüm umsonst geschenkt?" rätselt die Krassingerin weiter. „Mir kann man nix vormachen, ich kenn mich aus. Ich hab kein Brett vorm Hirn wie du." Die Krassingerin hat jetzt aufgehört zu kämmen und bindet das Haar mit einem Bändchen hinten zusammen. Dann steht sie auf und geht zur Schlafkammertür. Dort fällt ihr dann noch ein: „Wie stellt sich denn der Schlampen das überhaupt vor? Solange sie auf der Alm droben ist, kann sie 's Kind meinetwegen bei sich haben. Aber im Winter dann, bei uns herunten – nein, das kommt überhaupt net in Frage. Das Kindergeplärr ginge dann wieder von neuem los."

„Mein Gott, die unsern haben ja auch geplärrt."

„Da waren es immerhin die unsern und net so ein Hausiererfratz." Die Bäuerin taucht die Fingerspitzen ins Weihwasserkesselchen, in dem wie gewöhnlich kein Weihwasser ist, dreht sich nochmal um und schaut den Mann an und seine nackten Füße.

„Hock net wieder stundenlang rum. Der Strom kostet Geld. Und wasch dir die Füße noch, bevor du kommst. Ich hab heut die Betten frisch überzogen."

Sie sind nicht besonders freundlich zueinander. Ihre

97

Ehe ist nicht viel anders als andere Bauernehen auch. Man hat sich so zusammengelebt, daß man sich über Viehstand, Saat und Ernte hinaus nichts Besonderes mehr zu sagen hat. Das Bedeutende ist nach den Flitterwochen bald eingeschlafen. Der Krassinger sagt gleich gar, er sei schon ein paarmal so schnell eingeschlafen, mit dem Daumen auf der Stirn, ohne das Kreuzzeichen fertig zu machen, geschweige noch ein Vaterunser beten zu können.

Heute aber braucht er ein bißchen länger, um einzuschlafen. Die Sache mit dem Findelkind will ihm gar nicht recht aus dem Kopf gehen. Gerade aber, als ihm die Lider endlich zufallen wollen, rüttelt ihn sein Weib an der Schulter und nörgelt:

„Ich komm gar net drüber weg. So ein schlechtes Luder, läßt sich mit dem Hausierer ein."

„Nix Gewisses weiß man net", antwortet der Krassinger schlaftrunken.

Die Bäuerin knipst das Nachttischlämpchen nochmal an und richtet sich halb auf.

„Oder warst es vielleicht gar du?"

Erschrocken rumpelt er aus den Kissen auf.

„Was hast du da grad gesagt? So was traust du mir zu?"

„Wer weiß es denn? Stille Wasser gründen manchmal tief, sagt ein altes Sprichwort. Und mir kommt überhaupt vor, als wenn ich dir gar nichts mehr wert wäre. Aber ich bring es schon noch raus. Da gibt es ja jetzt so was, daß man eine Blutprobe machen lassen kann."

Der Krassinger schnauft und gerät förmlich in Zorn. Nervös wischt er sich über den Bart.

„Also, daß du mir so was zutraust, Weib, das hätt ich net für möglich gehalten. Ausgerechnet mir, der nie eine andere angerührt hat als dich. Da kann ich unsern Herrgott als Zeuge anrufen, die eheliche Treue, die hab ich noch kein einziges Mal gebrochen. Und jetzt hör auf mit deinem Geschmarr. Ich möcht jetzt wirklich schlafen. Gute Nacht –"

Sie erwidert den Gutenachtgruß nicht. Sie grübelt noch eine Weile weiter. Dann fallen auch ihr die Augen zu, und sie schnarcht lauter als er.

*

Etwas außerhalb von Perlbach, auf einem Hügelrücken gelegen, steht der Wimbacherhof des kränkelnden Ambros Höllriegl. Die weitgedehnten Gebäude glänzen grellweiß in der Sonne. Nur die Balkone, von denen sich der untere um das ganze Wohnhaus zieht und der obere dicht unter dem Dach, sind aus Holz und von der Sonne vieler Sommer so dunkel gebrannt, als wären sie schwarz gestrichen. Auf beiden Balkonen gibt es Blumenkästen mit Geranien, Begonien und Hortensien in solcher Fülle, daß ein Fremder oft lange stehenbleibt und dieses blühende Wunder betrachtet.

Die Stalltüren stehen weit offen, ebenso das große Tennentor. Alle Viertelstunde donnert eine hochbeladene Weizenfuhre über die Tennbrücke hinauf, und der alte Ambros Höllriegl macht dann jedesmal ein Strichlein in das blaue Heft, das er im Schoß hält. Er sitzt im Schatten eines Spalierbirnbaumes an der Hauswand, die unvermeidliche Wolldecke über den Knien, obwohl sich kein Mensch am Hof erklären kann, wieso das für ein krankes Herz gut sein soll.

Er ist immer noch Bauer, dieser Alte, denn im letzten Moment ist ihm beim Notar noch eingefallen, daß er den Hof erst endgültig in die Hände des Ferdinand und der Philomena gibt, wenn der erste männliche Erbe da ist. Noch teuflischer hätte sich's der alte, kränkelnde Geizhals nicht ausdenken können. Wer kann denn dafür garantieren, daß das erste Kind ein Bub ist? Dazu reicht auch der herrische Wille des Ferdinand nicht aus, weil es einer höheren Macht anheimgestellt ist. Wenn das Schicksal launisch sein will, dann purzeln unter Umständen zunächst einmal vier oder fünf Mädchen daher. Das ist ja gar nicht auszudenken, und das Debakel ist auch damit nicht zu lösen, daß der Ferdinand seiner ungeliebten Frau, die jetzt tatsächlich in anderen Umständen ist, dauernd droht:

„Bring mir ja einen Buben, sonst ..."

Eingeschüchtert und dauernd in Angst lebend, trägt Philomena die Frucht ihres Leibes durch diesen ernteschweren Sommer, die ganzen Monate vorher schon dauernd belästigt und bedrängt von den forschenden Augen des alten Höllriegl und seiner kurz hingeschmissenen Frage:

„Nun? Rührt sich noch nix bei dir?"

Dabei ist diese Philomena gar keine unrechte Person. Daß sie äußerlich keinerlei Reize hat, dafür kann sie nichts. Geduldig trägt sie die Launen des störrischen Ferdinand, versucht, ihm alles recht zu machen, dient ihm in hündischem Gehorsam und weint manchmal nachts ihre Kissen naß, weil er sie nie mehr anrührt, seit sie ihm gesagt hat, daß sie gesegnet ist.

„Ich bin das ärmste Luder da am Hof", klagt sie einmal einer Magd. „Oder meinst du, daß ich hier jemals mehr bin als du?"

Das allerdings hat sich jetzt etwas geändert, seit der Alte um ihren Zustand weiß. Sie darf jetzt nicht mehr an die harte Arbeit hin, darf kein Schaff mehr heben und sich nicht strecken. Als sie einmal im Garten Wäsche aufhängt, pfeift der Alte mit zwei Fingern von seinem Fenster herunter und krächzt:

„Streck dich net. Das dehnt die Nabelschnur beim Kind."

Ja, etwas schöner hat sie es schon jetzt. Aber manchmal fragt sie sich in stillen Stunden doch, was sie denn in ihrem ereignisarmen Leben verschuldet habe, daß sie jetzt dieses Kreuz zu tragen hat.

Um gerecht zu sein: Sehr schön hat es Ferdinand auch nicht auf dem Hof. Er ist nicht Bauer und nicht Knecht, nur so eine Art Baumeister, dem vom Alten die Arbeit diktiert wird. Er darf keine eigenen Entschlüsse treffen. Kein Wunder, daß er verdrossen durch die heißen Tage stolpert. Und manchmal geht sein Blick wie in schmerzlicher Anwandlung zur fernen Bergkette hin und zu der Sennerin Barbara. Wer weiß, ob es nicht eine Strafe des Himmels ist, daß er jetzt schweigend alle Demütigungen einstecken muß, weil er an jenem vortrefflichen Mädchen Barbara so schmählichen Verrat geübt hat.

Soeben fährt er wieder mit einer Fuhre Weizen die

Tennbrücke hinauf. Der Alte macht wieder sein Strichlein ins Heft. Als Ferdinand mit den Gäulen wieder herunterkommt und sie vor einen leeren Wagen spannt, ruft er ihm zu:

„Wieviel Fuder habt ihr noch?"

„Drei."

„Dann schau auch noch nach, ob ihr morgen mit der Gerste anfangen könnt."

Ferdinand gibt keine Antwort mehr und fährt aus dem Hof. Der Alte schaut ihm spöttisch lächelnd nach und murmelt vor sich hin:

„Grad wissen möcht ich, was in dem seinem Schädel vorgeht."

Dann steckt er wieder zwei Finger zwischen die Zähne und läßt einen schrillen Pfiff ertönen, der so durchdringend ist, daß selbst die Hühner erschreckt durcheinanderrennen. Philomena erscheint sofort unter der Türe.

„Ja, Onkel?"

„Was ist mit meinem Tee? Es geht schon auf halb vier Uhr."

„Ist schon alles hergerichtet, drinnen in der Stube."

„Ich mag ihn aber draußen trinken."

Philomena bringt das Tablett mit einer großbauchigen Tasse Lindenblütentee, der mit sechs Stückchen Zucker gesüßt ist. Dazu zwei Scheiben Weißbrot, Butter und dreierlei Marmelade. Bei ihm weiß man ja nie, was er mag. Heute entscheidet er sich für Erdbeermarmelade. Bevor er die Tasse zum Mund führt, verlangt er:

„Trink zuerst."

So stark ist sein Mißtrauen. Dauernd lebt er in Angst, daß man ihm einmal Gift ins Essen mengen könnte.

Philomena nimmt auch diese Demütigung schweigend hin. Heute ist der Alte sogar etwas gnädig gestimmt und fragt sie:

„Wie weit ist es jetzt bei dir?"

„Auf Allerheiligen wird es soweit sein."

„Hoffentlich ist es dann ein Bub."

„Meinem Sodbrennen nach schon."

„Ah so? Hat man da Sodbrennen? Es wird ja gut sein für dich, du weißt ja warum?"

Philomena senkt ergeben den Kopf. Übrigens nennt sie niemand am Hof Philomena, sondern nur Mena. Das andere wäre viel zu umständlich und zu lang.

Der Alte schlürft seinen Tee und hält die Tasse mit zwei Händen. Als er sie wieder einmal absetzt, blinzelt er die junge Frau an und fragt:

„Schimpft er recht über mich?"

„Wer?"

„Der andere halt, der Ferdl."

„Bei mir schimpft er net, Onkel."

Seit kurzem dürfen sie Onkel zu ihm sagen, vorher immer nur ‚Herr Onkel'.

„Aber eine Mordswut hat er im Bauch", kichert der Alte. „Das seh ich ihm ja an. Grad knirschen tut er manchmal mit den Zähnen. Wie ist er denn überhaupt zu dir?"

„Es geht schon. Mögen tut er mich zwar net, aber ich ertrag es halt."

„Weil zuviel auf dem Spiel steht, gell? Aber bring einen Buben, dann wird manches besser werden."

„Ich hoffe es. Was magst denn zum Abendessen heut, Onkel?"

„Ja, was mag ich denn heut?" Er zieht die Stirn in Falten und denkt nach. Er ist schon so verwöhnt, daß er bald nicht mehr weiß, was er essen soll. „Machst mir Rühreier mit Schinken, und morgen mittag, da mag ich ein gedünstetes Kalbsherz mit breiten Nudeln."

„Ist schon recht, Onkel." Philomena geht wieder ins Haus, und der Alte kichert belustigt hinter ihr her. Warum soll er nicht essen, nach was ihn gelüstet. Das ist beim Notar so festgelegt worden. Es schaut zwar dumm aus, wenn die Eheleute vorne am Tisch Geselchtes mit Kraut und Knödl essen und er, hinten am Ofentischerl, Kalbsvögerl, Schmorbraten mit Eierspätzle, Rostbraten mit Bratkartoffeln oder Paprikaschnitzel. Aber er ergötzt sich an den neidischen Blicken und hat seine Freude daran.

Ferdinand redet mit seiner Frau nur, was sein muß, aber das hat er ihr doch sagen müssen:

„Koch ihm nur allweil recht fett, dann haut es ihn eher runter vom Stengel, und er kann dann die Erdäpfel von unten wachsen sehen."

Aber der alte Ambros Höllriegl ist nicht so dumm, wie der Ferdl meint. Er schiebt sofort den Teller zurück und schreit:

„Das ist mir zu fett. Koch mir sofort was anderes. Kannst denn du net lesen? Im Kochbüchl steht genau drin: 50 Gramm Fett. Und du nimmst scheinbar gleich ein Viertelpfund."

Ja, ja, er macht ihnen das Leben schon recht sauer, der Ambros Höllriegl. Und sie schweigen zu allem, weil sie wissen, um wieviel es geht, denn beim Notar in der Kreisstadt liegt es schwarz auf weiß: Endgültige Hofübernahme bei Geburt eines männlichen Erben, oder nach meinem Tod. Der Ferdinand schwört sich insgeheim:

‚Wenn ich einmal Herr bin, dann kriegt er bloß mehr Brotsuppe und Kartoffeln. Und in der Früh eine Brennsuppe.'

Um Allerheiligen herum wird sich vielleicht schon alles entscheiden. Noch aber ist Hochsommer, eine drangvolle Zeit. Die Arbeit häuft sich, es reift alles so schnell heran. Kaum sind Korn, Weizen und Gerste daheim unter Dach, fängt der Hafer auch bereits an, gelb zu werden. Das Grummet ruft zur zweiten Mahd, und die Kartoffeln stehen üppig im Kraut. Es ist schon wahr, dieser Ferdinand ist mit Arbeit überlastet, wie bisher in seinem Leben noch nie, er befindet sich in einer ganz verzwickten Lage, denn der Alte macht ihn für alles verantwortlich. Ferdinand soll die Leute antreiben und treibt sich selber mit an, immer von dem Gedanken beseelt, daß es sich in absehbarer Zeit lohnen wird. Am Abend ist er oft müde und zerschlagen, und dann ist da auch noch der stille Kampf mit der Frau da, so eine Art latenter Kriegszustand; er möchte am liebsten dreinschlagen, wenn sie ihn mit ihrem Kummergesicht ansieht und gar zu fragen wagt:

„Bin ich denn gar nichts für dich?"

„Du bist mein Weib."

„Ja, aber gern hast du mich überhaupt nicht."

Er knirscht schon wieder mit den Zähnen.

„Das hast du von Anfang an gewußt. Und du weißt auch, was uns zwei zusammengepreßt hat."

„Ja, aber vor dem Pfarrer am Altar, da hast du so laut ja geschrien, daß man es bis in die fünfte Betbank gehört hat."

„An dem Tag, da hab ich überhaupt eine laute Aussprache gehabt. Und jetzt hör auf mit deinem Schmarrn. Konzentrier dich lieber darauf, daß du uns einen Buben zur Welt bringst. Du weißt ja, was davon abhängt."

Ja, das weiß die Philomena genau, und darum lebt sie jetzt in ständiger Angst, daß alles Wünschen und Beten umsonst sein könnte. Sie denkt auch darüber nach, daß sie die ganzen Jahre ein gottgefälliges Leben geführt hat, keine liederlichen Liebschaften, nichts, was gegen die Gebote verstoßen hätte. Sie meint darum, Gott könnte ihr doch wenigstens dieses eine Mal gnädig sein.

Und so geht der Sommer dahin, mit Angst und Plage, mit Demütigungen und stiller Opferbereitschaft.

*

Am achten August, dem Maria-Himmelfahrts-Tag, macht die Pfarrgemeinde Hierling jedes Jahr eine Wallfahrt nach der Kapelle Maria Stern, die hoch droben im Wald liegt. Voraus geht der Pfarrer, ein noch junger Mensch, dem man nach der Primiz eine Pfarrei in der

Stadt gegeben hat, in der er sich nicht wohlgefühlt hat, denn er stammt ja von Bauern ab, aus dem Niederbayrischen, der Kornkammer des Landes sozusagen, wo sich riesige Getreidefelder im Winde wiegen und von wo man ihm immer dunkles Bauernbrot und Geselchtes in die Stadt geschickt hat.

Laut betend bewegt sich der Wallfahrerzug durch den Wald, immer mehr der Höhe zu. Die Stimmen kommen als Echo zurück, und wenn der Ministrant, der das Kreuz vorausträgt, in ein Sonnenband hineingerät, dann blitzt es wie Gold um den Herrgott am Kreuz.

Als es ganz steil wird, hört man zu beten auf. Sehr weit ist es ja nicht mehr. In dieser Gebetspause muß der Pfarrer wieder daran denken, daß da oben auf einer Alm, Brachtensteinhütte heißt sie wohl, ein Kindlein lebt, das noch immer des Taufwassers hat entbehren müssen. In so einem Dorf bleibt ja nichts unbekannt. Wenn man es ihm nicht selber sagen will, dann erzählen es die Leute eben seiner Köchin beim Kramer oder beim Metzger, und sie bringt es ihm dann schon bei, nach dem Brevierlesen in einer abendlichen Stunde, wenn er bei einem Gläschen Rotwein sitzt.

Und darum hat der Pfarrer heute auch schwere Bergstiefel und eine Kniebundhose nebst Trachtenjanker unter seinem weißen Chorrock und dem Rauchmantel an. Natürlich wird er heute nach dem Hochamt in der Gnadenkapelle da hinauf müssen auf die Almhütte, um auch dort seinem Amt gerecht zu werden.

Das Te Deum schallt mächtig durch den Wald, die Ministrantenglöcklein klingen, als liefen hundert Kobolde durch die Büsche. Nach dem Schlußsegen packt der Pfarrer Chorrock und Rauchmantel in einen Rucksack und sagt einem der Ministranten, er möge es im Pfarrhof abgeben und dem Fräulein Köchin sagen, er werde wahrscheinlich nicht zum Mittagessen heimkommen. Nur die Stola nimmt er mit.

Die Kapelle liegt wieder still und friedlich zwischen den Bäumen, die Wallfahrer ziehn talwärts, nur der Pfarrer steigt über Geröll und Trampelpfade den Almböden zu, kommt irrtümlicherweise zuerst auf die Staudingerhütte, dann erst zur Brachtensteinalm.

Barbara sieht den Wanderer schon von weitem kommen. Weil er keinen Hut hat, hat er sich der prallen Sonne wegen ein Taschentuch aufgebunden. Die Joppe trägt er unter dem Arm, seine weißen Hemdärmel flattern im Wind. Mit weiten, zügigen Schritten kommt er näher, und erst als er schon fast am Gatter ist, erkennt ihn Barbara und erschrickt.

„Der Herr Pfarrer", flüstert sie vor sich hin und weiß, was der Besuch zu bedeuten hat. Ein Donnerwetter wird über sie niedergehn, eine Abrechnung mit ihrem Sündenfall. Aber Barbara wird alles geduldig über sich ergehen lassen und ihn nur bitten, das Kind zu taufen. Sie bekommt wieder etwas Mut, als der Herr Pfarrer das Gatter bedächtig hinter sich schließt und sie herzlich anlacht.

„Gott zum Gruß, Barbara."

„Grüß Gott, Herr Pfarrer."

„Mein liebes Kind, ich habe nicht gedacht, daß es so

weit rauf wäre zu dir. Aber wenn schon der Bock nicht zum Gärtner kommt..."

„Ich kann hier nicht weg, Herr Pfarrer."

„Ich weiß, ich weiß, darum bin ich ja zu dir gekommen. Ganz abgesehen davon – ich hab dich Ostern auch vermißt in der Kirche."

„Am Ostersonntag war ich in der Frühmesse."

„So? Kann sein. Unter soviel Schäflein findet man nicht so schnell ein schwarzes heraus."

Barbara senkt die Stirn.

„Das schwarze Schaf, ich weiß es schon, das bin ich."

„Das hab ich nicht gesagt. Aber wenn du mir jetzt etwas zu trinken geben möchtest. Ich hab einen Durst wie drei Musketiere zusammen."

„Aber gern, Herr Pfarrer. Bier oder Milch?"

„Milch natürlich."

Barbara muß in den Keller hinunter. Währenddessen sieht sich der Pfarrer in der Hütte um. Er sucht nach dem Kind, aber das liegt draußen in der Kammer. Als Barbara mit der Milch kommt, trinkt er zuerst in langen Zügen. Dann stellt er das Glas auf den Tisch.

„Man hat mir gesagt, Barbara, du hättest ein Findelkind aufgenommen. Dann wieder hat man mir hinterbracht, es sei gar kein Findelkind, sondern dein eigenes. Wie ist es denn nun wirklich?"

Barbara weiß nicht recht, was sie zuerst antworten soll. Das mit dem Findelkind läßt sich wahrscheinlich doch nicht aufrechterhalten. Langsam nimmt sie den Kopf zurück und sieht den Geistlichen an.

„Es ist meines, Herr Pfarrer."

„Na also." Der Pfarrer trinkt abermals, dann lacht er die Barbara an. „Steh nicht da wie ein Weib aus Sodom! Komm, setz dich zu mir, und rede mit mir, gerade als ob ich nicht dein Seelsorger, sondern dein Bruder wäre. Also gib deinem Herzen einen Stoß, und sag mir die Wahrheit. Das heißt – nach all dem Gerede, das um dich gegangen ist – er hat dich sitzen lassen?"

Barbara nickt nur stumm.

„Es ist auch von einem Hausierer die Rede."

„Nein, nein, nein!"

„Ich will ja nicht in dich dringen, Barbara. Bist du dir wenigstens deiner Sünde bewußt?"

Sie nickt wieder und sagt:

„Ich weiß schon, daß ich zu den Verdammten gehöre."

„Aber Barbara, was fällt dir denn ein. Der Herr ist doch großzügig und – hat er nicht auch der Magdalena verziehen? Ich weiß zwar nicht, ob du in der Bibel noch so Bescheid weißt. Gut, das Kind ist da, du hast damit eine große Verantwortung auf dich genommen, und du wirst viel Kraft anwenden müssen, alles zu ertragen, was an bösem Klatsch über dich kommen wird."

„Was die Leute reden, das stört mich jetzt nimmer."

„Ganz richtig. Du allein mußt dafür einstehen, und es dir zur Pflicht machen, aus dem Kind einen richtigen Christenmenschen zu erziehen. Ich bin gekommen, um das Kind zu taufen. Wo ist es?"

Gerade als ob das Heidenkindl auf diese Aufforderung gewartet hätte, beginnt es draußen zu wimmern. Barbara eilt sofort hinaus und bringt es herein. Der Pfarrer betrachtet es still eine ganze Weile.

„Du, das ist ja ein ganz wunderschönes Kindl." Er zieht seine Stola aus der Joppentasche und legt sie um seinen Arm. „Hast du wenigstens Weihwasser da?"

In einer Weinflasche hat Barbara Weihwasser. Aber es bleibt dem Geistlichen nichts anderes übrig, er muß das Kind einstweilen auf den Arm nehmen, bis Barbara die Flasche findet.

„Also, wie soll denn das Mädl heißen? Hast du schon einen Namen ausgewählt?"

„Ja, aber so wird man sie net taufen können. Sternlein hab ich sie bis jetzt genannt."

Der Pfarrer schaut das Kind wieder an und lächelt.

„Für so ein schönes Kindl ein schöner Name. Aber du wirst verstehn, Barbara, daß das nicht geht. Da mußt du dir schon was anderes ausdenken."

„Angela vielleicht?"

„Angela? Angela – Angelus." Der Pfarrer nickt. „Aber wir nehmen lieber noch den Namen einer Heiligen dazu. Sagen wir Angela Maria?"

„Ja, bitt schön, Herr Pfarrer."

„So, dann tu dem Kindl jetzt das Tüchl aus der Stirn und schütte von dem Weihwasser ein bißl was in ein Schüsserl."

Ein paar Minuten später ist das Kind auf den Namen Angela Maria getauft.

„Jetzt ist mir aber ein Stein vom Herzen gefallen. Vielmals Vergelt's Gott, Herr Pfarrer. Bin ich was schuldig?"

„Ja, einen Teller voll Schmarrn. Ich bin nämlich hungrig."

„Den sollen Sie haben, Herr Pfarrer." Statt zwei, schlägt sie vier Eier in den Teig, und während sie in der Pfanne stochert, will der Pfarrer noch allerhand wissen. Ob das Kind bei der Gemeinde schon angemeldet ist? Ja – und da müsse sie wohl oder übel auch den Vater angeben. Es brauche schon ein paar Stempel und Unterschriften, bis so ein kleines Menschlein richtig auf der Welt ist.

„Nein, es ist noch net angemeldet, und der Vater – er ist aus dem Nebel aufgetaucht, ist einen halben Sommer immer dagewesen und ist wieder verschwunden. Ich weiß nix von ihm. Der Herr Pfarrer wird das vielleicht nicht so verstehn?"

O doch, der Herr Pfarrer versteht viel. „Der Vater wäre eventuell schon zu suchen und zu finden. Er kann sich doch nicht um die Alimente drücken."

„Nein, lieber net. Ich will mein Kind ganz für mich allein haben."

Der Pfarrer nickt und lobt den Schmarrn, den Barbara ihm vorsetzt.

„Wie wird es denn im Winter, wenn du wieder drunten beim Bauern bist, beim Krassinger, meine ich. Darfst du dann das Kind bei dir behalten?"

„Ich weiß es noch nicht. Ich hoffe es bloß. Sonst müßte ich es halt der Brieglmutter bringen."

„Laß mich einmal mit der Krassingerin reden. Und – du gibst mir deine Personalien mit, dann melde ich das Kind auf der Gemeinde an."

Zwei Stunden über Mittag noch bleibt der Pfarrer vor der Hütte sitzen und läßt sich von der Sonne bescheinen.

Hier wohne Gott noch im Frieden, sagt er, und ihm selber täte es auch gut, einmal so still und friedlich zu sitzen und nichts zu wissen von all den Hinterhältigkeiten, von den Tratschereien und stummen Feindschaften, die in so einem Dorf herrschen und die immer und immer wieder ins Pfarrhaus getragen würden, als sei er der Schlichter für allen Unfrieden zwischen den Häusern und Höfen.

Als er aufbricht, sagt er, daß er bald wieder einmal kommen werde, und Barbara solle dann nicht mehr so staunen, wenn er daherkomme in Kniehosen und Hemdsärmeln, denn mitunter gelüste es auch einen Pfarrer, ganz Mensch unter Menschen zu sein.

Er hat mit seinem Kommen Barbara mehr Kraft und Zuversicht geschenkt, als er ahnen kann. Sie fühlt sich jetzt nicht mehr so ausgestoßen, und das Kind ist kein Heidenkind mehr.

„Angela Maria Reingasser", spricht sie leise vor sich hin. Wenn das keine Namen sind, voller Klang und Reinheit. Sie kann nicht anders, als das Kind in ihre Arme nehmen und ihm in die Augen sehn, diese Augen, die so blau sind wie der Himmel über den Bergen. Es ist ein sehr glücklicher Tag in Barbaras Leben geworden. Stunden, aus denen sie viel Kraft schöpft für das Kommende. Sie weiß nur noch nicht, was da alles auf sie zukommen wird. Sie lebt dem Augenblick und ist förmlich durchleuchtet von einem Licht, das aus ihr selber herausstrahlt.

*

Der Pfarrer gibt sich große Mühe. Er redet mit der Krassingerin wie mit einem kranken Roß, malt ihr in den schönsten Farben aus, wie so eine gute Tat ihr im himmlischen Buch gutgeschrieben wird. Aber es hilft nichts. Die Krassingerin bleibt stur. Was wären denn das für neue Bräuche, daß man Kinder einer Magd mit großziehen müsse! Oder sei der Herr Pfarrer der Meinung, daß sie selber in Zukunft auf solchen Segen verzichten solle?

Der Pfarrer geht also wieder. Aber er hat doch versprochen, seine Hand ein wenig über Barbara zu halten. So führt ihn sein Weg in das kleine Häusl am Waldrand, zur Brieglmutter, und er redet mit ihr, ob sie das Kind der Barbara wenigstens den Winter über in Kost nehmen wolle. Die Brieglmutter hat zwar schon drei Kinder, für die die Gemeinde zahlen muß. Aber es käme ihr auf ein viertes auch nicht an, zumal ja der Herr Pfarrer darum bitte.

Der Pfarrer aber hält am Sonntag eine Predigt von der Sünde der Hartherzigkeit, und es wird dabei deutlich, daß manche wissen, daß damit die Krassingerin gemeint ist.

Es ist dann tatsächlich so, daß die Krassingerin, als Barbara im Spätherbst von der Alm auf den Hof zurückkehrt, das Kind überhaupt nicht anschaut. Nein, das Vieh schaut sie an, Stück für Stück, als es in den Stall einzieht. Aber für das Kind hat sie keinen Blick, obwohl es in einem rosaroten Jäckchen im Kissen liegt und sich mit großen Augen in dieser fremden Welt umschaut.

Barbara weint zuerst bitterlich bei dem Gedanken, daß

sie sich jetzt von ihrem Kind trennen muß. Aber es bleibt ihr nichts anderes übrig, als daß sie Angela Maria am späten Abend, bei tiefer Dunkelheit, durch das Dorf trägt, zur Brieglmutter hinaus. Hier wird ihr überhaupt nichts übelgenommen, es wird nach keinem Vater gefragt, die Brieglmuter will nur wissen, ob das mit dem Hausierer seine Richtigkeit habe.

„Nein", sagt Barbara. „Mit dem Hausierer Blasius hat das überhaupt nix zu tun."

Übrigens ist auch die Brieglmutter der Meinung, daß Blasius kein richtiger Hausierer sei. Geht er vielleicht mit einer Kürbe von Haus zu Haus? Nein, er fährt mit einem Gespann und soll sogar irgendwo ein Haus besitzen. Übrigens, zu Weihnachten kommt er wieder, dann wird sich alles klären, und die Krassingerin wird all ihre schamlosen Verdächtigungen zurücknehmen müssen.

Drei Mark die Woche verlangt die Brieglmutter für das neue Kostkind, obwohl vier Mark sonst üblich sind.

„Du bist ja auch ein armes Luder", sagt sie. „Und wenn du mir hin und wieder einen Liter Milch bringen kannst, dann gleicht sich das wieder aus. Ich will ja net reich werden, ich tu es ja bloß aus Liebe zu den armen Hascherln."

Und siehe da, Barbara bezahlt gleich das Kostgeld für all die Monate, bis sie wieder auf die Alm ziehen wird. Dann darf sie das Kind mitnehmen, das hat ihr die Krassingerin gnädigerweise gestattet. Vielleicht hat sie sich zu diesem Schritt entschlossen, um zu widerlegen, was der Pfarrer über die Hartherzigkeit gepredigt hat, und daß es Menschen gäbe, die statt des Herzens einen

Stein in der Brust hätten. Das ist einwandfrei auf sie gemünzt gewesen, das weiß die Bäuerin wohl. Aber sie wird sich schon auf ihre Art rächen und am Sonntag kein blankes Geldstück mehr in den Klingelbeutel werfen, höchstens nur mehr einen Kupferpfennig, wenn nicht gar bloß einen Hosenknopf. Überhaupt, was versteht ein Pfarrer schon von Kindern, wenn er selber keine haben darf.

Die Krassingerin überlegt, ob sie das Kind nicht doch besser im Haus behalten hätte, denn Barbara sitzt jetzt nicht mehr Abend für Abend in der Stube und stopft Strümpfe für alle Krassingers, sondern sie geht nach Feierabend zu ihrem Kind. Und sie nimmt jedesmal eine Literflasche Milch mit. Sie steckt die Flasche immer in ihren Kittelsack. Aber einmal kommt ihr die Krassingerin doch drauf und bezichtigt sie des Diebstahls. Doch das hätte sie nicht sagen sollen, denn die Barbara ist nahe darangewesen, die Milchflasche der Bäuerin an den Kopf zu schlagen.

„Du Geizkragen, du ganz elendiger! Net einmal das Tröpferl Milch willst meinem Kind gönnen. Hast denn noch net gemerkt, daß ich jeden Tag in der Früh bloß eine kleine Tasse trinke und abends auch, damit für mein Kindl was übrig bleibt? Und wenn dir das net recht ist, Bäuerin, dann ist auf Lichtmeß Schluß mit uns zweien."

Das ist die einzige Waffe, mit der Barbara fechten kann, denn sie weiß gar wohl, daß die Krassingerin nie mehr eine Magd kriegen wird, die so fleißig ist und so duldsam. Sie meint sogar, daß man ihr jetzt im Winter bloß vier anstatt fünf Mark zahlen solle, dann wäre der

Liter Milch bezahlt. Aber da ist der Bauer dagegen, er wehrt sich sogar mannhaft gegen den Vorschlag der Bäuerin, so daß sie wieder mißtrauisch wird, ob er nicht doch ein bißchen Vaterschaft mittrage.

Barbaras Tagewerk hat sich nun geändert. Was sie auch arbeitet, den ganzen Tag freut sie sich jetzt auf den Abend, an dem sie ihr Kind sehen kann. Sie ist auch nie allein, denn irgendeine andere Mutter ist dann auch da, die ihr Kind besucht. Die Brieglmutter hat ja insgesamt vier Kostkinder. Barbara freut sich immer, wenn gesagt wird: ‚So ein schönes Kind.' Es ist ihr aber viel wichtiger, daß das Kind gesund ist und im Kopf einmal heller werden möge, als sie selber es ist.

Ach, es sind trauliche Abende. Die Brieglmutter hat noch kein elektrisches Licht, und so sitzen sie im matten Schein einer Petroleumlampe und haben ihre Kinder in der großen Mulde zwischen den Knien liegen. Im Ofen krachen die Buchenscheite, und an den Fensterläden rüttelt der Spätherbstwind. Und sie lauschen den alten Sagen, die die Brieglmutter erzählt, etwa der Geschichte von der wunderschönen Försterstochter Maria-Luise, die in mondhellen Nächten in Männerkleidern zum Wildern hinausging und von ihrem eigenen Vater dabei erschossen wurde. Der Förster habe sich kurz nach dem Begräbnis der Tochter an dem Baum aufgehängt, unter dem seine Tochter verblutet war. Und jedesmal, wenn sich der Jahrestag des Dramas nähere, da gehe ein feines Läuten durch die Äste des Baumes, wie hundert silberne Glöcklein, Allerseelenglöcklein wahrscheinlich, für die zwei unglücklichen Menschen.

Ach, hunderte solcher Geschichten weiß die Brieglmutter, und manchmal, wenn Barbara durch die dunkle Nacht heimgeht, dann zieht sie die Schultern ein und beginnt schneller zu gehen, so ganz erfüllt und durchdrungen ist sie noch von dem Geisterhaften der Geschichten.

Bald fällt der erste Schnee, und unversehens sind die Adventwochen wieder da. Aber sind sie wirklich schon da? Warum kreuzt dann Blasius, der Hausierer, nicht auf? Die Bäuerinnen und überhaupt alle Bewohner des Kirchspiels warten auf ihn. Sie bräuchten noch allerhand für Weihnachten. Jetzt kann man sich auf einmal auf den Blasius nicht mehr verlassen. Nur die Kramerin freut sich darüber, denn nun sind die Leute gezwungen, in ihren Kramladen zu gehen. Die Krassingerin deutet Blasius' Fernbleiben wieder einmal auf ihre Weise.

„Na, siehst du", sagt sie zu Barbara. „Er hat kein Verlangen mehr nach dir."

Barbara schweigt, wie immer, wenn man ihr diesen Hausierer nachsagt. Aber sie vermißt ihn selber am meisten. Für das Kind hätte sie einiges gebraucht, und Blasius ist der einzige, mit dem sie sich ein wenig hätte aussprechen können.

Blasius aber liegt um diese Zeit in Traunstein im Krankenhaus und ist am Magen operiert worden. Das hätte um diese Zeit niemand ärger treffen können als ihn selber. Er weiß doch, daß man auf ihn wartet, und nun muß er seine Kundschaft sitzen lassen. Und außerdem ist da im Vorjahr mit einem Mädchen namens Barbara etwas unausgesprochen geblieben.

„Das kommt von deinem unregelmäßigen Leben", sagt der Doktor. „Von deinem Zigeunerleben. Einmal ißt du zu warm oder zu kalt, dann wieder gar nichts. Das hat deinen Magen so zugerichtet. Immerhin kannst du auch mit einem halben Magen gut weiterleben. Du müßtest nur dein Leben ein bißchen in Ordnung bringen. Hast du denn gar niemand, an den du dich anhängen könntest?"

O ja, Blasius denkt da schon an jemand. An ein wunderschönes Mädchen, Barbara heißt sie und ist bei einem Bauern Magd, erzählt er dem Doktor. Und ob der Herr Doktor nicht an diese Barbara einen Brief schreiben könne.

Der Arzt sieht seinen Patienten nachdenklich an und kratzt sich am Kinn. Sicherlich ließe sich das machen. Eine kurze, ärztliche Mitteilung über den Krankheitsbefund, könne er schreiben. Aber was darüber hinausginge, da solle er sich an Schwester Fingara wenden. Die würde dann schon die geeigneten Worte finden.

Schwester Fingara ist eine Nonne, und zwar eine Franziskanerin. Sie mag den Patienten ganz gern, der so geduldig sein Leiden trägt. Sie ist es auch gewesen, die ihm vor der Operation den Pfarrer ins Zimmer geschickt hat, damit er vorher noch beichte und kommuniziere. Sie kann sich aber auch nicht bereitfinden, einen Liebesbrief zu schreiben und nötigt Blasius, selber zu schreiben. Sie richtet ihm die Kissen, daß er ganz aufrecht sitzt, bringt ihm Bleistift und Papier. Nur die Adresse schreibt sie ihm. Aber da gibt es schon Fragen, denn Blasius weiß gar nicht, wie Barbara mit Nachnamen heißt. Und so schreibt die Schwester nur:

An Fräulein Barbara, Sennerin beim Krassingerbauer, Hierling, Post daselbst.

Blasius selber schreibt an Barbara, daß er ‚eine schwehre Oberazion im Magen gehabt habe, aber er werde im näxten Jahr schon wieder kohmen, und sie möge ihm den Taumen halden, das er alles gut überstehe. Mit Gruß vom Blasius, dem Kaufmann'.

Barbara erhält den Brief nicht, weil sie draußen steht beim Misthaufen. Die Krassingerin nimmt ihn in Empfang und öffnet ihn. Barbara bekommt ihn gar nicht zu sehen. Aber für die Bäuerin ist es ein wahrer Genuß, im Dorf herumzuerzählen, daß der Hausierer an sie geschrieben habe und daß er am Magen operiert worden sei.

*

Wenn Ferdinand Höllriegel eines innigen Betens fähig gewesen wäre, dann hätte er mit beiden Knien zu Boden gehen müssen, um dem Herrgott zu danken für die große Gnade, daß er ihm einen Sohn geschenkt hat.

Seine Frau, die Philomena, tut es und stiftet darüber hinaus noch eine mannsgroße Kerze für den Marienaltar in der Pfarrkirche zu Perlbach. Sie kommt sich wie eine Erlöste vor, nach all den Monaten der Angst und des Bangens, ob es ein Sohn werden wird. Ein Mädchen hätte ja keine Gültigkeit gehabt, und das martervolle Hoffen wäre weitergegangen. Nun aber ist die Bedingung erfüllt, und der alte Höllriegl hält sein Wort. Er läßt den Notar ins Haus kommen. Ferdinand und Philomena werden nun endgültig Besitzer des großen Hofes. Aber er setzt auch da seine Klausel noch ein. Dreißig Tagwerk Wald läßt er sich gutschreiben, und die wird er der Kirche vermachen, falls dieser Ferdinand etwa nicht guttut. Die schönsten zwei Zimmer im Haus behält er für sich, und es ist eine ganze Liste, in der detailliert aufgeführt ist, was er zu beanspruchen hat. Das geht vom Frühstück bis zum Abendessen, und drei Klafter Buchenholz beansprucht er auch jährlich.

In der Folgezeit geraten Ferdinand und sein Onkel Ambros noch ein paarmal hart aneinander. Aber es ist dann doch so, daß Ferdinand immer den kürzeren zieht, denn der Alte droht mit den dreißig Tagwerk Wald.

Im großen ganzen läuft es aber dann doch ganz gut, wenn Ferdinand auch nicht daran denkt, seiner Frau dankbar zu sein für den Sohn, der blond und blauäugig in seiner Wiege liegt. Oft steht Ferdinand davor und betrachtet den prächtigen Kerl, und dann fällt ihn ganz flüchtig die Erinnerung an jene Barbara auf der Brachtensteinhütte an. Ob die vielleicht auch einen Buben zur Welt gebracht hat? Jetzt ist er ja reich und unabhängig. Jetzt kann er unter Umständen im nächsten Sommer einmal einen Boten dorthin schicken. Selber ist er dazu zu feige. So schnell ihn solche Gedanken anfliegen, so schnell verfliegen sie wieder. Warum in die Vergangenheit flüchten? Dieser Barbara würde es vielleicht gar einfallen, doch noch Ansprüche an ihn zu stellen. Das ginge ihm gerade noch ab, wo jetzt alles so schön dahinläuft.

Es steht ihm recht gut an, jetzt Bauer zu sein und unter dem Tor zu stehen, wenn die Gespanne in den Hof fahren. Breitbeinig steht er da, die Daumen in den Westenlöchern eingehakt, die Beine mit den Schaftstiefeln ein wenig gespreizt. Freilich, unbeobachtet fühlt er sich nie. Der Alte hat sich seinen Lehnstuhl ans Fenster rücken lassen, und von da aus beobachtet er jedes Geschehen am Hof. Manchmal nickt er da oben am Fenster sogar, denn einmal ist Ferdinand ein schlechter Knecht gewesen, als Bauer aber läßt er sich soweit ganz gut an. Er hat auch dazugelernt und hat herausgefunden, daß er dem Alten nicht widersprechen darf. Er nickt dann nur und sagt: ‚Ja, du hast recht‘, auch wenn er es hernach anders macht.

Seit er jetzt Bauer ist, ist ihm ein großes Selbstbewußtsein zugewachsen, denn es ist schon etwas, Wimbacher von Perlbach zu sein. Hat nicht sogar der Hauptlehrer kürzlich vor ihm den Hut gezogen und ihn ‚Herr‘ Höllriegl genannt? Worauf Ferdinand gönnerhaft zu wissen gegeben hatte, daß es ihm lieber wäre, wenn er als Wimbacher angeredet würde. Und Herr, er sei kein Herr, sondern ein Bauer, wenn auch ein besserer als alle andern. Natürlich weiß man im Dorf auch, unter welch erniedrigenden Umständen er es geworden ist, und im Stillen bemitleidet man seine Frau Philomena, die diesem Ferdinand nichts bedeutet, obwohl sie ihm einen Sohn geboren hat.

Als sein Sohn geboren worden ist, hat der Wimbacher

Freibier gestiftet und auch an den hintersten Tischen, wo die Knechte sitzen, ein paar Humpen hinstellen lassen. „Prost Wimbacher!" haben sie durcheinandergeschrien. „Auf dein Wohl, Wimbacher! Sollst leben!"

Aber niemand hat daran gedacht, daß man auch auf das Wohl der Wimbacherin hätte trinken können.

*

Ostern ist es so warm und schön, daß man meinen könnte, es wären bereits die Pfingstfeiertage. Es wird nicht mehr lange dauern, dann wird Barbara wieder auf die Alm ziehen können mit ihrem Kind. Mit Angela Maria, die so prächtig gedeiht. Sie lächelt ihr schon so zutraulich zu, dieses kleine Sternlein, dessen Augen sich zu einem dunklen Blau gewandelt haben. Sie ist nicht mehr so weich und zerbrechlich wie am Anfang. Ach, ganz vernarrt ist Barbara in ihr Kind, durch das sie sich selber gewandelt hat. Ganz beseligt nimmt sie ihr Kind auf den Arm, und der Glanz ihrer Augen ist dabei von einer seltsamen Tiefe. Sie denkt nicht mehr an den Betrug, den der Mann aus dem Nebel an ihr begangen hat. Die Verklärtheit in ihren Zügen kommt von der Woge ihrer Empfindungen; jetzt hat sie etwas, das ihr niemand mehr nehmen kann.

Endlich ist es dann soweit. Auf dem Hof wird wieder zum Almauftrieb gerüstet. Der Krassinger bringt die breiten Riemen der Herdenglocken mit Schuhschmiere zum Glänzen, Barbara fummelt mit Sandstein an den Glocken herum, und als sie dann aus dem Hof ziehen, steht die Krassingerin wieder mit dem Weihwasser da und kann es sich nicht verkneifen, der Barbara nachzurufen:

„Bring net wieder so einen Fratzen mit runter!"

Barbara ärgert sich über solche Ausfälle längst nicht mehr. Und wenn die Bäuerin das Kind der Magd einen Bankert nennt, dann denkt Barbara an ihr Sternlein oder Lämmlein. Den Namen Lämmlein gebraucht die Brieglmutter zuweilen, weil sich das Blondhaar über der Stirn von Angela Maria so lustig kräuselt.

Ach, du lieber Gott! Ist das heuer ein Sommer auf der Alm. Barbara ist von seliger Freude erfüllt. Angela Maria liegt jetzt nicht mehr in einer Kiste, sie krabbelt bereits auf dem Boden umeinander, und als es ins Jahr geht, steht das Mädel eines Tages auf strammen Füßen und macht die ersten Schritte durch die Hütte. Von diesem Tag an kommt Barbara immer ein bißchen in Bedrängnis, denn von der Hüttentür aus führen zwei Stufen hinaus ins Freie. Das erste Mal schreit Angela fürchterlich, und Barbara legt essigsaure Tonerde auf die blaue Beule über der Stirn. Aber dann lernt das Kind auch, die Stufen vorsichtiger zu nehmen. Eines Tages schlüpft sie durch das Gatter und trippelt zu den Kühen hinunter. Sie ist dauernd unterwegs, der kleine Fratz, gerade so, als ob sie schon auf Erkundungsreise gehen möchte. Es gibt ja weiter keine Gefahr in der Weide. Es muß ihr nur gesagt werden, daß sie die bunten Blümlein, die da wachsen, nicht in den Mund nehmen und sich auch nicht von einer Kuh ablecken lassen darf. An den Schwanz einer Kuh hat sie sich einmal gehängt, da ging es im Galopp dahin, und

Angela kugelte ein Stück über das Almfeld, aber ohne weiteren Schaden.

Beruhigter ist Barbara schon, wenn Angela unterm Schatten des Vogelbeerbaumes liegt, nackt, so wie sie zur Welt gekommen ist, und dann mit ihren blauen Augen zu den weißen Wolken aufschaut, die langsam vorüberziehn und manchmal so nah sind, daß sie meint, sie mit den Händchen fassen zu können. Die Bienen summen um sie herum, und sie kann auch dem Habicht nachsehen mit seinen silbernen Flügeln. Wenn Barbara Zeit hat, sitzt auch sie mit einem Strickzeug im Gras und erzählt Geschichten, die das Kind allerdings noch nicht versteht. Was sollte sie auch schon von einer Hexe wissen, die in Vollmondnächten auf einem Besen reitend über das Almfeld hinzieht. Oder was versteht sie von den Zwergen, die tief drinnen im Berg hämmern. Einmal sei ein Zwerg aus dem Berg getreten und habe nach einer Prinzessin ausgeschaut, aber da sei sogleich ein Stein aus der Wand gesaust und habe den Zwerg erschlagen. Barbara will damit ihrem Kind andeuten, daß es niemals vorwitzig oder neugierig sein sollte. Aber was die Neugierde betrifft: Angela sitzt neben der Mutter, wenn sie melkt, und schaut genau zu, wo die Milch bei der Kuh herausspritzt. Einmal krabbelt Angela mit viel Mühe in den großen, kupfernen Käsekessel. Die Mutter sucht sie und schreit voller Angst, aber Angela rührt sich nicht, sie lächelt nur verschmitzt vor sich hin und bohrt in der Nase. Erst als es ihr selber zu langweilig wird, klopft sie an den Rand des Kessels. Das gibt einen leisen, summenden Ton, als ob eine Kirchenglocke ausklingt. Aber

Barbara hört es in ihrer Angst sofort, nimmt Angela heraus und gibt ihr zum erstenmal dorthin einen Klaps, wo sie zu sitzen pflegt. Hernach weint sie und schwört bei sich: ‚Ich werde sie nie wieder schlagen, das tut ja mir viel weher als ihr.'

Wenn der Krassinger am Freitag heraufkommt, läuft ihm Angela sofort entgegen, denn sie darf dann auf dem Haflinger sitzen und damit in den Stall hineinreiten. Dann langt der Bauer in seine Joppentasche und zieht ein Zuckerstangerl heraus.

„Sag aber der Bäuerin nix", mahnt er die Barbara. „Ich weiß net, das Kind ist so quicklebendig, die unsern waren in dem Alter allweil so tramhapert. Darf ich immer noch net wissen, wer der Vater ist?"

„Nein!"

Der Bauer schüttelt den Kopf und versteht die Barbara nicht. Er weiß ja nicht, daß sie immer noch die Scham peinigt, wenn sie an den Nebelmenschen denkt.

Einmal meint der Krassinger, er werde mit der Bäuerin reden, ob sie im nächsten Winter nicht doch das Kind bei sich behalten könne. Es müsse ja dann nicht gerade die Kammer neben dem Stall sein. Barbara schüttelt sofort den Kopf.

„Nein, im Winter ist Angela wieder bei der Brieglmutter. Dort ist sie am besten aufgehoben, weil – die Brieglmutter hat gesegnete Hände."

„Ja, dann net. Ich wollte dir bloß meinen guten Willen beweisen. Und weil wir schon dabei sind, nächstes Jahr wirst ja doch wieder bei uns bleiben. Zum Heiraten kommst ja wohl nimmer. Wer nimmt dich denn schon mit dem Kind."

„Keiner, ich weiß wohl. Aber es kommt mir net drauf an. Bin halt jetzt eine Mutter ohne Trauring. Aber es lebt sich doch sehr schön und gut mit einem Kind, das das Herz froh und glücklich macht."

Ja, so redet Barbara manchmal daher. Es scheint, daß sie jetzt das Leben überhaupt von einer anderen Seite her betrachtet. Es könnten hundert Nebelmenschen auftauchen, sie wird auf keinen mehr hereinfallen. Es könnte ja durchaus sein, daß man durch Schaden erst klug wird.

So geht der Sommer dahin. Angela ist so braun geworden am ganzen Körperchen, als sei sie mit braunem Lack gestrichen worden. Die blonden Haare und die blauen Augen stehen dazu in einem seltsamen Kontrast.

Richtig weh wird Barbara ums Herz, als der Almabtrieb herankommt. Diesmal braucht sie Angela nicht mehr auf den Armen zu tragen, sie läuft schon tapfer neben ihr her, und als sie dann doch müde wird, darf sie beim Bauern auf dem Wagen sitzen.

*

Es ist wie im vorigen Winter, bloß gibt es nicht soviel Schnee. Barbara geht jeden Abend zur Brieglmutter hinaus, die sie Oma nennt. Hauptsächlich geht sie ja wegen Angela hin, aber auch wegen der Brieglmutter, die in letzter Zeit recht hinfällig geworden ist. Sie geht krumm vor Schmerzen im Rücken, die Füße wollen sie kaum mehr tragen, und die Finger krümmen sich von der

Gicht. Wenn sie einen Arzt riefe, würde der sagen, daß es die Bandscheiben sind, und was die Gichtfinger betrifft, so hat sie halt zuviel Harnsäure im Körper. Sie trägt sich mit dem Gedanken, ihre Kostkinder herzugeben. Nur das Lämmlein will sie behalten. Sie meint, daß ihr Angela so ans Herz gewachsen ist, als sei es ihr eigenes Kind.

Und so gibt es für Barbara immer noch eine Menge Arbeit, wenn sie zur Brieglmutter hinaus kommt. Sie bringt die Kinder ins Bett, schrubbt den Boden, wäscht und bügelt.

„Mit mir ist es halt gar nix mehr", klagt die Alte, wenn Barbara so werkelt. „Mit mir wird überhaupt bald Feierabend sein."

„Ah geh, wer wird denn allweil gleich ans Sterben denken. Wie alt bist jetzt eigentlich, Oma?"

„Siebzig bin ich im Herbst geworden."

„Das ist doch noch gar kein Alter. Bis zum Achtziger ist noch lang hin."

„Das sagst du, weil du noch jung bist. Wenn ich denke, wie ich früher hab arbeiten können. Da hab ich auch noch drei Kühe im Stall gehabt."

„Wieviel waren denn da Tagwerk dabei?"

„Fünf Tagwerk. Und die hab ich dem Hölzinger verpachtet."

„Das tragt aber net viel."

„Dreißig Mark fürs Tagwerk im Jahr."

Barbara hat jetzt lange und streng nachzudenken. Es geht etwas vor in ihrem Kopf. Ganz still ist es, nur die Uhr hört man ticken, und Barbaras Stricknadeln klappern. Sie denkt, daß sie jetzt siebenhundert Mark beieinander hat. Noch nie ist Barbara mit ihren Gedanken so in Schwung gewesen.

Ob sie wohl weiter beim Krassinger bleiben wird? Wahrscheinlich nehmen sie das als selbstverständlich an. Wo soll sie denn mit ihrem Kind auch schon hin. Vielleicht muß sie bleiben, bis Angela groß ist und dann dort weiterdienen wird, als Magd und Sennerin. Das ist eben das Los solcher Magdkinder. Ein Schicksal, das sich weitervererbt von Mutter auf Tochter. Wenn Barbara das alles so überdenkt, dann wir ihr ganz schwer ums Herz, denn man hat ja noch nie gehört, daß eine Bauernmagd sich aus der Tiefe herausgedient hätte, aufgestiegen wäre und Glanz über ein Dorf gebracht hätte. Ungeheuer sind die Gedanken, mit denen Barbara schwanger geht, sie ist von kühnem Schwung erfüllt, doch dann legt sie alle Gedanken wieder deprimiert zur Seite.

Doch da geschieht kurz vor Weihnachten etwas, an das eigentlich niemand mehr gedacht hat. Bei heftigem Schneetreiben fährt der Hausierer Blasius Röhrl unter hellem Schellengeläut mit seinem Maulesel Pilatus in das Dorf ein und nimmt beim Krassingerbauern wieder sein Quartier.

*

Nun ist er also wieder da, obwohl die Krassingerin einmal gesagt hat, er käme ihr nicht mehr ins Haus. Aber sie schweigt und ist ein wenig verwirrt, weil sie ein schlechtes Gewissen hat. Sie ist so durcheinander, daß sie sich sogar verplappert und fragt:

„Bist doch wieder rauskommen aus dem Krankenhaus?"

„Wie du siehst, Bäuerin. Und es geht mir wieder ganz gut."

„Und das Geschäft geht auch gut?"

„Ich kann net klagen, Bäuerin."

Die Krassingerin legt gerade Nudeln in die große Schmalzpfanne und stochert mit einer langen Gabel umeinander. Dann kann sie es nicht lassen zu fragen, ob er heuer auch wieder ein Trachtenkostüm dabei habe.

Blasius weiß sofort, wo die Krassingerin hinaus will, aber er fühlt sich nicht angesprochen. Wer ist denn Barbara? Hat er ihr nicht einen Brief geschrieben? Aber sie hat nicht geantwortet. Nicht einmal zwölf Pfennige hat sie für ihn übrig gehabt. Und dabei hat er einmal den festen Willen gehabt, sie aus ihrer Magdkammer herauszuholen und vor den Traualtar zu führen.

Nein, er redet nicht mit Barbara, und sie denkt, daß man es ihm bereits hinterbracht hat, das mit dem ledigen Kind, für das sie keinen Vater weiß. Er verachtet sie also, und das ist sein gutes Recht. Dabei sieht Blasius diesmal viel besser aus als sonst. Er hat sich unter seiner mächtigen Hakennase einen Schnurrbart wachsen lassen, der sauber zugeschnitten ist und seinem Gesicht einen seriösen Ausdruck verleiht.

Abends sitzen sie in der Stube, und Blasius erzählt, daß er gerade vor einem Jahr zwischen Leben und Tod geschwebt habe. Deshalb habe er im Vorjahr nicht kommen können. Er schmückt seine Leidenszeit nach seiner Fabulierkunst aus und spricht von einem Todesengel, der tagelang an seinem Bett gesessen sei und mit ihm geredet habe. Silberne Flügel hätte er gehabt von der Spannweite eines Adlers, und er habe ihm die Fürbitte beim Petrus abgerungen, er möge ihm da oben hinter den Wolken ein Plätzchen reservieren, von wo aus er auf die Welt herunterblicken könne und auf gewisse Menschen.

„Du warst im Krankenhaus?" fragt Barbara schüchtern.

Blasius mißt sie nur mit einem geringschätzigen Blick und sagt:

„Tu nur net so, als ob du das net gewußt hättest."

Am anderen Morgen geht er schon ganz früh mit einer hochaufgepackten Kürbe weg und kommt erst spät am Abend zurück. Alles hat er verkaufen können, dennoch aber sind in seinem Kopf eine Menge zermürbender Gedanken, die er nicht einzuordnen weiß. Man hat ihm da mit listigem Augenzwinkern Worte an den Kopf geworfen, mit denen er nichts anzufangen weiß. Was hätte er auch damit anfangen sollen, wenn ihm der Löfflerbauer mit bedeutsamem Augenaufschlag über die Schneewehe vor der Haustür noch zuruft:

„Laß fei' net wieder was z'rück in Hierling, wie das letzte Mal!"

Oder wie die Bründlbäuerin gesagt hat:

„So ein Hallodri bist du, das hätt ich dir gar net zugetraut. Aber wenn ich dich so anschau, bist eigentlich ein ganz sauberes Mannsbild, auf den die Weiber hereinfallen können."

Nichts Direktes sagen sie, nur so Anspielungen von

hinten herum, die Blasius zum Nachdenken zwingen und ihn ein wenig verwirren. Es hätte ihm eigentlich schmeicheln müssen, als Hallodri zu gelten, auf den die Weiber hereinfallen. Trotzdem kann er nicht fröhlich darüber sein, denn diese Anspielungen müssen doch einen Hintergrund haben.

An diesem Abend geht er in die Wirtschaft essen und zieht sich dann gleich beim Krassinger in den Stall zurück. Es ist Nacht, Blasius sitzt im Dunkeln in der Boxe und hört nebenan seinen Maulesel schnaufen. Der ist noch der Treueste von allen, denkt er. Draußen glänzen die Sterne über dem Schnee, und ein singender Wind zieht an den Stallfenstern vorbei.

Nach einer Weile hört Blasius, wie drüben im Haus ein paar Türen gehn und Stiegen knarren. Man geht scheinbar jetzt zu Bett. Auch hinter dem Bretterschlag sind Geräusche. Barbara, denkt er. Vor zwei Jahren ist sie noch hier bei ihm gewesen, sie haben so vernünftig miteinander gesprochen, ja, und hat sie nicht auch einmal ein nasses Tuch über seine Stirn gelegt? Er brauchte nur nach ihr zu rufen, dann käme sie vielleicht. Aber nein, sie hat ihn so schmerzlich enttäuscht.

Er braucht sie nicht zu rufen, Barbara kommt von selber. Sie dreht zwar nicht das Licht an, sie steht mit einer Laterne am Barren und flüstert leise:

„Blasius, schläfst du schon?"

Sie hört Stroh rascheln. Blasius richtet sich auf und lehnt auf der andern Seite des Barrens, so wie damals. Er sagt aber vorerst nichts, blinzelt nur in das gelbe Licht der Laterne.

„Ich kann net schlafen, Blasius. Sag einmal, hast du was gegen mich?"

Er sieht sie eine Weile schweigend an. Endlich schüttelt er den Kopf.

„Doch doch. Ich spüre es. Du redest mich net an, du schaust mich net an. Was hab ich dir denn getan?"

Endlich kann er nach einigem Räuspern reden.

„Ja, du hast mir was angetan. Du hast mir auf meinen Brief keine Antwort 'geben."

„Ich weiß nix von einem Brief. Wann hättest denn du mir geschrieben?"

„Vom Krankenhaus aus. Wie sie mir den halben Magen rausgeschnitten haben."

Barbara weiß vielleicht selber nicht, warum sie das tun muß. Sie hebt ihre Hand und legt sie auf sein Haar.

„Auf Ehr und Seligkeit, Blasius, ich hab nie einen Brief gekriegt."

„Ich hab ihn aber da her geschrieben. An Fräulein Barbara am Krassingerhof in Hierling. Das gibt es doch net, daß ihn die Post verschlampt hätte."

„Möglich wär's schon", sinniert Barbara, und plötzlich kommt ihr ein Gedanke. „Oder es hat ihn die Bäuerin unterschlagen. Wenn ich einen Brief von dir 'kriegt hätt, Blasius – du wirst doch net glauben, daß ich dann net geantwortet hätte. Vielleicht hätte ich dich sogar besucht, weil – weil – wir haben das letzte Mal etwas nimmer ausreden können. Und jetzt weiß ich gar net, ob du's überhaupt gesagt hast. Dir wär's ernst, hast gesagt, und jetzt weiß ich net, ob das noch Gültigkeit hat."

„Wenn ich im Ernst was versprech, dann falle ich net

um." Er nimmt ihre Hand von seinem Haar, hält sie aber fest zwischen den seinen. „Es wird schon so sein, daß die Bäuerin den Brief unterschlagen hat. Ich hätte ihn einschreiben lassen müssen, dann wär er sicher in deine Hände gekommen."

„An alles kann der Mensch halt auch net denken. Und wer meint denn, daß dieses Mistvieh meinen Brief unterschlägt."

„Beweisen kann man es halt net, Barbara." Blasius hält ihre Hand immer fester, legt sie an seine Wange und dann an seinen Hals, dorthin, wo die große Ader schlägt. Räuspern braucht er sich jetzt nicht mehr, es kommt bloß zögernd, fast stotternd von seinen Lippen: „Und wenn du es dir inzwischen überlegt hast – ob du – ich mein – es wär doch net soviel dabei, daß man mir gut sein könnte."

„Nein, da ist gar nix dabei, Blasius."

„Wenn dir so ernst ist wie mir, Barbara, dann bräuchten wir keine Ewigkeit mehr warten."

„Wenn du es so meinst, Blasius, mir wär es schon recht, denn ich bin dir ja gut. Es ist bloß – was bei mir ist, weißt, das ist schwer zu sagen, und wenn du es weißt, dann wirst mich wahrscheinlich auch links liegen lassen."

„Ah geh, was könnte denn das schon sein? Umbracht hast doch niemand?"

„Nein, eher das Gegenteil."

„Das versteh ich net."

Barbara läßt den Kopf sinken und würgt an den Tränen, die aufsteigen wollen. Blasius ist der einzige Mensch, der ihr helfen könnte. Und nun ist es so schwer, ihm zu bekennen. Auf einmal nimmt sie den Kopf zurück.

„Zieh deinen Mantel an, Blasius, und deine Stiefel. Ich zeig dir was."

Sie geht in ihre Kammer hinüber, schlüpft in ihren alten Lodenmantel und zieht ein wollenes Tuch über den Kopf.

Barbara hat den weiten, schweren Schritt eines Bergkindes. Blasius muß seine Schritte schneller setzen, damit er neben ihr gehen kann, durch das dunkle Dorf in beißender Kälte. Aus dem Wirtshaus kommen noch gröhlende Stimmen. Beim Fuchsbauern sind alle Stallfenster hell erleuchtet, wahrscheinlich ist eine Kuh am Kälbern. Endlich sind sie draußen vor dem Häusl der Brieglmutter. Durch die geschlossenen Fensterläden dringt dünner Lichtschein. Barbara klopft dreimal an den Fensterladen. Jetzt weiß die Alte, daß Barbara es ist und öffnet die Tür.

„Heut hab ich mir schon denkt, du kommst net."

„Bin halt später dran. Aber schau, wen ich da mitbracht hab."

Barbara zieht den Blasius an der Hand in die warme Stube herein.

„Ja, der Hausierer", staunt die Brieglmutter.

„Net Hausierer", mahnt Barbara, „Kaufmann ist er."

Die Alte lächelt, hält den Kopf schief, betrachtet die beiden und hat so eine Ahnung. Nur Blasius hat keine Ahnung, er zieht seinen schweren Mantel aus und setzt sich auf das Kanapee.

„Laß sie schlafen", sagt die Brieglin, als Barbara die

Kammertür öffnet. Barbara aber achtet nicht darauf, nimmt die kleine Angela Maria aus ihrem Bettchen und trägt sie in die Stube. Die Kleine weint ein bißchen und blinzelt in das helle Licht. Aber dann öffnet sie die Augen ganz, und Blasius sieht, daß es schöne blaue Augen sind. Aber er kennt sich immer noch nicht aus. Es ist auch zu komisch, daß er durch die Nacht geführt worden ist, nur um ein Kind anzuschauen. Es ist doch nicht Heiliger Abend, und es hat ihm auch kein Stern die Spur gewiesen, sondern Barbara ist an seiner Seite gegangen. Er beugt sich ein bißchen vor, um es besser anschaun zu können. Da lächelt die Kleine ihn an und faßt mit ihren Händchen nach seinem Schnurrbart.

„Was ist mit dem Kind?" fragt Blasius. „Warum nimmst du es aus dem Schlaf?"

Da blickt Barbara ihm in die Augen, bittend, daß er es verstehen möchte.

„Man zeigt halt gern her, was einem gehört."

„Ah so? Dir gehört das Kindl?"

„Ja, mir ganz allein."

Blasius ist viel in der Welt herumgekommen, er weiß vieles. Und wenn da eine so bestimmt sagt: mir ganz allein, dann heißt das soviel, daß es keinen Vater zu nennen gibt, daß er sich wegleugnet oder daß er gestorben ist. Gleichviel, es kann auch heißen: Wer mich will, muß auch das Kind in Kauf nehmen. Und dazu ist Blasius durchaus bereit. Was schon da ist, um das braucht man hernach nicht mehr zu bangen.

Barbara trägt Angela hinaus. Als sie wieder hereinkommt, setzt sie sich zu Blasius auf das Kanapee.

„Ja, nun weißt du, Blasius, was mit mir los ist. Nicht recht viel, gell? Ein Kind und kein Vater. Und jetzt wird dir nimmer ernst sein mit dem, was du gesagt hast."

Blasius streicht sich ein paarmal mit der Hand übers Haar. Dann lächelt er.

„Da kennst du mich aber schlecht, Barbara. Der Heilige Geist wird dich ja net überschattet haben. Also gibt es einen Vater. Aber ich frag dich net darum. Ich will ja dich – und das Kind – das Kind ist deine Mitgift. Und einmal wirst du mir schon sagen, wie das zugegangen ist."

Barbara muß sich direkt Gewalt antun, daß sie ihre Arme nicht um Blasius' Hals wirft. Tief erschüttert ist sie vor Glück, und sie kann es gar nicht fassen, daß es einen Mann für sie geben soll, der so voller Güte ist. Sie schaut auf seine Hände nieder und weiß, daß in diesen Händen ihr weiteres Schicksal ruhig und verläßlich bewahrt werden wird. Da sagt die Brieglmutter in die Stille hinein:

„Mit der Barbara wärst net ausgeschmiert. Die kann und will arbeiten und ist ehrlich bis in die Haut hinein."

„Als ob ich das net selber längst wüßte", lacht Blasius. „Und das Kind ist überhaupt kein Hindernis!" Er lacht wieder und legt seinen Arm um Barbaras Hals, zieht ihr gerötetes Gesicht zu sich her und küßt sie auf den Mund. Dann fragt er mit einigem Erschrecken, weil Barbara sich über die Lippen wischt: „Graust dir vor mir?"

„Aber nein, Blasius, wo denkst du hin. Bloß dein Bart ist es, der so kitzelt."

Nun lachen sie zuerst einmal beide recht herzlich, bis Blasius dann ganz unvermittelt fragt:

„Wieviel Zimmer sind eigentlich in dem Haus, Brieglmutter?"

„Mit der Küche sind es sieben."

„Und drei bewohnst du bloß. Ist dir da noch nie eingefallen, daß du die andern vermieten könntest?"

„Vielleicht gar an dich?"

„Ja, an mich und die Barbara und das Kind."

Das ist nichts anderes, als eine klar vorgelegte Heiratsabsicht, ohne viel Schwüre und sonstiges Trara. Die Brieglmutter faßt es wenigstens so auf und sagt:

„Darauf müssen wir anstoßen."

Sie holt eine Flasche selbstangesetzten Hagebuttenwein und schenkt drei Gläser voll.

Der Wein ist süß und schwer, und als die beiden um Mitternacht auf den Krassingerhof zugehen, hat Barbara auf dem ganzen Weg viel geredet, weil ihr der schwere Wein in den Kopf gestiegen ist. So mitteilungsbedürftig ist sie, daß Blasius, an den sie sich ganz eng hinschmiegt, in dieser Nacht schon hätte erfahren können, wer der Vater der kleinen Angela Maria ist. Aber Blasius interessiert das nicht, und er findet es auch töricht, daß Barbara meint, sie könne sich nicht vorstellen, daß ein Mann ein Kind lieben könne, dessen Vater er nicht ist.

„So einen süßen Fratz muß man ja gern haben", sagt er. „Reg dich überhaupt über nix auf, Barbara. Ich werde schon alles recht machen. Gleich morgen früh fang ich damit an." Zur Bekräftigung seiner Vorsätze drückt er Barbara ganz fest an sich. Er hat großes Verlangen nach Liebe, nach Barbaras Liebe, und sie nimmt ihn mit in ihre feuchte Kammer.

*

Damit kommt sofort der Stein ins Rollen, eher, als Blasius es gewollt hat. Denn die Krassingerin hat gemerkt, daß der Hausierer bei der Barbara gewesen ist, und als Blasius zur Morgensuppe in der Stube erscheint, fällt sie gleich über ihn her.

„Du warst heut nacht bei der Barbara."

„So? Das kann schon sein."

„Aber so was dulde ich net. Ich lass aus unserm Hof kein Sündenbabel machen. Und ich vermute stark, was ich eigentlich allweil schon angenommen hab, daß du der Vater von ihrem Kind bist."

Blasius bleibt immer noch ganz ruhig, zuckt nur die Achseln und meint:

„Das kann sein, kann aber auch net sein. Auf alle Fälle geht es dich gar nix an, daß wir uns da gleich einmal klar sind, wir zwei. Und wenn du den Brief net unterschlagen hättest..."

„Was soll ich haben?" schreit die Bäuerin, wird aber flammend rot im Gesicht.

„Schrei doch net so! Wer schreit, ist im Unrecht. Und ich seh es ja deinem Gesicht an, daß du den Brief an dich genommen hast."

„Das mußt du mir erst beweisen."

„Das kann ich leider net, aber ich seh es dir ja an. Und weil wir jetzt grad dabei sind, du mußt dich um eine andere Magd umschaun. Die Barbara und ich heiraten gleich nach den Feiertagen. Aber laß dich ja net erwischen, daß du die Barbara jetzt traktierst. Sie kann nämlich morgen auch schon aufhören bei euch."

Nun erleidet die Krassingerin doch einen Schock. Ihr

Gesicht wird ganz weiß, und sie schnappt nach Luft. Bevor sie aber noch etwas sagen kann, betritt der Krassinger die Stube.

„Was ist denn hier los? Wer schreit denn da so?"

„Sie schreit, net ich", sagt Blasius. „Es paßt ihr net, daß ich die Barbara heiraten will."

Nun verschlägt es auch dem Krassinger die Stimme. Aber er ist immerhin so ehrlich, zuzugeben, daß der Barbara so ein spätes Glück zu vergönnen wäre.

„Wenn er sie heiraten will, was kannst du dagegen sagen? Du, Blasius, kriegst auf alle Fälle ein kreuzbraves Weib. Von der geht viel Wärme aus."

„Wie weißt denn du das?" zischt die Bäuerin, und es zischt ihre ganze Eifersucht mit heraus.

„Weil ich die Menschen besser kenne als du." Und sich wieder an den Hausierer wendend: „Ganz recht ist es mir grad net. So eine gute Sennerin krieg ich so schnell nimmer."

„Jeder Mensch ist zu ersetzen", sagt jetzt die Bäuerin etwas ruhiger.

„Jawohl, das hat sich ja erwiesen, als wir voriges Jahr die Barbara einmal auf ein paar Tage zum Schoiber haben ausleihen müssen. Jetzt kannst deiner Basl schreiben, nach Niederbleßbach, die wolltest du sowieso schon lang auf dem Hof haben."

„Soviel ich weiß", sagt Blasius, „habt ihr die Barbara sowieso fürs nächste Jahr noch net gedungen."

Der Krassinger kratzt sich hinter den Ohren und gibt dann zu: „Weil ich mir denkt hab, die Barbara bleibt sowieso wieder. Wo soll sie denn auch hin mit dem Kind.

Aber die Bäuerin hat allweil auf mich eingeredet, ich soll ihr Basl herkommen lassen.

Gut, jetzt kannst ihr schreiben. Ob aus der aber eine Barbara wird, das möcht ich stark bezweifeln."

Der Bauer wirft seiner Frau noch einen wütenden Blick zu, geht dann hinaus und schlägt die Tür krachend hinter sich zu. Blasius folgt ihm in den Stall hinaus und redet mit Barbara. „Wenn sie dich traktieren sollte, die Bäuerin, dann packst deine Sachen und gehst zur Brieglmutter hinaus. Da komm ich dann am Abend hin. Und dann mußt schaun wegen der Papiere, die man zum Heiraten braucht. Wenn du willst, gehn wir heut abend noch zum Pfarrer."

Die Barbara ist so überrascht von der plötzlichen Wendung, die da in ihr Leben kommen soll, daß sie zunächst kein Wort herausbringt. Eins nimmt sie sich jedoch vor, sie will ihren Bauern nicht gleich im Stich lassen, bis Lichtmeß will sie noch dableiben, wenn er es will. Sie schaut zum Stallfenster hinaus. Blasius packt draußen seine Kürbe voll. Stück für Stück nimmt er vom Wagen, bis die Kürbe voll ist. Also wird er heute keine zu weiten Wege gehen, weil er sonst das Gespann genommen hätte. Vielleicht, daß er bis zum Nachmittag schon zurückkehrt. Sie kommt sich auf einmal ohne ihn verlassen und einsam vor.

Blasius stülpt jetzt seine braune Pelzmütze über den Schädel, zieht die Ohrenschützer herunter und greift nach seinem Stecken. Bevor er weggeht, schaut er nochmal zum Stallfenster hinüber, hebt die Hand und winkt. Er sagt auch etwas, aber das versteht die Barbara nicht.

Wahrscheinlich hat er ihr nochmal Mut zusprechen wollen.

Der Krassinger möchte schon, daß Barbara wenigstens bis Lichtmeß noch bleibt. Aber die Bäuerin will nichts davon wissen. Es gibt einen Krach in der Stube, wie ihn diese Mauern noch nie gehört haben. Was an Unflätigkeiten in dieser Bäuerin steckt, das schreit sie heraus. Barbara sagt gar nichts. Sie steht nur mit gesenktem Kopf da und läßt alles über sich hinhageln. Sie hätte ihr auch etwas entgegenschreien können, denn ein paarmal hat sie schon gesehen, wenn die Zwanzigliterkübel mit Milch nicht ganz voll waren, daß dann die Bäuerin mit einem Schüsserl voll Wasser nachgeholfen hat. Davon hat Barbara stets geschwiegen. Jetzt aber, weil sie eine Hure genannt wird und ein schlechtes Mensch, jetzt endlich schreit auch sie zurück:

„Ich geh jetzt, und zwar gleich. Und du kannst weiterhin Milchpanschen. Einmal kommen sie dir doch drauf. Dann kommst ins Gefängnis, und da hast du dann Zeit, darüber nachzudenken, wie du mir das Leben hier verleidet hast."

Dann will sie hinausgehen. Doch der Krassinger packt sie am Arm und hält sie zurück.

„Was hast du da grad gesagt vom Milchpanschen?"

„Sie hat es getan, ich hab es doch gesehn."

„Wally, ist das wahr?"

Die Bäuerin gibt keine Antwort, starrt nur der Barbara wütend ins Gesicht und dann hinter ihr her, als sie hinausgeht. Barbara geht in ihre Kammer und packt ihre Habseligkeiten zusammen, legt alles in ihren hölzernen Koffer, ihre Wäschestücke, die paar Kleider und Strümpfe. Obendrauf dann ihr Sparkassenbüchl. Darüber noch ein paar halbgestrickte Kindersachen. Alles übrige bringt sie im Rucksack unter. Nur das Kostüm zieht sie an. Gerade als sie ein wollenes Kopftuch übers Haar legt, tritt der Bauer ein.

„Barbara, willst denn wirklich fort?" Seine Stimme klingt kläglich, fast jämmerlich.

„Nachdem, was mir die Bäuerin alles an den Kopf geschmissen hat, bleibt mir nix anderes übrig."

„Aber wo gehst denn hin, grad jetzt noch vor Weihnachten?"

„Zur Brieglmutter und zu meinem Kind."

Der Krassinger ist verlegen, tritt von einem Fuß auf den anderen, und es dauert lange, bis er sagen kann:

„Aber das mußt doch selber sagen, Barbara, wir zwei, wir sind doch allweil gut miteinander ausgekommen?"

„Ja, wir zwei schon. Sonst hätt ich es wahrscheinlich gar net so lang ausgehalten."

„Ja, eben darum. Und schau, Barbara, ich möchte dich halt recht schön bitten, daß du das mit dem Milchpanschen für dich behältst. Es ist ja eine Gemeinheit, daß sie es getan hat. Aber es fällt ja auch auf mich zurück, ich hab es auszubaden. Gell, sagst niemand was?"

Barbara schüttelt den Kopf.

„Aber nur deinetwegen. Wie tätst denn du dastehn?"

„Ich könnte mich vor den Leuten nimmer sehn lassen."

„Und am Fronleichnam könntest den Himmel nimmer tragen."

Das ist noch so eine Art Trumpf, den Barbara anbringen muß. Dann zieht sie einen Schlüssel aus dem Kostümtäschchen und sperrt den Koffer ab. Zweimal dreht sie den Schlüssel herum. Dann richtet sie sich auf und reicht dem Bauern die Hand.

„B'hüt dich Gott, Krassinger. Mein Sach holt dann mein Blasius ab."

„Dein Blasius?"

„Ja, mein Blasius. Ich hoffe, daß alles gut wird mit mir und mit ihm. Auf alle Fälle, mit dem Bauerndienen kann ich aufhören, brauche nimmer Magd sein und darf allweil bei meinem Kindl sein."

Dann geht Barbara rasch hinaus und ist nun selber überwältigt von ihrem raschen Fortgehen, denn dieser Hof ist ihr doch einige Jahre Heimat gewesen, der Hof und die Alm. Das alles läßt sie nun zurück, und auf einmal fühlt sie eine heftige Beklemmung im Herzen, denn sie weiß ja nicht, wie ihre Zukunft aussehen wird.

Es beginnt leicht zu schneien, als sie durch das Dorf zum Häusl der Brieglmutter geht, der Kälte wegen hält sie die Hände unter den Achseln. Sie geht an dem kleinen See vorbei, der zugefroren ist, und auf dem ein halbes Dutzend Männer mit langen Sägen Eisstücke herausschneiden für den Eiskeller des Wirts. Die Männer heben die Köpfe. Ist das nicht die Barbara vom Krassinger? Man rätselt ein wenig hinter ihr her, dann kreischen die Sägen wieder im Eis.

Die Brieglmutter sieht Barbara schon daherkommen und öffnet gleich die Haustür.

„Komm nur gleich rein, Barbara. Ich hab dich zwar erst am Abend erwartet, aber so ist es besser."

„Wieso weißt du . . .?"

„Er war schon da heut. Seine Kürbe steht draußen in der Schlafkammer."

„Der Blasius? Und wo ist er?"

„Weiß ich net. Unterwegs. Er hat viel zu erledigen, hat er gesagt."

Barbara tritt in die warmgeheizte Stube, kniet nieder und breitet weit die Arme. Angela Maria läuft lachend hinein.

*

Viel hat Blasius nicht gesagt, als er so früh schon bei der Brieglmutter angekommen ist, nur daß er heute Wichtiges zu tun habe. Er könne es nicht mehr verantworten, seine Barbara der Willkür einer Bäuerin auszusetzen, die den Teufel im Leib habe. Darum nehme er an, daß seine Barbara vorübergehend sich hier aufhalten könne. ‚Meine' Barbara, sagt er immer, und er nimmt auch noch Verschiedenes an, zum Beispiel, sie habe doch einen Stall dabei, und ob er da nicht sein Fuhrwerk unterstellen könne. Das kann er alles. Die Alte ist direkt froh, daß ein bißchen Leben ins Häusl kommt. Drei ihrer Kostkinder hat sie wegen ihres Gesundheitszustandes bereits abgegeben. Hart genug ist es ihr angekommen, aber nun kommt ja Barbara ins Haus, und vielleicht will auch der Hausierer dableiben.

Das sagt Blasius zwar noch nicht, er fragt nur unvermittelt:

„Warum hast du eigentlich noch keinen Strom im Haus, wenn das Transformatorhaus kaum zweihundert Meter weg ist? Warum hast du dich da net gleich angeschlossen, vor fünf Jahren, als sie mit dem Strom ins Dorf kommen sind?"

„Haben mich schon aufgefordert dazu, aber ich hab kein Geld gehabt."

Daraufhin ist der Hausierer mit seinen Stiefeln durch den hohen Schnee gewatet bis zum Transformatorhaus und zurück. „Vier Masten höchstens", hat er dann gesagt. „Das werden wir alles hinkriegen. Wenn die Barbara bei dir bleibt für die nächste Zeit, dann muß ich dir auch Kostgeld bezahlen."

Und dann ist Blasius wieder fortgegangen, zum Omnibus, der um halb acht Uhr vom Postamt wegfährt in die Kreisstadt.

Mehr weiß die Brieglmutter nicht zu berichten. Aber so wie sie Blasius kennt, wird er schon was in die Hand nehmen, das Sinn hat.

So ist also Barbara jetzt bei der Brieglmutter untergebracht und weiß nicht recht, wie nun alles weitergehen soll. Blasius hat in der Nacht von Hochzeit gesprochen und ob im Dorf eine gute Näherin sei, die ein richtiges weißes Kleid schneidern könne. Nein, nicht weiß, hat Barbara gesagt, das steht mir nicht mehr zu.

„Überlaß das nur mir", hat Blasius sie getröstet. „Ich hab eine Menge Stoff bei mir, da suchen wir was Schönes aus."

Ja, er meint alles so gut mir ihr, und sie fühlt sich hingezogen zu ihm. Sie hat ihre Wange an die seine geschmiegt in der Nacht und ihre Nase an sein Haar gehalten. „Du riechst so gut, Blasius, ich weiß nicht, nach Lederzeug, nach Wald und Schnee. Und du weißt soviel und kannst soviel."

Allein, ob er auch ihr Blut aufwecken kann, das weiß sie nicht so genau. Aber darüber macht sie sich keine zu großen Sorgen. Nach ihrer großen Enttäuschung ist ihr das nicht mehr so wichtig. Sie denkt, daß das mit der Zeit schon seine Richtigkeit bekommt und sie schon zueinander finden werden.

Unmöglich, daß Barbara den ganzen Tag so untätig herumsitzen kann. Sie trägt Holz aus dem Schuppen herein und bereitet dann später ein Mittagessen vor. Pfannkuchen mit Preiselbeeren soll es geben. Die Brieglmutter darf nichts anrühren, soll ganz still auf dem Kanapee sitzen und Daumen drehen, denn Angela rennt dauernd um den Kittel der Mutter herum und ist von einer glückseligen Freude bewegt, daß die Mutter auch einmal am Tag bei ihr im Häusl ist und nicht immer erst kommt, wenn es Nacht ist.

So vergeht der Tag, draußen schneit es, und durch die wirbelnden Flocken huschen kleine Vögel dem Vogelhäusel unterm Schuppendach zu.

„Was wird Blasius heut bloß treiben?" fragt Barbara.

„Er hat es so wichtig gehabt heute früh, daß ich gar net viel zum Reden kommen bin mit ihm. Irgendwas tüftelt er schon aus."

Draußen beginnt es jetzt stärker zu schneien. Es wird ein Weihnachtswetter werden, wie es die Menschen sich wünschen.

*

Ja, was treibt der Blasius schon? So wichtig ist ihm noch nichts in seinem ganzen Leben gewesen. Bei ihm geht ja sonst alles gemächlich. Er handelt oft lange mit dem Preis herum, wenn er Waren verkauft, er schwatzt und redet mit den Bäuerinnen und läßt sich einen Schnaps einschenken.

Heute aber ist er in eigener Sache unterwegs, eine große Sache, wie er es nennt. Als er in der Kreisstadt aussteigt, ist sein erster Weg zu den Überlandwerken in der Stadtmitte. Es ist ja nicht so, daß Blasius hier unbekannt wäre. Er hat ja ein Haus draußen vor der Stadt.

„Blasius", sagt der Beamte hinter seinem Schalter, „was führt denn dich heute zu uns?"

„Vier Masten bloß", sagt Blasius und erklärt dem Beamten, um was es ihm da draußen in Hierling geht.

„Hierling? Hierling?" fragt der Beamte und zieht die Brauen in die Höhe. „Ach ja, da steht es ja in der Akte. Mathilde Briegl heißt die Alte, die damals nicht hat anschließen wollen. Und jetzt will sie?"

„Nicht sie, sondern ich will es."

„Ach so, du willst es. Ja, so einfach ist das gar nicht. Der Boden ist gefroren, es können jetzt keine Masten gesetzt werden."

„Ich werde die Löcher graben, und wenn ich sprengen müßte."

„Bitte, wenn du meinst. Aber das Sprengen kann ich dir nicht raten. Da mußt du zuerst ein Gesuch einreichen und um Erlaubnis nachfragen. Das geht bei uns alles seinen geordneten Weg. Die Drähte spannen und anschließen ist dann weiter kein Hindernis, wenn ein Hausanschluß da ist."

„Er wird da sein", sagt Blasius, greift in die Tasche seines Havelocks und reicht dem Beamten eine kleine Schachtel mit Zigarren über den Tisch.

Er ist voller Mut, dieser Blasius, voller Entschlußkraft und Zuversicht. Von den Überlandwerken geht er zum Notar, den er von der Hausverbriefung her noch kennt.

„Nur eine Frage, Herr Notar."

„Ja, bitte? Nehmen Sie Platz, Herr Röhrl. Mit was kann ich dienen?"

„Heiraten will ich, Herr Notar."

„Na, das ist recht. Aber dazu brauchen Sie zunächst keinen Notar. Auf alle Fälle, ich gratuliere, Herr Röhrl."

„Danke schön, ja. Zu der Frau dürfen Sie mir schon gratulieren. Die ist in Ordnung. Bloß – ein lediges Kind hat sie und keinen Vater. Wie ist das jetzt, kann ich mich da ohne weiteres als Vater bekennen, auch wenn ich es net bin?"

Der Notar muß zunächst einmal herzlich lachen, um dann zu fragen:

„Wie alt ist denn das Kind?"

„Im Sommer wird es zwei Jahre. Ein herziges Mäderl. Angela Maria heißt sie."

Der Herr Notar stützt den Kopf in die Hand und denkt eine Weile nach. Dann wehrt er ab.

„Das würde ich nicht tun, Herr Röhrl. Gesetzt den Fall, der wirkliche Vater taucht einmal auf und bekennt sich zu dem Kind. Nein, nein, so geht das nicht. Aber ich mache Ihnen einen andern Vorschlag. Sie kommen mit Ihrer Frau zu mir, dann adoptieren Sie das Kind."

„Ja, gut, wenn das zu machen ist." Blasius will schon wieder in die Tasche greifen nach einem Päckchen Zigarren, aber dann bedenkt er, daß er das hier nicht gut machen kann. Die Adoption wird sowieso etwas kosten.

Dann geht er zu seinem Haus, das am Rande des Städtchens liegt, nahe einem Mühlbach. Nichts Großartiges, ein schmaler Bau mit hohem Giebel und einem Schuppen daran. Er hat es von seinen Eltern geerbt. An der Mauer bröckelt bereits der Verputz ab, die Fensterläden hängen schief. Unten sind Küche und drei Zimmer, unterm Giebel noch zwei Kammern, in denen der Blasius seine Waren aufbewahrt. Im Schuppen ist nur Heu und Stroh, ein bißchen Hafer für Pilatus.

Es ist bitterkalt in der Stube. Einheizen? Nein! Er will ja nicht hierbleiben. Er will sich nur ein bißchen umsehen und wieder gehen. Er sitzt in seinem Havelock auf der Holzkiste neben dem Herd, hat die Pelzmütze weit aus der Stirn geschoben und das Kinn auf den Hakelstecken gestützt. So schaut er ein bißchen wehmütig um sich, sieht die Spinnweben zwischen den Deckenbalken hängen und denkt dabei an Barbara, die solchem Spuk schnell ein Ende machen würde.

Bis jetzt ist er seines unsteten Wanderlebens noch nie müde gewesen, und er wird es auch weiterhin nicht aufgeben. Erst recht nicht, denn nun gilt es ja Weib und Kind zu ernähren. Es wird alles ganz anders sein, wenn Barbara einmal da ist. Der Herd wird warm sein, wenn er heimkommt, die Stuben blitzblank, die Betten hochgewölbt und mit weißem Leinen überzogen ... Aber da hat Barbara heute nacht etwas gesagt, das ihm zu schaffen macht. ‚Ich mag dich gern, Blasius‘, hat sie gesagt, ‚aber ich glaub, wenn ich von meinen Bergen weg muß, bricht mir das Herz.‘

Was will er aber mit einem gebrochenen Herzen? Darum sitzt Blasius jetzt in der kalten Stube und zerbricht sich den Kopf ärger als bei seinen Handelsgeschäften. Vielleicht, daß er den ganzen Krempel hier verkauft und sich woanders ansässig macht, vielleicht in Hierling. Er hat nur mit dieser alten Brieglin heute früh nichts Genaues bereden können. Blasius geht es durch den Sinn, ob die Alte nicht etwa verkaufen würde, oder wenigstens auf Leibrente abgeben mit Vorkaufsrecht. Ja, das wäre das Günstigste von allem. Blasius wird auf einmal ganz fröhlich. Die besseren Gedanken kommen ja immer erst nach reiflichem Nachdenken. Mit einer schnellen Bewegung schlägt er nach einer Ratte, die ihm über die Stiefelspitzen läuft, trifft sie aber nicht.

Dann sperrt er das Haus wieder ab und geht durch das Städtchen. Hier ist er aufgewachsen, hier ist er zur Schule gegangen. Er hat zwar keinen Beruf lernen wollen, aber man hat dann eingesehen, daß sein Hausiererberuf doch auch etwas Ehrenwertes ist. Man grüßt ihn, wenn man ihm begegnet. Blasius? „Ach, Blasius, bist du auch wieder einmal hier? Es ist anzunehmen, daß es dir gut geht."

Das nimmt auch der Sparkassendirektor an, mit dem Blasius jetzt zu tun hat. Bankauszüge holt er, und einen größeren Betrag hebt er ab. Er hat sein Konto nie überzogen, darum steht er bei der Bank in hohem Ansehen. Es ist nur verwunderlich, daß er heute abhebt und nichts einzahlt.

„Eine größere Anschaffung?" fragt der Bankdirektor Lechner.

„Wie man's nimmt", sagt Blasius. „Eine Hochzeit steht ins Haus."

„Das ist recht, Herr Röhrl. Allein ist es im Himmel nicht schön. Obwohl" – Herr Lechner lächelt – „kürzlich sagte mir einer am Schalter, durch seine Heirat sei er in eine Hölle geraten. Aber bei Ihnen trifft das wohl nicht zu. Sie haben bei Ihren Waren immer eine sichere Auswahl getroffen, und das wird wohl auch bei Ihrer Zukünftigen so sein."

„Gott sei Dank, Barbara heißt meine Zukünftige. Eine sehr schöne Frau."

„Dann gratuliere ich nochmals herzlich."

Blasius nimmt den Glückwunsch wie ein Fürst zur Kenntnis und reicht seine Hand über den Schalter hin.

Danach geht er in den Gasthof ‚Zur silbernen Rose' und läßt sich von der schon älteren Bedienung Fanny den Havelock und den Hut abnehmen. Dann nimmt er am runden Tisch neben dem Kachelofen Platz, wie immer, wenn er hierher kommt.

„Was darf es denn sein, Blasius?"

„Eine Halbe Bier und ein Kalbsherz vom Rost mit Bratkartoffeln."

Dieser Fanny hat Blasius vor Jahren einmal so halbwegs einen Antrag gemacht, aber sie hat ihn abgewiesen.

Ha, so einen Hausierer, so einen fahrenden Gesellen, der nie daheim ist. Nein danke, hat die Fanny gesagt.

Der Wirt kommt herein in seiner Metzgerschürze und setzt sich ein bißchen zu Blasius.

„Du kommst ja zu einer ganz ungewöhnlichen Zeit, Blasius, Weihnachten warst du doch noch nie da."

„Es hat sich so ergeben." Blasius umfaßt sein Bierglas mit beiden Händen und schaut die Fanny dabei an. „Ihr seht nämlich einen Hochzeiter vor euch."

Der Wirt denkt sofort ans Geschäft und fragt:

„Langt das Nebenzimmer oder brauchst du einen Saal?"

„Weder das eine noch das andere. Es wird eine ganz stade Sache. Barbara heißt sie. Ein Prachtweib aus dem Gebirge."

Der Wirt geht wieder, und als die Fanny dem Blasius später das Essen hinstellt, kann sie sich nicht verkneifen zu sagen:

„Damals hab ich g'meint, wie du hinter mir herwarst, du könntest gar keine Familie gründen."

„Gründen kann ich alles, wenn ich will."

„Ja, aber – ganz so ernst ist dir mit mir auch net gewesen. Auf einmal hast dich nimmer sehn lassen."

„Weil ich die Katze im Sack net hab kaufen wollen. Du hast ja deine Kammertür dauernd zugeriegelt. Für mich wenigstens."

„Na ja, das ist alles schon lang her."

„Ganz recht! Reden wir nimmer davon."

„Laß es dir schmecken, Blasius."

Es schmeckt ihm vorzüglich, und er denkt, ob Barbara wohl vom Kochen auch was verstehen wird.

Danach geht er noch ins Juweliergeschäft Adlmaier und läßt sich goldene Ringe vorlegen. Nein, nicht so schmale, breite, feste Ringe sollen es sein, die ein langes Eheleben aushalten.

Dann wird es wieder Zeit für den Omnibus. Als er in Hierling ankommt, dämmert es bereits, und er steht ein bißchen verlassen vor dem Postamt. Aber dann setzt er die Schritte schnell, zum Schluß läuft er sogar. Barbara ist da, und das Kind ist da, und die Brieglmutter sitzt im Ofenwinkel, hat eine Katze im Schoß und lächelt.

*

Wieder einmal kommt ein Frühling ins Land. Lautlos breitet er sich über die Welt und bringt doch alles in Aufruhr. Die Weiden atmen ihren Winterschlaf aus und zeigen zartes Grün. An den Obstbäumen stehen die Knospen prall und warten nur noch auf eine warme Nacht, damit im Morgensonnenschein ihre Hüllen brechen und sie ihre Blüten herzeigen können, weiße und rötlich schimmernde, wie Millionen kleine Engelsflügelchen. Die Bienen brummen darum herum, und die Schwalben fliegen zwitschernd in ihre Nester vom Vorjahr.

Es kommt wieder Leben in die Welt, hundertfältiges, blühendes Leben, die Tage dehnen sich länger, lassen die Abende rot ausglühen und machen besonders junge Herzen unruhig.

Es ist so ein heller Vormittag, als ein Gefährt auf der staubigen Landstraße von Lostang nach Perlbach dahinzieht. Aber es ist nicht mehr der Maulesel Pilatus, der an der Deichsel geht, sondern zwei fettgepolsterte Ponys mit weißen Mähnen und Schweifen. Auf dem Bock sitzt Blasius, der Hausierer, und neben ihm ein kleines, fünfjähriges Mädchen namens Angela Maria. Blasius führt jetzt ein geregeltes Leben, ist nicht mehr soviel unterwegs, macht nur mehr im Frühjahr eine Tour und im Spätherbst eine.

Zum erstenmal darf heute Angela, die süße, blonde Gela, wie Blasius sie nennt, dabei sein. Sie liebt ihn abgöttisch, diesen gütigen Vater. Und es ist nicht etwa so, daß Angela gar mit ihm im Heu schlafen müßte. Es muß ein Bett für Gela da sein, und wenn es in einem Bauernhaus keines gibt, bleibt man einfach in einem Gasthaus über Nacht. Klein und zierlich sitzt sie neben dem Vater, den das geregelte Leben ein wenig breit und behäbig hat werden lassen. Auch sonst sieht er nach was Besserem aus. Das Hemd unter dem grauen Trachtenjanker ist schneeweiß, und auf der grünen Weste blitzt eine silberne Uhrkette mit einem Maria-Theresia-Taler daran.

Sie fahren durch das Dorf Perlbach, mit dem schönen alten Gasthof ‚Zum Rappen‘. Aber es ist noch zu früh für ein Mittagessen. Blasius hat auch ein ganz anderes Ziel im Auge, dem er schon seit Jahren zustrebt.

Es steigt Rauch aus den Kaminen der Bauernhäuser. Da und dort sieht man eine Bäuerin im Pflanzgarten harkeln, aus den Tennen hört man das Gackern von Hühnern, aus der Schmiede klingt fröhlicher Hammerschlag, und am Bach, der durch das Dorf fließt, schwenken ein paar Weiber Wäsche.

Angela nimmt all die Dinge, die sie in dieser für sie noch fremden Welt sieht, wie ein Wunder in ihre kleine Seele auf. Die blonden Zöpfe hängen ihr geflochten über die Brust herunter, jedes von einem blauen Mascherl geziert. Und immerzu hat sie zu fragen: ‚Vater, was ist das und was ist das?' Und der Vater ist nie müde zu antworten, fabuliert auch so zwischenhinein, denn das liegt in seiner Art.

Gleich hinter Perlbach lenkt Blasius das Gefährt in einen Feldweg ein, der zum Wimbacherhof hinaufführt. Beim Anblick dieser mächtigen Gebäude bekommt Angela große Augen.

„Vater, ist das vielleicht ein Schloß, und wohnt ein König da oben?"

„Nein, Gela, das da droben ist ein ganz großes Bauerngut, und der dort droben herrscht, das ist kein König, sondern ein Individuum."

„Was ist ein Individuum?"

„Ein Mensch mit wenig Charakter."

Auf den Feldern sieht man die Gespanne gehn. Staub wirbelt hinter den Eggen auf. Es ist schon ein bißchen spät für die Frühjahrssaat, aber es geht gerade noch, und niemand holt so leicht etwas nach wie die Natur selber.

Kurz bevor sie in den Hof einfahren, sehen sie etwa ein Dutzend Schafe im Obstanger grasen. Ein Lämmlein liegt mit gestreckten Vorderbeinen im Gras und blökt jämmerlich, so, als ob es Schmerzen hätte.

„Ist es krank, Vater?"

„Weiß ich net, Gela."

Gerade als sie in den Hof einfahren, kommt Ferdinand, der Bauer, aus der Haustür. Groß und semmelblond, mit aufgestülpten Hemdsärmeln steht er da, hebt die Hand schattend über die Augen und schaut auf die entlegenen Felder zu den Gespannen hinaus. Hinten bei der Wagenremise sitzt ein kleiner blonder Bub auf einem Dengelstock und hämmert Nägel in ein schmales Brett. Ein Schopf blonden Haares hängt ihm weit in die Stirn herein.

Blasius ist abgestiegen, bindet die Zügel fest und hebt Angela vom Wagen. Dann stehen sie vor dem Wimbacher; der Nebelmensch ist heute von Sonne umflossen. Desinteressiert schaut er an den beiden vorbei. Nur die zwei Ponys interessieren ihn.

„Schöne Rösser hast, Hausierer."

„Ja, es geht. Lebt der alte Bauer nimmer?"

„Voriges Jahr ist er gestorben. Gott sei Dank. Hat mir das Leben sauer genug gemacht. Hast du ihn kennt?"

„Ja, aber das ist schon lange her, vier oder fünf Jahre. Das letzte Mal war ich in Perlbach, da hast du grad Hochzeit gefeiert."

„Ah so, so lang schon. Derweil ist schon viel Wasser den Perlbach nuntergelaufen."

Blasius schaut jetzt dem Wimbacher fest in die Augen, mustert die Stirn, das Haar, die Wangen und das Kinn. Äußerlich ist an diesem Menschen alles in Ordnung, und Blasius kann verstehen, daß Barbara einmal auf so einen in ihrer Hilflosigkeit und Verlassenheit hat hereinfallen müssen, zumal er so unverhofft aus dem

Nebel gekommen ist. Er hat Barbara kein Wort gesagt, daß ihn seine Tour hierherführen werde, und er wird auch bei der Heimkehr nichts sagen. Aber er hat diese Tour machen müssen, um dem Stachel die Spitze wegzunehmen, die ihn mitunter gepeinigt hat. Jetzt ist es überwunden, er spürt nichts mehr.

Dem Wimbacher wird diese Musterung peinlich, und er fragt unwirsch:

„Was gaffst mich denn so an? Bin ich dir was schuldig?"

„Nein, wir zwei haben noch keine Geschäfte gemacht miteinander. Keine direkten wenigstens."

„Mit mir wirst auch kein Geschäft machen. Aber geht zu ihr in die Küche, vielleicht braucht sie was." Er wendet den Kopf zum Obstanger hin. „Herrgott, das Lampsgeplärr macht mich noch ganz verrückt! Ambrosl", schreit er zum Dengelstock hin. „Hol das Lampl rauf, das stech ich jetzt ab, dann gibt's morgen einen Lamplbraten."

Der Bub gehorcht sofort und macht sich auf den Weg. Jetzt erst schaut der Wimbacher die Angela an und meint anerkennend:

„Da hast aber ein nettes Mäderl bei dir. Deiniges?"

„Ja, meiniges."

Der Wimbacher lacht, legt sogar seine Hand auf Angelas Scheitel, eine ganz kurze Berührung nur, wie ein Flügelschlag oder ein Windhauch aus dem Nebel.

„So was hätt ich dir gar net zugetraut."

Blasius schluckt und ballt die rechte Faust, die er am

liebsten in dieses höhnende Gesicht hineingeschlagen hätte.

Ambros kommt mit dem Lämmlein am Arm daher, und der Wimbacher zieht bereits das Messer aus der Scheide.

Da fliegt ihm Angela mit einem Schrei in den Arm.

„Bitte, bitte net umbringen!"

„Ja, was willst denn sonst. Es hat sich das Haxl gebrochen."

„Mir schenken. Angela macht es gesund."

„Möcht ich wissen, wie?"

Angela weiß das nicht, aber Blasius weiß es und sagt: „Schenk es ihr halt, oder ich kauf es dir ab."

„Das Lamm gehört dem Ambrosl, ich weiß net, ob er es herschenkt."

Unschlüssig stehn die vier Menschen jetzt auf dem Vorplatz voreinander. Sie stehn wie in einem Mittagsbann, bis sich eine kleine Wolke vor die Sonne schiebt. In diesem Augenblick legt Ambros, der Sohn des Wimbachbauern Ferdinand Höllriegl, dem Mädchen Angela das Lamm in die weitausgebreiteten Arme.

„Da hast es, Mädi."

Angela drückt das Lämmlein mit seiner weichen Schneckerlwolle sogleich an ihre Wange. So nebenher schielt sie auf den Buben und schaut ihm lieb lächelnd ins Gesicht. Zwei blaue Augenpaare begegnen sich. Angelas Augen sind nur ein wenig dunkler und schimmern ins Tintenblaue. Nun lächelt auch Ambros, der Wimbachersproß, sie an.

„Betzerl heißt es", sagt er.

„Schenkst mir es wirklich?"

„Ja, es g'hört dein." Und sich nah an ihr Ohr neigend, flüstert er noch: „Der Vater tät es doch bloß umbringen. Mußt ihm einen festen Verband ums Haxerl machen, vielleicht kann es dann wieder laufen. Mich erbarmt es ja soviel."

„Mein Vaterl weiß schon, wie man das macht. Ich sag dir halt schön Vergelt's Gott, Bubi."

„Ambros heiß ich, wie mein Großonkel geheißen hat."

„Und ich heiß Angela Maria."

„Das ist aber ein schöner Name."

„Mein Vater sagt, daß ich auch schön bin."

Ambros neigt den Kopf zu Seite und betrachtet sie, als müsse er das von der Schönheit erst feststellen. Dann nickt er ernsthaft:

„Ja, du bist ein schönes Mädi."

Der Wimbacher aber hat inzwischen Blasius' Wagen inspiziert und meint:

„Einen Geißelstecken kannst mir für das Lampl schon geben, denn dir trau ich zu, daß du das Schaferl sogar durchbringst. Mich aber bringst du um einen Lamplbraten."

Blasius sucht einen Geißelstecken heraus mit glattem Schaft, oben hinausgedreht und biegsam. Er hängt sogar noch eine Geißelschnur daran. Der Wimbacher nimmt die Geißel entgegen, schnalzt ein paar Triller herunter und geht lachend davon.

Blasius nimmt jetzt seine Kürbe vom Wagen und geht damit in die Küche.

„Halli, hallo! Der Hausierer wär do. Mit lauter schönen Sachen und spottbillig obendrein."

Die Bäuerin steht am Herd und legt gerade breit ausgezogene Nudeln in eine Pfanne mit siedendem Fett. Langsam wendet sie das Gesicht.

„Was nützen mir deine schönen Sachen", sagt sie gequält, „wenn ich kein Geld hab."

„Geh, ein bißl was wirst schon haben. Oft weiß der Mensch gar net, was er alles hat. Und wenn eine Bäuerin so gutgedrexelt am Herd steht, dann ist schon was da."

Nein, diese Frau kann nicht lächeln. Ihr Gesicht ist wie erstarrt im Leid. Sie ist gut gewachsen, ja, aber sie wird nicht begehrt. Der Sohn ist da. Sie hat ihre Pflicht erfüllt. Er rührt sie nicht einmal mehr mit dem Finger an. Was sie noch verbindet, ist der Sohn Ambros. Dabei ist diese Frau im Haushalt sauber, kein Stäubchen findet sich in der Ecke, die Fliesen über dem Herd sind so weiß wie Schnee.

Jetzt sticht sie die ersten Nudeln heraus und legt sie in eine Schüssel. Dabei tritt sie unwillkürlich ans Fenster, weil sie die Kinderstimmen auf der Hausbank hört.

„Wem gehört denn das saubere Madl da draußen?"
„Mir."
„Nimmst die da so einfach mit auf deinen Fahrten?"
„Das erste Mal. Im Herbst muß sie in die Schul."
„Und die Mutter?"
„Die ist daheim und hütet das Häusl. Häusl ist net ganz richtig. Wir haben eine Kuh und zwei Geißen.

Jetzt kommt noch ein Lamperl dazu, weil es ihr der Bub da draußen geschenkt hat."

„Der Ambroserl, ja, der hat ein gutes Herz. Gerät Gott sei Dank mir nach."

„Er ist ein herrischer Kerl, gell?"

„Meinst den Wimbacher?"

„Er ist doch dein Mann?"

„Ja! Er ist, wie er sein muß. Er kann net anders. – So, und was hast denn jetzt für mich?" Die Wimbacherin kramt in dem Korb umeinander, sucht ein paar Schuhbandl heraus, eine weiße Litzenschnur, ein paar Knäuel Faden. Ein seidenes Halstuch stäche ihr zwar in die Augen, aber sie weiß ja ungefähr, was sie in der bauchigen Tasse hat. Ihr Eiergeld. Mehr gönnt er ihr nicht.

Draußen aber plappern die Kinder miteinander. Ambros will wissen, wo sie daheim sei, und Angela deutet mit ausgestrecktem Arm in die Ferne.

„Ganz weit da hinten, wo man von euch aus grad noch den blauen Schimmer sieht. Da sind die Berge, hohe Berge. Da bin ich daheim."

„So weit bin ich noch net kommen. Aber mein Vater schon. Wenn er gut aufgelegt ist, erzählt er vom Gebirge und daß er da einmal gewildert hätte."

„Kannst du eigentlich schon rechnen?" will Angela wissen.

Der Bub schüttelt heftig den Kopf.

„In der Schule werden sie es mir schon lernen. Umsonst kriegt ja der Lehrer net immer ein Schweinernes, wenn wir eine Sau abstechen."

„Und der Herr Pfarrer auch?"

„Der kriegt auf Ostern Eier."

„Aber bloß so viel, wie Beichtzettel im Haus sind, gell?"

„Das weiß ich net. Aber wahrscheinlich schon."

Das Küchenfenster wird jetzt geöffnet, und die Wimbacherin reicht mit einer langen Gabel zwei Schmalznudeln heraus.

„Da, Kinder, aber verbrennt euch das Maul net, die sind noch heiß."

Auch Blasius verzehrt in der Küche eine von den gelbgebackenen, reschen Nudeln. Dann legt er sein Wachstuch wieder über seine Kürbe.

„So, jetzt müssen wir wieder weiter."

„Geht es heut schon ganz heim?"

„Ach wo, wir sind noch acht Tage unterwegs. Bis der Karren draußen leer ist."

„Dann hast ein gutes Geschäft gemacht."

„Das kann man wohl sagen. Überall geht's ja net so arm runter wie bei dir, Bäuerin. Andere kaufen oft bis zu hundert Mark ein."

„Mein Gott", seufzt die Wimbacherin. „Wenn ich das nur auch einmal könnt."

„Tröste dich, Bäuerin. Wenn dein Bub einmal größer ist und hält zu dir, dann kriegst es vielleicht auch schöner."

„Das ist ja mein einziger Trost."

„Also, b'hüt dich Gott, Bäuerin. Und bleib gesund. Das ist von allem die Hauptsache."

„B'hüt dich Gott, Hausierer. Und schau wieder einmal rein bei uns."

„Wahrscheinlich nie mehr. Ich wollte ja bloß einmal den schönen Hof genauer sehn. Und den Bauern auch."

„So, Gela, jetzt packen wir es wieder", muntert Blasius die Kleine auf, die immer noch in tiefem Gespräch mit dem Ambros ist. Er nimmt ihr das Lamm aus den Armen und bettet es im Kutschbock in eine Decke. Dann wendet er sich an den Buben.

„Hast net zwei dünne, schmale Latterln?"

Als ob Ambros so etwas nicht hätte!

Blasius wählt unter den Bandeln und Litzen, die er bei seiner Ware hat. Er nimmt, weil ihm für ein krankes Lamm nichts zu gut ist, ein silberdurchwirktes Haarband, legt die zwei Latten um den kranken Fuß des Lammes und schnürt alles ganz fest zusammen. Das Lamm wimmert wohl, aber dann liegt es wieder still in Angelas Schoß.

Sie winkt vom Wagen herunter. „Pfüat dich Gott, Ambros!"

„Kommst wieder einmal?" fragt er.

An Angelas Stelle antwortet Blasius:

„Nein, Bub, wir kommen nie mehr."

Das Gefährt rollt langsam über die Anhöhe hinunter. Ambros steht noch immer auf dem Vorplatz und winkt, obwohl man das in der Staubwolke, die das Gespann hinter sich aufwirbelt, nicht mehr sieht.

„Das war ein braver Bub", schwärmt Angela noch, als sie längst wieder auf der Straße draußen sind.

„Braver schon als sein Vater."

„Er hat mir doch das Lamperl geschenkt."

„Der Bub ja, aber dem Vater hab ich eine Geißel dafür geben müssen."

Dann liegt der Wimbacherhof schon weit hinter ihnen. In einem Dorf essen sie im Gasthof zu Mittag, und das Lamperl darf neben Angela auf der Bank liegen. Sie will ihm einen Brocken von dem Kalbsbraten in den Mund schieben. Aber das Lämmchen schüttelt den Kopf. Nur den grünen Salat mag es, obwohl er ein bißchen sauer ist.

„Da wird die Mutter schaun, wenn wir mit einem Lamm heimkommen", äußert Angela ihre kindliche Freude.

Da durchfährt Blasius ein eisiger Schreck. Barbara soll nie erfahren, daß er diesen Ferdinand Höllriegl aufgesucht hat.

„Weißt du denn, wie das heißt, wo wir waren?"

Angela schüttelt den Kopf.

„Bloß daß der Bubi Ambros geheißen hat."

„Dann ist es schon gut, Gela. Nimm eine Semmel und tunk deine Soße noch raus."

Und dann traben die Ponys immer mehr nach Süden zu. Immer näher rücken die Berge heran. Der Brachtenstein, der Silberkogl, die Lärchenwand, alle werden sie sichtbar. Blau erstarrt ragen sie über den blühenden Wäldern empor. Der Wagen ist fast leer. Blasius hat noch nie so ein gutes Geschäft gemacht wie auf dieser Tour. Es müssen ja nicht alle Bäuerinnen ihr bißchen Bargeld aus einer Kaffeetasse nehmen wie die Wimbacherin.

Endlich kommt Hierling in Sicht. Der weiße Kirchturm ragt hoch über roten Dächern und einem Blütenmeer. Zuletzt bringt Blasius seine Ponys in einen flotten Trab. So sehr pressiert es ihm, die Frau, die da gerade unter den Bäumen Wäsche aufhängt, in seine Arme nehmen zu können.

Barbara reißt es herum, als sie das Gefährt herankommen sieht. Ihre Augen leuchten. Es ist so schwer gewesen, allein zu sein. Bei solchem Heimkommen spürt sie erst, wie sehr sie an diesem Blasius hängt und natürlich auch an dem Kind.

„Mutti, Mutti", schreit ihr Angela von weitem entgegen. „Schau, was ich mitbring, ein Lamm!"

Barbara hebt Angela vom Wagen, herzt und küßt sie und sagt ganz schlicht: „Dann brauche ich jetzt keine Wolle mehr kaufen."

Dann erst kommt Blasius dran. Eng umschlungen stehn sie eine Weile. Die Brieglmutter sitzt auf der Hausbank, um die gichtigen Finger ein Wolltuch gewickelt und lacht über die rührselige Heimkehr, sofern man das bei ihr noch ein Lachen nennen kann, denn sie hat nur mehr ein paar Zähne im Mund, denn einen Zahnarzt gibt es um diese Zeit in Hierling noch nicht. Und Blasius, obwohl er sonst Unmögliches arrangieren kann, gelingt es nicht, die Alte in die Stadt zu einem Zahnarzt zu bringen.

Sein Haus dort hat er verkauft und das Geld gut angelegt. Er hat ein Waldstück gekauft, nah an das Haus grenzend, ein paar Wiesen dazu, hat nun einen Kornacker und ein großes Kartoffelfeld. Er ist schon bald mehr Landwirt als Hausierer. Aber was das Land angeht, so ist Barbara da, mit ihrer stürmischen Kraft und mit dem Willen, den letzten Rest ihres ehemaligen Magdlebens abzuschütteln.

Die Brieglmutter hat dem Ehepaar Blasius und Barbara Röhrl ihr kleines Anwesen auf Leibrente überlassen. Sie wird gut versorgt und läßt sich den Leihpachtbetrag allmonatlich bei der Sparkasse eintragen. Sie weiß schon, was sie will. Erben soll ja sowieso einmal alles ihr Sternlein, das Blondkind Angela, das ihr ein und alles ist. Sie bringt es auch jetzt wieder zum Ausdruck, indem sie warnend die krummen Finger hebt und dem Blasius mit leichtem Vorwurf sagt:

„Einmal hast du sie mitnehmen dürfen, mein Sternlein. Aber es ist kein Leben für mich ohne sie. Alles Licht ist mir ausgelöscht gewesen."

„Bloß einmal hab ich sie mitnehmen müssen", sagt Blasius beziehungsvoll und streicht sich seinen Bart.

Ja, nun sind sie wieder daheim. Aber was ist das jetzt für ein Heim gegen früher! Man hat Strom im Haus, der Stall ist beträchtlich erweitert worden, das Haus ist ockerfarbig geputzt, neue Schindeln sind auf dem Dach, und innen ist auch alles renoviert worden. Blasius ist ja nicht bloß Hausierer. Wenn er anpackt, dann ist es, als woge ein Raddampfer heran. Nein, es ist nicht mehr so wie früher. Barbara hat zwar einmal gemeint, sie sei nicht ausgefüllt, und ob sie nicht doch noch ein paar Sommer auf die Alm gehen solle. Zum erstenmal hat Blasius ihr da etwas ganz energisch abschlagen müssen.

„Kommt überhaupt net in Frage! Das schaute ja grad aus, als ob ich euch net ernähren könnte. Du bist meine Frau und hast im Haus zu sein."

Jetzt ist er also wieder daheim. Für Blasius, der seit seiner Jugend immer auf Fahrt gewesen ist, bedeutet dieses Daheimsein tiefste Geborgenheit. Ganz eingehüllt ist er von Wärme und Liebe, begnadet durch eine Frau, die jetzt dreiunddreißig Jahre ist, die geradezu blüht und voll drängender Kraft ist und dem Mann all ihre Liebe schenkt. Und er nimmt sie in sich auf mit der Dankbarkeit eines Mannes, der die Fünfzig überschritten hat und froh ist, Güte und Liebe zurückzuschenken.

*

Mit gewaltigen Flügelschlägen rauscht die Zeit dahin, reißt Wunden auf, heilt sie wieder und bringt in das Tal um Hierling herum so manches Geschehen. Es bewegt sich viel. Aber die Hierlinger Bauern sind von dieser Bewegung nicht ergriffen, es interessiert sie nicht, ob das nun ein Zweites oder ein Drittes Reich ist, und wenn der Lehrer Huber auf Versammlungen sagt, daß man in einer heroischen Zeit lebt, der sich niemand verschließen dürfe, dann rücken sie höchstens ihre Hüte tiefer in die Stirn hinein und nicken. Sie heben die Hand nur schwerlich in die Luft, sie wollen ihre Hände lieber um die Pflugsterzen legen, wollen ihre Äcker pflügen und

Bäume fällen, so wie es ihre Vorfahren getan haben, aber sie wollen nicht hinter einer Fahne marschieren.

Was die jungen Burschen betrifft, so gehen sie ums Nachtwerden lieber an ein Kammerfenster, als daß sie auf einem Appellplatz antreten. Darum wird dieses Hierling an oberer Stelle auch als stockschwarzes Nest bezeichnet, in dem sich lieber alles um den Pfarrer schart als um eine Fahne. Sie erkennen nur das Kreuz, an dem der Heiland hängt, der für alle gestorben ist.

Sie begreifen auch nur dumpf oder ganz langsam, daß man nicht mehr alles sagen kann, was man will, wie zum Beispiel diese Krassingerbäuerin, die ihr Maul so flott spazierengehen läßt wie eh und je. Der Hauptlehrer Huber, der jetzt auch noch eine Autorität in der neuen Bewegung ist, sieht ihr manches nach. Aber als die Krassingerin einmal beim Kramer äußert, jedesmal, wenn sie einer Henne den Kopf abschlage für eine Hühnersuppe, dann denke sie dabei an den Führer, da meldet er diese ruchlose Äußerung in die Kreisstadt, beziehungsweise an die Kreisleitung.

Eines Tages nun fährt um die zweite Nachmittagsstunde ein schwerer Wagen in den Hof. Die drei Männer in Uniform steigen nicht etwa gemütlich aus und sehen sich um, nein, sie springen heraus und rennen ins Haus wie bei einem Sturmangriff. Die Krassingerin erschrickt gar nicht einmal, wendet sich nur langsam am Herd um und schaut die drei belustigt an, lächelt sogar dabei. Das Lächeln aber vergeht ihr schnell, als sie hört, was sie gesagt haben soll. Mit bewundernswerter Kaltblütigkeit schluckt sie diese Ungeheuerlichkeit, schnappt ein paarmal nach Luft und sagt dann:

„Da hat mich höchstens der Lehrer denunziert."

„Das ist egal, von wem wir es wissen", schreit sie der Wortführer an. „Haben Sie es gesagt oder nicht?"

Die Krassingerin senkt langsam den Kopf, nimmt ihn aber gleich wieder zurück und sagt:

„Jawohl, an den Lokführer Eberl denk ich dabei, wenn ich einer Henne den Kopf abschlage. Aber doch net an insern ‚Fiehrer'. Und was den Lokführer Eberl betrifft, der war voriges Jahr drei Wochen in der Sommerfrische da, dann ist er abgehaun und hat keinen Pfennig bezahlt."

Daß dieser Lokführer drei Wochen lang auf dem Hof geschuftet hat wie ein Ernteknecht, das verschweigt sie.

Die drei Herrn sehen sich schweigend an. Entweder ist diese Bäuerin ein ganz abgefeimtes Luder, oder sie ist so dumm, daß es nicht der Mühe wert ist, herausgefahren zu sein. Aber sie sind ja noch nicht fertig.

„Das können wir glauben oder nicht", sagt jetzt der zweite der Uniformierten. „Jedenfalls, Lokführer sind auch deutsche Volksgenossen. Ich würde Ihnen raten, in Zukunft mit Ihren Äußerungen vorsichtiger zu sein."

„Ich weiß gar net, was die Herrn von mir wollen. Ich tu meine Arbeit, wie sich's gehört, ich gehe in meine Kirche, wie sich's gehört, und ich laß meinen ältesten Sohn, den Jakob, auf geistlich studieren. Ja, was soll ich denn noch alles tun?"

„Sie ist wirklich dumm", flüstert der Wortführer den

beiden andern zu. Und dann wieder zur Krassingerin: „Was Sie noch tun sollen? In Zukunft Ihren Mund halten. Ein zweitesmal kommen Sie nicht mehr so glimpflich weg. Im übrigen, gar so ein unbeschriebenes Blatt sind Sie nicht. Denn für die Winterhilfe zum Beispiel spenden Sie nie etwas."

„Aha, jetzt weiß ich gewiß, daß es vom Lehrer kommt. Dem stinkt es ja bloß, weil wir ihm kein Schweinernes mehr ins Haus schicken, wenn wir eine Sau schlachten. Aber wir haben nimmer mögen, weil er unserer Ursula so schlechte Noten im Abschlußzeugnis gegeben hat. Fast lauter Vierer. Bloß in Religion hat sie einen Zweier."

„Sei es, wie es will, Sie sind jetzt gewarnt, und wir hoffen, daß wir ein zweitesmal nicht mehr zu kommen brauchen."

„Wegen meiner g'wiß nimmer. Da gäb es noch ganz andere, wenn ich reden möcht. Aber ich mag net reden."

„Dann behalten Sie es für sich. Denunzianten sind uns ein Ekel. Aber nun was anderes. Wie kommen wir zu der Weberei Röhrl?"

Ganz genau beschreibt ihnen die Krassingerin den Weg nach dorthin und atmet erst wieder auf, als der Wagen verschwunden ist. Gleich darauf kommt der Krassinger in die Stube.

„Was haben denn die wollen?"

„Auf mich haben sie es abgesehn gehabt. So unverschämte Kerle! Weißt was mich der eine geheißen hat? Ein assizoales Individuum."

„Weil du dein Maul allweil so spazierengehn läßt."

„Du sagst ja auch nix!"
„Weil ich damit gar nix besser mach. Im Gegenteil."
Die Herren aber fragen sich inzwischen durch nach der Weberei Röhrl.

Am Anfang ist da nur eine Handspinnerei gewesen, jetzt hat man drei Webstühle, und was da angefertigt wird, ist solide Ware. Man hat gebaut und dauernd vergrößert. Berge von Wolle gibt es da, und ein Schäfer mit dreihundert Schafen ist immer unterwegs. Die treibende Kraft dabei ist ein ganz junges Mädchen, Angela mit Namen. Ihren Fähigkeiten nach hätte sie eigentlich studieren können, aber sie hat sich ganz und gar in Wolle verloren.

Ob man das alles einmal besichtigen könne? Warum eigentlich nicht? Der Lehrer fährt mit hinaus, und von weitem sieht man schon an der Stirnwand des aufgestockten Hauses das Firmenschild ‚Wollverarbeitungsbetrieb Röhrl'. An das Haus seitlich angebaut ist eine Art Werkstatt mit großen Fenstern und weiter hinten der langgezogene Schafstall.

Blasius, der Unverwüstliche, der sein Hausiererleben längst aufgegeben hat, geht gerade über den Hof, als das Auto einfährt. Grauhaarig ist er geworden, aber immer noch zäh und unternehmungslustig. Er ist jetzt mehr Herr und viel besser gekleidet. Langsam nimmt er die Zigarre aus dem Mund und fragt ohne Ehrfurcht, was die Herren wünschen.

„Wir wollen nur den Betrieb besichtigen. Man hört

soviel davon, aber bisher hatten wir noch keine Gelegenheit. Sind Sie der Chef hier?"

In diesem Augenblick tritt Angela aus dem Werksraum und Blasius deutet mit der Hand, in der er die Zigarre hält, auf sie hin.

„Meine Tochter ist mehr oder weniger die Chefin."

Angela, siebzehnjährig jetzt, blond und hoch gewachsen, einen Bleistift im Haar über dem Ohr, lächelt.

„Mach dich net weniger als du bist, Vater. Was tät ich denn ohne dich. Und den Betrieb besichtigen wollen die Herren. Bitte schön."

Drei Webstühle stehen im Raum, ein paar alte Spinnmaschinen. Sechs Menschen arbeiten hier, aber Angela erklärt den Herren, daß man auch Heimarbeit vergebe.

Die besichtigen alles genau, und der eine sagt dann:

„Sie müßten sich eine schwerere Maschine anschaffen."

Angela nickt, betrachtet kurz den Lauf einiger Fäden an einem Webstuhl und sagt dann:

„Alles nach und nach. Auf der letzten Industriemesse hab ich mir mehrere solcher Maschinen angeschaut."

Langbeinig, in der Haltung einer Herzogin, geht sie umher. Eine jugendliche Prinzipalin, die sich ihres Könnens und ihrer Würde bewußt ist. Mit berechtigtem Stolz führt sie die Herren in einen Nebenraum. Dort hängen große Teppiche, Bettvorleger, Läufer. In einer anderen Ecke schafwollene Janker und Trachtenstrümpfe in allen Mustern.

„Reine Schafwolle?" fragt der Lehrer.

„Die großen Teppiche sind gemischt mit Baumwolle aus Andalusien", erklärt Angela. „Alles andere ist reine Schafwolle."

„Sehr interessant, sehr interessant. Und Sie haben einmal ganz klein angefangen?"

„Ja, mit einem Lämmlein hat es begonnen."

„Und der Absatz?"

„Wir können kaum soviel produzieren wie wir brauchen."

Dann kommen sie ins Kontor, einen kleinen Raum, mit nichts als einer Rechenmaschine, einer alten Schreibmaschine und einem Haufen Ordner in einem Regal. Hier residiert Angela, von hier aus laufen alle Fäden. Die Herren sind sehr beeindruckt von allem, was so aus eigener Kraft, mit nichts als dem Glauben an sich und die Hingabe an das Werk geschaffen worden ist.

Barbara erscheint unter der Tür. Ein bißchen molliger geworden und mit etwas Grau im Schläfenhaar, aber immer noch ein bißchen einfältig in ihren Gedanken, steht sie da und sagt:

„Blasius, du mußt jetzt rüberkommen und Brotzeit machen. Es ist schon gleich drei Uhr."

Angela fällt ein, daß man die Herren auch zu einer Brotzeit einladen könnte. Man weiß ja nie, wie man solche Leute braucht. Ein Glas Wein und ein Stückl Rauchfleisch soll's geben.

Es wird dann recht unterhaltsam in der Stube drüben. Es wird Angela gar nicht so übelgenommen, als sie freimütig bekennt, daß sie sonst für nichts Zeit hat als für ihren Betrieb.

„Zu gar nichts sonst?" fragt der Mann, der die Krassingerin so in die Enge getrieben hat.

„Doch, ich gehe jede Woche zweimal zu dem Rotkreuzkurs. Das nehme ich gern in Kauf, weil es mir sinnvoll erscheint, anderen zu helfen. Aber sonst: wir haben dreihundert Schafe. Kaum einmal, daß Sigmund heimkommt, und es wären nicht einige Schafe verletzt oder hätten wunde Klauen."

„Wir brauchen keinen Tierarzt, das macht alles Angela", sagt Blasius.

„Wer ist Sigmund?" will der Lehrer wissen.

„Sigmund ist unser Schäfer. Er säuft zwar, aber von den Schafen versteht er was." Angela erzählt das alles so leichthin. Sie ist überhaupt so munter und ohne Ehrfurcht vor den Uniformen, die da am Tisch sitzen. Sie habe Verhandlungen mit einer Firma angebahnt, sagt sie, die ihr Wolle aus Australien liefern werde. Auch nach Ägypten wolle sie ihre Fäden spinnen.

Das alles ist sehr interessant für die Herren. Auch daß Angela sich trotz ihrer vielen Aufgaben noch dem Roten Kreuz widme, sei anerkennenswert und ein Beweis, daß auch sie vom Geist der neuen Zeit erfüllt sei und ihre Pflicht dem Vaterland gegenüber erkannt habe. Es sei ganz gleich, was einer tue, wenn er nur nicht abseits stehe.

Die Zeit vergeht wie im Flug, bis Barbara aufsteht und

sagt, daß sie jetzt die Kühe melken müsse. Wohl oder übel muß jetzt auch der Besuch aufbrechen.

Als das Auto aus dem Hof gefahren ist, sehen Blasius und Angela ihm nach, bis es hinter einer Staubwolke verschwindet.

„Was sie wirklich gewollt haben, Vater, weißt du es?"

„Ich glaub, daß sie wirklich der Betrieb interessiert hat. Es ist bloß zu hoffen, daß sie so harmlos bleiben."

„Wie meinst du das, Vater?"

„Ich verstehe von Politik net viel. Aber wenn ein Mensch zu schnell und zu ungestüm nach den Sternen greift, dann verbrennt er sich einmal die Hände, und aus den verbrannten Händen sprühen dann die Flammen über das ganze Land oder über die ganze Welt."

„Ich greife ja auch nach den Sternen, Vater."

„Ach, Gelilein, das ist doch ganz was anderes." Blasius deutet mit der Hand über die Gebäude hin. „Das da, das ist doch alles ganz langsam gewachsen."

Die Mutter Barbara kommt mit dem gefüllten Melkeimer aus dem Stall. Sie ist die einzige, die sich aus ihrer Vergangenheit noch nicht hat loslösen können. Die zwei Kühe bedeuten ihr viel, obwohl man sich längst eine Magd hätte leisten können. Aber Barbara geht nun mal gern mit ihnen um. Sonst ist sie eine überaus tüchtige Frau geworden, die in ihren Blasius verliebt ist, wie es nur eine Frau sein kann, die weiß, was alles sie dem Mann zu verdanken hat: ein Leben ohne Aufregung, Geborgenheit in allem. Dieses Wissen vermag in ihr Gesicht ein Leuchten zu bringen. Mit großer Fürsorge wacht Blasius über ihrem Leben, sie hat ihm die bescheidene Wohlhabenheit zu verdanken. Sie erkennt Blasius als Herrn über sich an, der er aber gar nicht sein will. Nach außen hin, ja, da ist er ein Herr geworden, der jeden Tag, wenn Feierabend ist, ein neues Hemd anzieht, eine goldene Uhrenkette trägt, gute Zigarren raucht und zum Stammtisch geht. Dort bietet er sein Zigarrenetui auch dem Leiter der Raiffeisenkasse an oder dem Molkereibesitzer. Das kann er sich leisten, dieser Herr Röhrl, der nur schmunzelt, wenn man ihn an seine Hausiererzeit erinnert.

Auch an diesem Abend geht er ins Dorf. Es ist etwas später geworden heute. Längst ist die Sonne hinter den Bergen verglüht, und über den Wiesen ziehen Nebel auf. Einmal dreht er sich um und schaut zurück. Das Schild ‚Wollverarbeitungsbetrieb Röhrl' ist nur mehr schlecht zu lesen in der Dämmerung, und Blasius denkt, die schwarzen Metallbuchstaben müßten eigentlich durch Leuchtbuchstaben ersetzt werden. Er wird morgen einmal mit Angela darüber reden, und sieht sie schon vor sich, wie sie den blonden Kopf zur Seite legt und eine Weile nachdenkt, bis sie sagen wird:

‚Ja, Vater, du hast recht. Unser Name soll auch nachts leuchten.'

Ja, manchmal hat er so blendende Einfälle. Er geht eben den Sturmschritt seiner jungen Angela mit, und er hat sich in seine Vaterrolle so hineingelebt, daß er erschrocken wäre, wenn ihm jemand sagte, daß er nicht der Vater ist.

Von sechshundert Schafen träumt Angela, von Bergen frischer Schurwolle. Und angefangen hat es mit einem Lämmlein, Betzerl hat es geheißen, hingeschenkt von einem Buben, an den sich Angela nicht mehr erinnern kann. Er ist im Nebel untergetaucht wie so vieles.

Dieses Betzerl hat acht Junge geworfen. Und diese acht haben sich wieder vermehrt. Man glaubt ja gar nicht, wie stark sie sich in den Jahren vermehren können.

So wie Barbara jeden Abend noch mal im Stall nachschaut, geht Angela jeden Abend durch die Produktionsräume, schiebt da und dort einen Stuhl zurecht oder schaut in einen der Ordner, indessen man im Dorf schon den Abendsegen läutet.

*

Der Sommer steht nun auf seiner Höhe. Die Bauern haben die Heumahd begonnen, das Korn will reifen, und an den Obstbäumen werden die Früchte jeden Tag um ein paar Millimeter größer. Wenn kein Hagel mehr kommt, kann es ein fruchtbares Jahr werden.

An einem Sonntagnachmittag, der von so goldener Schönheit ist, als habe Gott ihn ausersehen, in das Leben der Angela Röhrl etwas Bedeutendes hineinzuweben, sitzen sie alle drei auf der Hausbank. Blasius raucht bedächtig seine Sonntagszigarre, Barbara läßt die Nadeln ihres unvermeidlichen Strickzeuges klappern, und Angela ist in eine Zeitschrift vertieft, die sich ‚Garn und Wolle' betitelt. Es ist so friedlich still ringsum, denn sonntags schweigen die Webstühle. Nur die Vögel hört man aus den Büschen hinter dem Schafstall zwitschern.

Nach einer Weile legt Angela ihre Zeitschrift weg.

„Ich geh jetzt zum Baden."

„Dann nimm ein paar Blumen mit für die Brieglmutter."

„Das hab ich sowieso im Sinn."

Weiße Rosen auf das Grab der Brieglmutter, die vor fünf Jahren das Zeitliche gesegnet hat. Das kunstvoll geschmiedete Kreuz, das am Grabhügel der Brieglmutter steht, wird von der Sonne des schönen Sommertages umschmeichelt. Kletterrosen umschlingen das Kreuz, und auf dem Hügel steht nun eine Vase mit weißen Rosen, die Angela soeben gebracht hat.

Weiße Rosen wachsen zwar im Garten des Röhrlhauses keine, aber Angela bekommt immer Rosen geschenkt, einmal rote, einmal gelbe. Gestern sind es weiße gewesen, die ihr dieser Otto Fischer mitgebracht hat. Otto Fischer ist der jüngste von den dreien aus der Kreisleitung, die damals dagewesen sind, um der Krassingerin die Leviten zu lesen, und die nachher den Spinnereibetrieb Röhrl besichtigt haben.

Er ist eigentlich ein ganz fescher Bursche, dieser junge Kreisamtsleiter Fischer. Er ist groß gewachsen, dunkelhaarig, mit sicherem Auftreten, mit Einfluß und Beziehungen. Das ist nicht zu übersehen. Immerhin hat er dem Röhrlschen Strickwarenbetrieb einen Auftrag über 100 000 Paar Wehrmachtssocken vermitteln können. Eine ebenso große Zahl von Strickwesten steht in Aussicht.

Man hat eine größere Maschine anschaffen müssen. Fischer hat gesagt, daß dies erst der Anfang sei. Aufträge in Hülle und Fülle könne er vermitteln. Dafür müßte Angela eigentlich dankbar sein. In gewisser Hinsicht ist sie es auch. Nur zu einem Kuß reicht es einfach nicht. Aber sie strickt ihm einen Wolljanker mit der Hand, von dunkelgrüner Farbe mit Silberknöpfen daran.

„Damit du nicht immer diese Uniform anhast, wenn du kommst", meint sie. „Vater sagt, daß er jedesmal Zahnweh bekommt, wenn er dich in der Uniform sieht."

Wie in schmerzlichem Empfinden hat Fischer die Oberlippe hochgezogen und zu erklären versucht, daß ihm die Uniform ein Ehrenkleid sei. Mit der Ehre hält er es überhaupt, denn er sagt auch, daß es ihm eine Ehre sei, wenn er Angela dienen dürfe. Es ist ein recht seltsames, stilles Werben, das Angela soweit ganz gut gefällt, aber sie wartet immer darauf, daß etwas Überwältigendes geschehe, etwas Wunderbares, daß sie der Mut ankomme, ihre Hände um dieses schmale, braungebrannte Männergesicht zu legen oder etwa diesen etwas trotzigen Mund zu küssen. Immerhin ist ihr dieses stille Werben, mit Rosen als Beigabe, lieber als das ungehemmte Draufgängertum des Großbauernsohnes Albin Loderer, der ihr ohne weitere Einleitung gesagt hat, daß er sich nichts sehnlicher wünsche, als einmal mit ihr gemeinsam an einem Morgen in einem Bett aufzuwachen.

Angela ist älter geworden und hat sich zu einer Erscheinung entwickelt, an der man nicht gut vorbeischauen kann. Dadurch, daß sie das blonde Haar jetzt in einem Knoten hinten aufgesteckt trägt, erscheint sie noch größer, als sie ist. Sie ist überhaupt anders, als Mädchen ihres Alters sonst sind. Ihre Ansichten, ihre Sprache, ihre Bewegungen, der Ausdruck ihrer ganzen Persönlichkeit sind ihr mindestens zehn Jahre voraus. Dabei wird sie im nächsten Monat erst achtzehn. Sie steht mit festen Füßen im Leben und in der Welt, die sie sich selber geschaffen hat, in der aber für die Liebe noch kein Platz ist, obwohl die Burschen hinter ihr herstarren und herseufzen. Gern verschenkt sie mal ein Lächeln, aber es ist ein Lächeln ohne Bezug, dem nichts zu entnehmen ist, und das höchstens bedeuten könnte: ‚Was wollt ihr denn alle? Ich bin mit meiner Wolle verlobt. Sonst interessiert mich vorerst noch gar nichts.'

Wenn Angela etwas ganz tief bedauert, dann ist es die Tatsache, daß die gute, alte Briegloma nicht mehr lebt und nicht mehr hat erleben dürfen, was aus ihrem Häusl geworden ist. In tiefer Dankbarkeit ist sie dieser Briegloma verbunden geblieben, und darum ist sie auch heute, an diesem Sonntagnachmittag, wieder an ihrem Grab gestanden, hat ihr die Rosen gebracht und ein bißchen geplaudert mit ihr. „Du solltest die große, neue Maschine sehn, Briegloma", hat sie gegen den Hügel hingeredet. „Aller Voraussicht nach wird es im Herbst eine zweite geben, und ich werde dann einmal an die vierzig Leute beschäftigen können."

Dann ist ihr, als käme aus dem Grab heraus die Antwort:

„Ja, Sternlein, ich glaub schon, daß du alles recht

machst. Bleib nur immer auf dem rechten Weg, schau immer gradaus, und bleib dir selber treu."

Das sind auch die letzten Worte der Alten gewesen, bevor sie die Augen für immer geschlossen hat: „Bleib dir immer selber treu, Sternlein."

Bis jetzt hat Angela diese Worte wie ein Vermächtnis in sich getragen. Sie wird sich auch immer daran erinnern, was die Zukunft auch bringen mag. Otto Fischer spricht immer von einer heroischen Zeit, in der man lebe, aber der Vater runzelt oftmals die Stirn, wenn er die Zeitung gelesen hat und äußert dann wie hellseherisch:

„Die brocken uns noch was ein."

Vom Gottesacker weg nimmt Angela den Weg durch das Dorf, bis dorthin, wo hinter dem Gasthof ein Fußweg zum See hinunterführt. Ein kleiner See, kaum zwei Kilometer lang und ebenso breit. Es herrscht bereits reges Treiben dort, mit knapper Not findet Angela noch eine Badekabine. Eine Weile steht sie dann in dem hellblauen Badeanzug auf dem Sprungbrett, bevor sie mit einem hellen Lustschrei ins Wasser hinausschnellt, um dann nach dem Auftauchen mit weiten Armschlägen das Wasser teilend dem anderen Ufer zuzustreben, dorthin, wo das hohe Schilf steht, weiße Birken und wollenes Moosgras. Sie will allein sein mit sich und ihren Gedanken. Immer wenn sie zum Schwimmen geht, flüchtet sie sich hierher auf ihr Lieblingsplätzchen. Der See ist seltsam ruhig, weiße Wolken spiegeln sich im Wasser, heben und senken sich darin. Das Schilf steht unbewegt, nur wenn die Vögel zu ihren verborgenen Nestern fliegen, hört man ein kurzes, hartes Rascheln. Die Hände hinter dem Kopf verschränkt, liegt Angela da. Ein Zitronenfalter umflattert ihr Gesicht, setzt sich schließlich auf ihre Stirn. Braungebrannt und schlank ist sie, hat eines der langen Beine aufgezogen und läßt die Zehen im Moosgras spielen. Einmal wird die Stille von einem singenden Geräusch unterbrochen. Angela hebt die Hand schattend über die Augen und schaut zum Himmel hinauf. Ausgerichtet wie ein Vogelschwarm im Herbst, silberglänzend, zieht die stählerne Armada dahin, und einen Augenblick sieht es so aus, als würden die Flugzeuge an die Steinwände der Berge stoßen, aber sie schweben hoch darüber hinweg und verschwinden.

Drei, sechs, neun hat Angela gezählt, und sie weiß vom Vater her, daß man das eine Staffel nennt. Blasius hat ja den letzten Krieg erlebt und kennt sich da ein bißchen aus. Manchmal erzählt er von der Hölle von Verdun, und er hat ja auch noch einen Granatsplitter in seinem Körper, der wandert.

Ach ja, dieser Vater. Angela hängt mit abgöttischer Liebe an ihm. Nicht minder aber auch an der Mutter, um deren schweres Magdleben sie weiß. Immerzu denkt und sinniert sie darüber nach, wie sie es anstellen soll, den beiden einen Lebensabend zu bereiten, in dem es keine Wolken und keine Schatten gibt. Otto Fischer hat ihr kürzlich Prospekte mitgebracht über billige Reisen mit ‚Kraft durch Freude' nach Norwegen oder nach Madeira. Aber die beiden sind durch nichts zu bewegen, etwas von der ‚Bewegung' anzunehmen. Ihr Wünschen geht über den Schafstall nicht hinaus, und ihre Herzen sind schon bewegt und erfüllt genug, wenn sie sehen, wie prächtig sich Angela entwickelt hat und wie unter ihren Händen alles so gut gedeiht.

Angela seufzt wohlig, schließt die Augen, als träume sie etwas Fernem zu. Der Zitronenfalter flattert von ihrer Stirn weg, aber plötzlich wirft sich ein schwerer Körper neben sie, daß sie erschrocken auffährt.

Es ist der Krassinger Jakob, der Theologiestudent, der nach dem Willen seiner Mutter Geistlicher werden soll. Die Wassertropfen glänzen an seinem braunen Körper wie Perlen, und von der Anstrengung des Schwimmens geht sein Atem noch schwer.

Angela sitzt steil aufgerichtet, hat die Hände um die aufgezogenen Knie geschlungen, und schaut mit zusammengezogenen Brauen auf den Burschen nieder. Er ist um vier Jahre älter als sie. Sie erinnert sich noch vage von der Schulzeit an ihn, und außerdem ist er in den Ferien manchmal um den Schafstall draußen herumgeschlichen, als interessiere ihn die Schafzucht mehr als das Büffeln lateinischer Vokabeln.

„Wie kommst du dazu, mir daher nachzuschleichen?" fragt Angela streng. „Was willst du überhaupt hier? Kann man denn wirklich keinen Platz finden, wo man allein sein kann? Das ist ja wie ein Überfall."

Jakob, der Krassingersohn, dreht sich jetzt auf den Rücken und schaut mit bittenden Augen zu Angela auf.

„Du hast recht, Angela, wenn du mir böse bist. Aber

ich hab dich über den See schwimmen sehn, und da hab ich mir gedacht – ach was, ich hab dir einfach folgen müssen."

Die Falten auf Angelas Stirn verflüchtigen sich, und ohne Strenge fragt sie:

„Warum, Jakob?"

„Warum, warum? Immer fragt der Mensch warum. Grad als wenn das ganze Leben aus lauter Warums zusammengesetzt wäre. Ich weiß es doch selber net, Angela. Ich hab dich über den See schwimmen sehn, da hab ich mir denkt, jetzt oder nie. Wenn ich zum Schafstall nauskomm, ist immer dein Vater da, der auf dich aufpaßt wie eine Bruthenne."

Das hat er so drollig hingesagt, daß Angela lachen muß.

„Der Vater beschützt mich in allem."

„Aber du bist doch kein kleines Kind mehr, Angela. Du mußt doch auch deine Freiheit haben."

„Ach, Jakob, was weißt du, wieviel Freiheit ich in allem hab! Viel mehr als du, der in strengen Grenzen leben muß, der einem Studium unterworfen ist und einmal Geistlicher sein wird."

Da richtet er sich jäh auf, umklammert ihre Füße, legt seinen Kopf an ihre Knie und schaut wie in Verzweiflung zu ihr auf.

„Nein! Nein!" schreit er. „Ich taug net für den geistlichen Stand. Meine Mutter will es, aber ich net. Da dürfte ich nie sündig denken. Und Sünde ist's, wenn ich dauernd an dich denken muß, Angela. Und net erst seit heut, das geht schon zwei Jahre so."

Erschüttert beugt sie sich zu ihm nieder, legt ihre Hand auf sein Haar.

„Was redest du denn da, Jakob? Ich hab dir doch nie einen Anlaß dazu gegeben."

„Nein, ganz gewiß net. Und ich versteh das ja auch, daß ihr uns hassen müßt. Meine Mutter hat der deinen das Leben oft zur Hölle gemacht, als sie bei uns Magd gewesen ist."

Angela schüttelt den Kopf und bemüht sich, sich hineinzudenken in den kleinen Jammer, der seine Schultern zittern macht.

„Du irrst dich, Jakob. Wir hassen niemand, am allerwenigsten dich, denn du kannst ja nichts dafür, wenn meiner Mutter Böses geschehn ist auf eurem Hof. Das ist längst vergessen, und meine Mutter redet auch nie davon, höchstens, daß ihre Jugend dunkel gewesen ist. Dafür ist jetzt viel Licht um sie, wenigstens sagt sie es. – Doch was anderes jetzt, Jakob. Wenn du schon nicht Pfarrer werden willst, was denn dann? Komm, setz dich einmal neben mich und erzähl mir alles."

Mit einem Schwung sitzt er neben ihr, faßt ihre Hand, und wie ein Quell springt es aus seiner Brust.

„Ich hab noch zu keinem Menschen davon geredet, du bist die erste, Angela, zu der ich Vertrauen hab. Ich hab schon seit zwei Jahren umgesattelt auf Jura. Meine Eltern wissen nichts davon. Ich dürfte sonst nimmer heimkommen. Und dann könnt ich dich auch nimmer sehn, Angela."

„Wäre denn das so schlimm?" fragt sie.

„Ja, Angela. Du bist doch der einzige Mensch, zu dem ich Vertrauen hab und mit dem ich reden kann."

Jetzt wird er gleich von Liebe reden, denkt Angela und schaut von der Seite her in sein Gesicht. Seine Augen sind braun und ohne Falsch, die Nase von der Wurzel her ein klein wenig gebogen, der Mund knabenhaft locker, mit schneeweißen Zähnen dahinter. Er ist ein bißchen größer als sie, das merkt man an den Schultern, wie sie so nebeneinander sitzen. Angela wird ein bißchen bang ums Herz. Sie weiß nicht, was sie antworten soll, wenn er sein Herz jetzt noch weiter öffnet und von dem spricht, was sich Liebe nennt.

Es ist ganz still ringsum. Nur vom andern Ufer hört man das Geschrei der badenden Kinder, und zwischenhinein auch das Rollen und Poltern der Kegelbahn. Der Schmetterling ist auch wieder da und umgaukelt ihre Stirnen. Und Angela wartet – ja, es ist merkwürdig –, sie ist neugierig geworden und wartet auf ein erlösendes Wort. Aber Jakob spricht es nicht direkt aus, er spricht nur von einer tiefen Geneigtheit, die er zu ihr habe und daß es schon ein Glück für ihn wäre, wenn sie ihm versprechen könnte, auf ihn zu warten. In drei Jahren sei er mit dem Studium fertig, und dann könne er eine Rechtsanwaltspraxis aufmachen, oder er könne vielleicht in einem Notariat unterkommen.

„Rechtsanwalt ist besser", sagt Angela sofort und

denkt dabei daran, daß sie kürzlich einmal einen gebraucht hat. Und der ist teuer gewesen. Was das andere betrifft, ob sie auf ihn warten wolle, das ist eine Liebeserklärung und auch wieder keine. Angela ist nicht sonderlich berührt davon, ganz ehrlich gesagt ist sie enttäuscht, denn sie ist ja schließlich reif dazu, und in letzter Zeit ist es immer öfter geschehen, daß sie nachts lange wach in den Kissen liegt, vor alles Geschäftliche einen Riegel schiebt und sich sehnend ihren Wünschen nach Begehrtwerden hingibt. Sie sehnt sich ganz einfach nach Liebe, die, nach allem, was sie darüber gelesen hat, ein Wunder sein soll.

Aber das da, das stille Dasitzen im Schilf, das ist kein Wunder. Vielleicht ist es für Jakob eins. Reicht es ihm schon, wenn er so nahe bei ihr sitzen und ihre Hand halten darf? Ja, er erschrickt förmlich, als Angela, wie in drängendem Verlangen nach Zärtlichkeit, seine Hand nimmt und sie an ihre Wange legt. Er zittert direkt und schaut sie nur an, auf ihren Mund, der ihm wie eine aufgebrochene Rosenblüte entgegenleuchtet. Mit zarten Fingern streicht er über ihre Lippen hin, obwohl etwas ihm zuraunt: ‚So küß sie doch endlich, du Narr. Nichts rächt sich im Leben so sehr wie Küsse, die nicht getauscht worden sind.'

Statt dessen fragt er:

„Darf ich dir schreiben, Angela?"

„Schreiben willst du mir?" fragt Angela, faßt nach ihrem Haar und dreht es zu einem Knoten zusammen.

„Ja, gern, Jakob, wenn du mir was Schönes schreibst. Wie lange bist du eigentlich noch hier?"

„Nächste Woche beginnt das neue Semester. Können wir uns am Samstag noch treffen, Angela?"

„Am Samstag? – Ja, gut, am Samstag." Sie steht auf und streckt die Arme, als ob sie etwas umfassen wolle; Jakob hat sich inzwischen auch erhoben, und Angelas niederfallende Arme legen sich auf seine Schultern. So stehen sie eine Weile voreinander, bis Angela sich vorbeugt und ihn auf die Stirn küßt. „Komm am Samstagabend, wenn der Mond aufsteigt. Ich warte beim Schafstall auf dich." Dann dreht sie sich um, läuft zum Wasser hin und schwimmt davon. Jakob hat Mühe, an ihrer Seite zu bleiben. Am anderen Ufer steigt Angela bei den Kabinen aus, Jakob viel weiter vorn, gerade, als ob er Angst hätte, mit einem Mädchen gesehen zu werden, wo doch das ganze Dorf weiß, daß er Pfarrer werden soll.

*

Am Samstagnachmittag ist ein heftiges Gewitter niedergegangen und Angela fürchtet, daß ein Landregen daraus werden könnte. Aber gegen Abend hellt es sich wieder auf, und während vom Osten her noch der Donner murrt, ist das dunkle Gewölk im Westen auf einmal wie mit einem Messer abgeschnitten, und dahinter glänzt wieder das Licht der Sonne.

In der Wollspinnerei Röhrl ist Feierabend. An die zwanzig Leute verlassen die Weberei, darunter acht Männer. Der Betrieb hat so viel Aufträge, daß man selbst am Samstag noch Überstunden macht.

Blasius ist mit all dem nicht ganz einverstanden. „Du arbeitest dich noch zu Tode, Angela. Und überhaupt, müssen wir denn für ein ganzes Armeekorps Socken stricken?"

Angela lächelt nur. Man wird eine zweite, größere Maschine anschaffen müssen. Otto Fischer will das in die Wege leiten. Ach ja, sie ist so jung und so unternehmungslustig. Fischer meint, daß sie es noch auf fünfzig Arbeiter bringen wird. Dafür wird er schon sorgen. Angela hat noch keinen Feierabend. Sie sitzt noch im Büro, es gibt soviel zu schreiben, zu ordnen und abzulegen. Vom Fenster aus sieht sie, wie der Vater zu seinem Dämmerschoppen geht. Seine Schritte werden schon kürzer, der Rücken krümmt sich ein wenig. Nur den Kopf hält er noch gerade, und der Rauch seiner Zigarre weht hinter seinen Schultern her.

Die Mutter kommt mit einem Kübel voll Milch aus dem Stall, und aus dem Schornstein des Hauses kräuselt sich bläulicher Rauch. Es ist wie jeden Tag um diese Zeit. Und doch hat sich etwas verändert, es liegt etwas in der Luft, und die einfachen Menschen können es nicht greifen, obwohl es ziemlich aufdringlich in den Zeitungen steht und Otto Fischer ganz unverblümt davon spricht, daß es mit der Ehre des deutschen Volkes nicht mehr vereinbar ist, immer noch unter den Fesseln des Versailler Vertrages zu schmachten. Der Führer wird die Fesseln schon abstreifen. Aber der liebe Otto schwafelt öfter in solchen Phrasen. Angela gibt nichts darauf. Nur Blasius wird nachdenklich und sieht die Dinge, wie sie wirklich sind.

„Im Osten beginnt etwas zu glühen", sagt er. „Wenn nur kein Brand daraus wird."

Vom Haus herüber ruft die Mutter, daß sie zum Essen kommen solle. Sie deckt den Tisch vor dem Haus. Angela stellt noch ein paar Ordner ins Regal, stülpt die Wachstuchhaube über die Schreibmaschine, und dabei fällt ihr die Postkarte in die Hände, die sie am Vormittag nur flüchtig gelesen hat. Sie ist vom Schäfer Sigmund, der in seiner unbeholfenen Schrift mitteilt:

Wehrte Herschafft.
Deile euch mid, das sich die Schaffherde wohlbefindet und ich auch. Leider ist derzeit in dieser fränkischen Gegend ein Manöver und es sind ville Panzer unterwegs und es wird vill geschossen rings herum, sodass ich mich mid der Herde mehr südlich richten muss. Werde deshalb heuer etwas früher heimkommen. Schätze so anfangs Novemper. Ville Krüsse von eierem Sigmund.

Angela steckt die Karte in ihre Kitteltasche, um sie auch den Vater lesen zu lassen. Dann geht sie hinüber zum Haus. Die Mutter sitzt auf der Hausbank, die dampfende Schüssel mit Kraut, Selchfleisch und Knödel steht bereits auf dem Tisch. Daneben auf der Bank liegt Barbaras unvermeidliches Strickzeug. Angela muß unwillkürlich lächeln, wenn sie bedenkt, daß drüben in der Halle tausend Paar Socken aus der Maschine laufen. Aber für die Mutter sind Stricknadeln in den Fingern wie ein Symbol, das aus ihrem Leben nicht wegzudenken ist. Und wenn Angela sagt, sie möge doch endlich aufhören zu stricken und den Feierabend genießen, dann lächelt die Mutter bloß und antwortet:

„Stricken ist keine Arbeit. Das ist bloß ein Spiel für die Hände." Aber dann legt sie doch die Nadeln weg und ißt mit Angela.

Danach trägt Angela das Geschirr ins Haus und kommt wieder heraus. Sie streckt die Beine weit von sich, verschränkt die Arme über der Brust und lehnt den Kopf an die Hauswand. Still und immer stiller wird der Abend, die Vögel singen sich in den Schlaf, nur der Brunnen plätschert jetzt ein bißchen lauter, und wie ein unsichtbarer Blasebalg bringt der aufkommende Abendwind ein geheimnisvolles Flüstern in die Blätter des alten Kastanienbaumes, der seine Äste weit über das Dach des Hauses hinstreckt. Der Dreiviertelmond steht bereits am Himmel, noch ganz ohne Glanz. Wie ein großer Bleischerben sieht er aus. Durch das offene Fenster hört man die Uhr schlagen. Sieben Mal schlägt sie. Zwei Stunden noch, denkt Angela, dann wird es Nacht sein, und der Mond wird leuchten. Und sie wird ihr erstes Stelldichein haben. Ganz still sitzt sie, aber innerlich ist sie wie durchglüht von etwas Neuem, und wenn Jakob heute wieder so schüchtern sein sollte, weiß Gott, es wird sie nichts daran hindern, von sich aus die Arme um seinen Hals zu schlingen und ihn zu küssen. Es muß doch endlich ein anderer Inhalt in ihr Leben kommen, es kann doch nicht immer nur ausgefüllt sein mit Wolle und Schafen. Den ganzen Tag hat sie schon an Jakob denken müssen, immer wieder hat sie in Gedanken sein Gesicht, seine Augen, seinen Mund nachgezeichnet, und auf einmal springt ihr die Frage über die Lippen:

„Du sag mal, Mutter, in deiner Jugend warst du doch beim Krassinger Magd oder Sennerin."

„Alles miteinander, Angela. Aber das ist schon so lange her."

„Ja, aber an die Kinder dort, an die kannst du dich doch noch erinnern?"

„Das schon, aber ..."

„Was aber?"

„Da schau hin, jetzt fährt der Gemeindediener schon zum zweitenmal mit dem Radl in Richtung Hengsingen. Und der Postbot ist vorhin in die andere Richtung. Was ist denn da heute los? Im Schulzimmer brennt auch Licht."

„Ich weiß net, Mutter. Aber um auf die Krassingerkinder zurückzukommen: Der ältere, das war doch der Jakob, gell?"

„Der Jakob, ja. Jakele hab ich ihn allweil gerufen. Der war mir am anhänglichsten von allen. Der wär auch einmal ein guter Bauer geworden. Aber die Krassingerin hat sich ja in den Kopf gesetzt, daß er Pfarrer werden soll. Der soll für sie wahrscheinlich einmal ihre Sünden abbüßen."

Angela weiß es seit dem Sonntag anders, verschweigt

es aber, lächelt nur vor sich hin. „Jakele", flüstert sie in Gedanken, und um ihre Lippen legen sich zärtliche Schwingungen. „Sag einmal, Mutter, wie habt denn ihr zwei euch kennengelernt, du und der Vater, mein ich."

„Beim Krassinger."

„Da war der Vater noch Hausierer, gell?"

„Nein, Kaufmann", erwidert Barbara, weil auch sie den Hausierer nicht gelten lassen will. Jetzt, wo er ein wirklicher Herr ist, schon gleich gar nicht mehr.

Angela beugt sich vor, legt die Arme auf den Tisch und schaut die Mutter von der Seite her an.

„Ich weiß eigentlich so wenig von euch, Mutter. War Vater vielleicht gerade als Hau ... – als Kaufmann unterwegs, als ich auf die Welt gekommen bin?"

Barbara erschrickt und krümmt die Schultern ein wenig zusammen.

„Nein – der Vater – er war net da, wie du auf die Welt kommen bist. Auf der Alm droben. Das hab ich dir doch schon alles erzählt."

„Ja, aber ich hör es allweil wieder gern. Der Herr Pfarrer hat mir einmal erzählt, daß er eigens auf die Alm 'kommen ist und mich getauft hat. Er hat mich öfter auch 's Almröserl genannt."

„Ja, aber das ist schon alles so lange her."

„Achtzehn Jahre halt." Angela beugt sich jetzt noch weiter vor. Ihre Stirn berührt fast das Haar der Mutter. „Sag, Mutter, warst du mit achtzehn Jahren in den Vater verliebt?"

Wenn Barbara in ein Gespräch verwickelt wird, das ihr

unangenehm ist, dann verkriecht sie sich in sich selber und schaut so verloren vor sich hin, als müsse sie in ihrem Hirn erst alles Vergangene wieder auseinanderklauben, bis zu der Stunde, in der Blasius sie vor den Altar geführt und ihr Leben in seine Hand genommen hat.

„Ich war achtundzwanzig, als ich Vater kennenlernte. Schau hin, da geht der Pfarrer zum Hochgschwendner nauf. Und wie er rennt. Da muß jemand im Sterben liegen."

Ja, er geht schnell, und sein Haar ist in den Jahren auch weiß geworden, und die Schultern neigen ein wenig nach vorn. Die Schärpen seiner Soutane flattern im Abendwind.

„Du weichst mir immer aus, Mutter", sagt Angela drängend. „Immer, wenn es sich um früher handelt. Achtundzwanzig, sagst du. Aber mit achtzehn oder neunzehn, da wirst du doch auch einmal verliebt gewesen sein."

Langsam nimmt Barbara ihren Kopf zurück und schaut die Tochter forschend an. Eine Ahnung steigt in ihr auf, eine unbegreifliche Angst, die sich wie eine Klammer um ihr Herz legt. Warum ist sie denn nie draufgekommen, daß aus dem Kind Angela ein blühendes junges Weib geworden ist, deren Gedanken jetzt über Wolle und Strickmaschinen hinausgehen, zu Träumen, die ihr Herz bewegen und es sehnsüchtig und unruhig machen, weil sich alles in ihr an das Unbekannte verlieren möchte, das sich Liebe nennt.

„Ist etwas mit dir, Angela?" fragt Mutter Barbara ängstlich.

„Ich weiß nicht, Mutter, was Du meinst. Was soll denn sein?"

„Ich glaub ich hab ganz übersehen, daß du erwachsen geworden bist und daß dir der Papagei dauernd Blumen bringt."

Angela lacht und antwortet:

„Du sollst nicht Papagei zu ihm sagen, weil der Vater keinen andern Namen für ihn hat. Wenn er in Zivil kommt, schaut er nicht aus wie ein Papagei. Der Otto ist auch sonst kein unrechter Mensch, seine Weltanschauung macht ihn halt ein bißl verdreht. Aber er bringt ja nicht bloß Aufträge in Hülle und Fülle, ich habe ihm auch die neuen Maschinen zu verdanken. Wir werden bald mehr Leute einstellen müssen. Aber es ist nicht Otto Fischer, an den ich dauernd denken muß. Es ist ein ganz anderer."

„Und das darf ich als Mutter net wissen?"

„Doch, Mutter. Es ist der Krassinger Jakob."

Erschrocken lehnt sich Mutter Barbara an die Mauer zurück.

„Aber der wird doch Pfarrer."

Angela schüttelt den Kopf und reckt dann den Hals. Im Dorf scheint wirklich allerhand los zu sein. Die Menschen rennen durcheinander, und da kommt auch der Vater schon mit schnellen Schritten auf das Haus zu. Sein Gesicht ist ungewöhnlich ernst, und schwer läßt er sich auf die Hausbank fallen.

„Jetzt sind wir soweit. Die fangen tatsächlich einen Krieg an. Fast in jedes Haus flattern die Einberufungsbefehle. Der Hitzinger Benno und der Schierer Andreas haben am Nachmittag schon fort müssen. Die andern morgen in aller Frühe."

Die Frauen wissen nicht, was Krieg ist. Aber der Vater weiß es, und er sagt: „Die Welt wird sich verdunkeln, die wilden Ritter steigen in die Sättel." Aber Blasius spricht öfters so in Rätseln, daß weder Barbara noch Angela seine Worte deuten können.

Im Dorf versteht man schon eher, welch ein Vorhang sich da rauschend heben will. Sie wissen nur nicht, wie das Drama ausgehen wird. Das weiß auch der Pfarrer nicht, der um diese Zeit von seinem Versehgang zurückkommt. Er schüttelt nur den Kopf, als die Kramerin zu wissen gibt, wie gut es wäre, weiblichen Geschlechtes zu sein, weil man dann nicht in einen Krieg brauche. Der Pfarrer sieht sie mit müden Augen an und meint:

„Sag das nicht. Es wird jeden von uns erfassen."

Und da werden die Menschen doch ein bißchen nachdenklich, denn für sie ist ein Pfarrerwort ein gültiges Wort, und außerdem weiß er mehr als die einfachen Bauern. Für ihn hat sich der Tod zurechtgesetzt und dengelt schon die Schwerter.

Es will Nacht werden, Schlafenszeit. Mutter Barbara und Vater Blasius halten sie ein, auch wenn sie heute wahrscheinlich noch nicht so schnell einschlafen werden, denn Blasius erzählt von den großen Feuern, die ganze Landschaften versengen können.

Angela aber bleibt noch eine Weile auf der Hausbank sitzen. Langsam wirft der Mond sein Licht auf das Dach des Schafstalles. Auch die Sterne spiegeln sich auf dem Blechdach, manchmal zucken sie unruhig, als streiche ein starker Wind unter ihnen hin.

Angelas Herz wird immer unruhiger. Sie wartet auf Jakob und seine Liebe, und sie denkt, wenn sie ihn kommen sieht, dann wird sie ihm gleich entgegenlaufen und ihre Arme um seinen Hals legen. Aber er kommt so langsam daher, den Kopf gesenkt, als suche er eine Spur auf dem ausgetrockneten Boden. Und er richtet sich erst auf, als er nahe bei ihr steht. In seinen Augen steht schwere Trauer, um seinen Mund zuckt es, als ob er weinen wolle. Angela faßt seinen Arm und zwingt ihn, sie anzuschauen.

„Du wirst doch nicht auch fortmüssen, Jakob?"

Jakob nickt nur und lehnt seine Stirn an die ihre.

„Ja, gleich morgen früh."

„Komm", sagt sie und nimmt ihn am Arm. Sie setzen sich auf die lange Bank an der Wand des Schafstalles, auf der an schönen Tagen immer die Leute der Spinnerei sitzen, wenn sie ihr Mittagsmahl verzehren. Jakob schweigt und starrt nur auf den Boden. Dann seufzt er wieder, ganz tief und schwer, bis Angela meint, ihm etwas Tröstendes sagen zu müssen, obwohl sie keinerlei Ahnung hat, was die Zukunft hinter einem schwarzen Tuch verbirgt.

„Wenn es Krieg gibt", sagt sie, „dann wird er nicht lange dauern, und du wirst wieder da sein."

Da dreht er endlich den Kopf, hebt die Arme und umschließt mit beiden Händen ihr Gesicht.

„Der Krieg wird lange dauern, Angela, und ich weiß nicht, ob ich je wieder heimkommen werde. Aber das allein ist es nicht, Angela. Ich hab Krach daheim gehabt, weil ich ihnen gesagt hab, daß ich nicht Geistlicher werden kann. Mein Gott, wie sie auf mich eingeschrien haben, vor allem die Mutter, ja, und sie wollen mich morgen ohne Segen in den Krieg ziehen lassen."

„Kann man überhaupt segnen, wenn man töten soll?" fragt Angela kopfschüttelnd, dann nimmt sie sich des Hilflosen an, indem sie seinen Kopf an ihre Brust bettet und über sein Haar streichelt. Sie fühlt, daß diese Nacht ergebnislos an ihr vorübergehen wird. Ein Schatten ist in ihre leise Hoffnung gefallen, und Jakob ist nicht der Mann, diesen Schatten wegzuscheuchen. Nein, er ist zutiefst versunken in seine Traurigkeit, auch wenn er so zwischenhinein immer wieder versichert, daß es nicht der Krieg ist, der sein Gemüt so verdunkelt, sondern der Zwiespalt, bei ihm zu Hause. Dann auf einmal fragt er wieder, so wie er am Sonntagnachmittag im Moor drüben gefragt hat: „Du wirst doch auf mich warten, Angela?"

Angela nickt und möchte in die gleiche Traurigkeit versinken wie er, weil sie um ihre Erwartungen betrogen wird. Nicht er tröstet sie, sie muß ihn trösten, und sie kommt sich dabei vor wie eine Mutter, die ein Kind tröstet, bis etwas wie Unwillen sie übermannt.

„Sag einmal, Jakob, bist du Manns genug gewesen,

deinen Eltern zu sagen, daß du meinetwegen nicht Geistlicher werden willst?"

„Ja."

„Nun – und?"

„Sie hat dich verflucht und gibt dir alle Schuld."

„Aber du hast mich doch in Schutz genommen?"

Jakob hebt die Schultern und läßt sie wieder sinken.

„Wenn die Mutter redet, ist sie wie ein Uhrwerk, das abläuft, ohne daß man es aufhalten kann."

In dieser Minute erlöscht in Angela etwas. Es fällt zusammen wie die Glut eines Meilerhaufens, und sie rückt von ihm weg.

„Was hast du jetzt, Angela?"

„Ich hab dich für mehr gehalten, als du bist, Jakob." Sie steht auf und reicht ihm die Hand. „Leb wohl, Jakob. Ich wünsche dir, daß du alles gut überstehst. Ich habe es anders gemeint mit uns beiden, aber dir fehlt zu allem der Mut, Jakob."

Langsam geht sie auf das Haus zu. Jakob aber bleibt an der Mauer des Schafstalles stehen. Als sie unter der Haustüre nochmal den Kopf wendet, erschrickt sie, denn er steht so bleich und verlassen im Mondlicht, das verwirrende Schatten um seine Gestalt wirft. Einer davon sieht aus wie ein Grabkreuz. Da dreht sie sich nochmal um, legt ihre Arme um seinen Hals und küßt ihn. Küßt ihn auf den Mund. Es ist ein Kuß ohne Glut, und Jakob läßt ihn schweigend über sich ergehen, anstelle des Segens, den man ihm im Elternhaus verweigern will.

Da ist Otto Fischer schon ein ganz anderer Kerl. Er

kommt am andern Tag kurz nach der Mittagsstunde vor das Haus geprescht. Der vorher blaue Wagen hat bereits einen grauen Tarnanstrich, und Otto selber trägt auch nicht mehr die farbige Uniform, sondern ist in Feldgrau. Ein junger Leutnant ist er jetzt, der viel Zuversicht ausstrahlt. Der Röhrlvater betrachtet ihn eine Weile schweigend und fragt dann, was dies alles zu bedeuten habe.

„Ja, weißt du denn noch nicht, daß seit heute früh um 4 Uhr 45 zurückgeschossen wird?"

„So, so?" sagt Blasius. „Haben die andern zuerst hergeschossen?"

„Aber Röhrlvater, liest du denn keine Zeitung? Wahrscheinlich nur den lokalen Teil. Und was in der Welt so vor sich geht, interessiert dich nicht. Aber nur keine Angst, in ein paar Wochen ist alles erledigt, und wir sind wieder daheim."

„Das haben wir seinerzeit auch gehört. Weihnachten seid ihr wieder daheim, hat man uns gesagt. Ja, ich war dann Weihnachten schon wieder daheim, aber erst nach fünf Jahren."

„Ja, damals. Der Dolchstoß in den Rücken der Front. Diesmal ist alles ganz anders. Wir werden aus diesem Krieg geläutert und sauber heraussteigen wie aus einem Thermalbad."

„Das meinst du und deinesgleichen. Aber wer in das große Feuer hineingeschmissen wird, das sind keine Holzscheite, sondern junge Menschen, so wie du einer bist."

Der Röhrlvater hat wieder seine Gesichter, denkt Otto Fischer, wird aber doch ein bißchen nachdenklich. Er legt die eine Hand an das Koppelschloß und umfaßt mit der anderen Hand die Pistolentasche an der Seite. Das Ganze ist ein bißchen Verlegenheit, gerade so, als ob die Worte des Röhrlvaters sein Inneres gestreift und nicht ganz spurlos an ihm vorbeigeweht sind. Aber dann nimmt er forsch den Kopf zurück.

„Ja, ich weiß, Röhrlvater. Ein Krieg ist niemals ein Kinderspiel, und vielleicht bin ich auch so ein Holzscheit, das in die Glut geworfen wird. Aber jetzt muß ich mit Angela reden. Das da drüben ist jetzt ein kriegswichtiger Betrieb. Die Strickmaschinen müssen Tag und Nacht laufen."

Blasius deutet mit dem Kinn auf den ‚kriegswichtigen Betrieb' hin.

„Sie wird im Büro sein."

Angela hat ihn bereits gesehen. Sie schlüpft aus dem Arbeitskittel, schiebt den Sessel unter den Schreibtisch und zupft ein paar Wollfäden von ihrem Spenzer. Dann kommt sie heraus, reicht Otto die Hand und fragt:

„Bist du in Eile?"

„Ja und nein. Spätestens um zehn Uhr muß ich in der Kaserne sein. Und ich bin gekommen, Angela, um mich von dir zu verabschieden."

„Um zehn Uhr. Dann kannst du ja mit uns noch zu Abend essen."

„Im Augenblick ist mir nicht nach Essen zumute."

„Ja, ich sehe, du bist bereits in Feldgrau."

„Mein Regiment wird heute nacht verladen."

„Wie sich das anhört, verladen. Du sagst das so, als trätest du bloß eine Reise an."

„Nein, ganz so ist es nicht. Ich bin mir des heroischen Augenblickes voll bewußt, und ich hab dich nochmal sehen wollen, Angela."

„Es hätte mir leid getan, wenn du ohne Händedruck von mir fortgegangen wärst."

„Das hätte ich nicht können, ohne Händedruck und ohne Kuß."

„Ohne was?" fragt Angela und lacht.

„Du hast schon recht gehört, ich hab gesagt ohne Kuß."

„Dazu gehören aber zwei."

„Ganz recht. Du und ich. Aber müssen wir hier stehenbleiben?"

„Nicht unbedingt." Angela blickt zum Haus hinüber. Dort steht der Vater auf der Türschwelle, und es sieht so aus, als blicke er in die Ferne, aber er schaut doch unverwandt auf Angela und den jungen Mann in Feldgrau, der jetzt Angelas Hand in die seine nimmt und mit ihr am Schafstall entlangeht. Blasius öffnet den Mund, als wolle er Angela zurückrufen, aber dann bedenkt er, was alles auf so einen Menschen in Feldgrau wartet. Es kann eine Kugel sein, die ihn zum Krüppel macht oder der Tod selber.

Die beiden gehn am Werksgelände entlang und um die Ecke des Schafstalls. Dort scheint die Sonne noch an die braune Bretterwand und die lange Bank. Still und von keinem Lüftchen bewegt stehn die alten Apfelbäume, die sich weit nach hinten ziehn, und dort, wo sie enden, beginnt der schwarze Fichtenwald. Die Blätter der Apfelbäume haben sich schon verfärbt, nach einer frühen, noch nicht erwarteten Reifnacht. Es will Herbst werden, und zuweilen fällt ein reifer Apfel mit leisem Klatschen ins Gras. Sonst ist es traumhaft still ringsum, während weit in der östlichen Ferne bereits der Krieg dröhnt.

Angela putzt umständlich die Bank ab, auf der sie dann nebeneinandersitzen. Und sie erschrickt nicht, als der Soldat jetzt seine Schirmmütze ablegt, seine Stirn an Angelas Stirn lehnt und gleich mit seinem Geständnis herausrückt.

„Daß ich dich lieb hab, Angela, das mußt du doch längst gemerkt haben."

„Gesagt hast du das aber kein einziges Mal."

„Aber die Blumen hätten es dir sagen müssen."

„Blumen reden net, die duften bloß. Und warum sagst du es jetzt auf einmal?"

„Ja, warum sag ich es erst jetzt. Ich hätte vielleicht noch gewartet bis zum Winter. Ich hab auch nicht wissen können, daß da drüben im Osten das Feuer so schnell ausbricht."

„Und jetzt bist du noch zufrieden, daß es Krieg gibt. Der Vater hat oft gesagt: ‚In diesem Menschen glüht eine verborgene Flamme.'"

Otto Fischer umschließt mit beiden Händen Angelas Gesicht, hält es ein wenig von sich ab und schaut sie lange an. Auf seiner Stirn stehen plötzlich ein paar scharfe

Falten, und in seinen Augen ist etwas Nachdenkliches, als käme ihm erst jetzt zu Bewußtsein, daß es nicht der Sinn des Lebens sein kann, daß Menschen einander vernichten, nur weil es einige von ihnen so wollen. Das deutsche Volk kann sich das nicht mehr länger bieten lassen, sagen sie. Und das Volk, das sich durchaus einiges bieten lassen würde, es beugt sich und gehorcht. Das alles kommt Otto Fischer auf einmal in den Sinn. All die Jahre her hat er zu wenig gedacht. Er hat in einem Rausch gelebt wie Hunderttausende auch, und es hat erst dieser stillen Stunde und eines Mädchens namens Angela bedurft, um aus diesem Rausch aufzuwachen.

Es ist ganz still ringsum. Das Summen der Strickmaschinen hört man nicht bis hierher. Aber ein anderes Geräusch ist zu hören in den Augenblicken, da der Wind etwas stärker über die Baumwipfel des Waldes streicht. Dann hört man in der Ferne die Transportzüge über die Gleise fahren. Und Otto Fischer weiß, daß auch ein Zug mit ihm durch die Nacht fahren wird in Richtung Osten. Aber er weiß nicht, ob er mit irgendeinem Zug auch wieder zurückfahren wird. Dann aber reißt er sich von diesen düsteren Gedanken los, umfaßt Angelas Schultern und zieht ihr Gesicht zu sich her.

„Du hast mir noch keine Antwort gegeben, Angela. Ich hab gesagt, daß ich dich lieb hab. Ich weiß nicht, ob ich dir das je noch einmal werde sagen können. Darum laß mich nicht ohne Hoffnung fortgehen, Angela. Ich bin ja ein Narr gewesen, daß ich so lange geschwiegen habe und die Blumen habe reden lassen." Er schaut flüchtig auf seine Armbanduhr. „Es bleibt uns nicht mehr lange Zeit, Angela, und ich kann mir nicht mehr alles vom Herzen reden. Aber eins können wir noch."

Angela kommt gar nicht dazu, sich zu wehren, will es auch gar nicht, denn sein Mund ist über dem ihren, und es ist alles ganz anders, als es mit dem Krassinger Jakob gewesen ist. Das geht wie ein Sturmwind über sie hin, und es fällt ihr nicht schwer, ihre Arme zu heben, um sie um seinen Nacken zu schlingen, mit einer Kraft, als wolle sie ihn nie mehr loslassen. Dann schmiegt sie ihre Wange an die seine und flüstert:

„Du mußt mir wiederkommen, du Mann, du."

Er nickt nur und küßt sie immer wieder.

„Dann werden wir nie mehr auseinandergehen, Angela."

„Nein, nie mehr. Aber dann mußt du deiner Weltanschauung abschwören, Otto. Dann will nur mehr ich ganz allein deine Weltanschauung sein."

Ja, selbst das verspricht er in dieser Stimmung, die ihn wie Weltschmerz übermannen will. Er verwünscht die Zeit, die ihm davonzulaufen scheint. Immer wieder schaut er auf die Uhr. Sie drücken sich eng aneinander und schauen zu den Wolken auf, die hoch und langsam vorüberziehn und schon den rötlich, abendlichen Glanz bekommen.

„Ich schreib dir dann gleich meine Feldpostnummer", sagt er in das Schweigen hinein. „Und ich bitte dich, schreib mir auch gleich."

„Ja, Otto, ich werde dir so bald wie möglich schreiben. Hoffentlich finde ich auch die richtigen Worte."

„Laß nur dein Herz sprechen, dann finden sich die Worte von selber."

Die Zeit vergeht. Im Westen verglüht das Abendrot, und die ersten Sterne steigen auf. Auf dem Kirchturm läutet die Abendglocke, und den zwei jungen Menschen wird immer schwerer ums Herz. Sie haben etwas versäumt, sie haben die große Liebe an sich vorbeigehen lassen, und jetzt ist die Zeit zu knapp geworden; sie werden auseinandergehn und alles wie einen Traum zurücklassen, der sich erst erfüllen wird, wenn sie sich wiedersehen. Aber werden sie sich denn wiedersehen? Wird nicht vielleicht das Mädchen Angela einmal alleine auf der Bank sitzen, die Hände im Schoß gefaltet und jedesmal erschrecken, wenn eine Träne auf ihre leeren Hände herunterfällt? Schließlich geht Otto Fischer nicht nur auf eine Reise, von der er mit neuen Eindrücken wiederkehrt. Nein, Otto Fischer zieht in den Krieg, und nur Gott allein weiß, ob er den Soldaten Otto Fischer die heimatlichen Wälder nochmal rauschen hören läßt, wie jetzt zu dieser Stunde.

Nun hilft es nichts mehr. Die Stunde ist gekommen. Sie stehen alle um den Wagen herum. Angela, der Vater, die Mutter, die dem Soldaten noch ein paar Schmalznudeln auf den Beifahrersitz legt. Otto reicht allen die Hand. „Leb wohl, Mutter Barbara", sagt er, „mach's gut, Vater, und du, Angela, du weißt ja, wieviel für mich davon abhängt, daß ich an dich glauben darf."

„Ja, ich weiß es, Otto."

Angela beugt sich nochmal durch das herabgelassene Seitenfenster hinein und küßt ihn. Dann steckt Otto den Zündschlüssel hinein, der Wagen springt an. Staub wirbelt hinter ihm auf. In diese Staubwolke starrt Angela, bis der Nachtwind sie auseinanderweht und das Summen des Motorengeräusches nur mehr von ferne aus dem dunklen Wald zu hören ist.

Dunkel und ohne jedes Licht liegt das Dorf unter dem nächtlichen Himmel. Von nirgendher fällt ein Lichtschein heraus. Patrouillen gehn durch das Dorf und kontrollieren, was das Gesetz in bezug auf Verdunkelung vorschreibt. Nur den Mond kann niemand verdunkeln, Langsam zieht er am Himmel seine Bahn und läßt die Sterne um sich herum flimmern.

*

Ein paar Tage später kommt der Schäfer Sigmund mit der Herde heim. Angela steht mit über der Brust verschränkten Armen beim Brunnen und mustert mit schmalgeklemmten Augen die Herde. Viele Junge sind dabei, einige von den alten Schafen hinken, sind aber gut in der Wolle. Es ist wie jedes Jahr. Und doch ist etwas anders geworden. Simon hat soviel zu erzählen. Er sitzt später in der Stube und schneidet von dem Stück Rauchfleisch, das ihm Barbara vorgesetzt hat, hauchdünne Blättchen ab, weil er ja bloß mehr ein paar Zahnstumpen im Mund hat. Es ist viel geschehen in diesem Jahr, sagt er. In dieser bewegten Zeit, fügt er hinzu, eine Zeit, die selbst in das stille Leben eines Schäfers Aufregung gebracht hat. Überall sei er im Weg gewesen, und oft habe er mißbilligend den Kopf schütteln müssen, soviel Unruhe sei in allem gewesen. Ja, und nun habe man wieder einmal die Welt angezündet. Hier merke man das vielleicht noch weniger, hier liege ja alles noch in tiefem Frieden, und er sei froh, nun wieder daheim zu sein und endlich wieder einmal in einem richtigen Bett schlafen zu können.

Mit dem tiefen Frieden hat es nicht ganz seine Richtigkeit. Vier Männer hat Angela aus ihrem Betrieb verloren. Sie weiß kaum, wie sie die dringenden Aufträge schaffen soll, die keine Aufträge mehr sind, sondern schon Befehle. Angela weiß nicht recht, was sie mit dem Wort Konventionalstrafe anfangen soll. Aber mit einer solchen hat man ihr gedroht, wenn sie die Lieferfristen nicht einhalte. Sie habe jetzt einen kriegswichtigen Betrieb, und der habe sich den Gesetzen unterzuordnen.

Blasius macht ein ernstes und nachdenkliches Gesicht. Er versteht die Drohung genau und meint, Angela dürfe das nicht auf die leichte Schulter nehmen, denn wo die Macht sei, da habe man auch die Mittel, gegebene Anordnungen mit Gewalt durchzusetzen.

Der Strickereibetrieb ist noch auf den Namen Blasius Röhrl im Handelsregister eingetragen, weil Angela, der Kopf von allem, noch nicht volljährig ist. Jedes Schreiben, jede Anordnung ist daher an Blasius Röhrl gerichtet. Man will immer soviel von ihm wissen, und die Fragen sind der inneren Einstellung des Röhrlvaters zuwider; sie sind in ihrer hintersinnigen Art wie von Wasser umspülte Klippen, an denen man leicht ausrutschen kann, wenn man nicht Obacht gibt. Man will genau über die Struktur des Betriebes unterrichtet sein, über die Gesinnung und das Denken des Betriebsinhabers. Hätte Blasius diese Fragen nach seiner Gesinnung beantwortet, hätte man ihm unter Umständen daraus einen Strick drehen können. Aber diese Fragen beantwortet stets die achtzehnjährige Angela. Und obwohl man alles gnädigst zur Kenntnis nimmt, ist man der Meinung gewesen, die vier Mann aus dem Röhrlschen Betrieb seien für einen Feldzug wichtiger als für den Strickereibetrieb.

Zur Klärung dieser Frage muß nun einer wohl oder übel in die Kreisstadt fahren. Blasius ist allerdings nicht der richtige Mann, der Behörden gegenüber den richtigen Ton findet, so muß Angela wieder einmal in die Bresche springen. Sie fährt mit dem Frühomnibus, um im Landratsamt auf ihre Fragen Aufklärung zu erhalten, wie man die Auflagen erfüllen soll, wenn man vier Mann aus dem Betrieb zu Panzergrenadieren macht.

Angela hat eine nette, angenehme Art, ihre Fragen zu stellen. Und sie ist so schön anzusehen in ihrer jugendlichen Kraft, daß sie der junge Regierungsrat im Landratsamt mit außergewöhnlicher Liebenswürdigkeit behandelt, sich aber leider in der Sache nicht für zuständig erklärt und Angela den Rat gibt, sie möge sich vom Landratsamt, das ja nur die Vorstufe zum braunen Himmel der Macht sei, ins gegenüberliegende Haus begeben, dort wisse man sicherlich Rat und Hilfe.

Auf der Kreisleitung behandelt man Angela mit jener kumpelhaften Art, die man einem Mädchen ihres Aussehens, von dem man weiß, daß sie im Roten Kreuz eine Führungsstelle einnimmt, schuldig zu sein glaubt. Sie bringt ihre Fragen nun ein bißchen burschikos vor.

„Wie stellt ihr euch denn das vor?" fragt sie mit hart zusammengeschobenen Brauen. „Ihr nehmt vier Mann aus dem Betrieb und verlangt höhere Leistungen. Seid ihr denn alle vom Affen gebissen?"

Der Kreisamtsleiter, der für die Arbeitsfront zuständig ist, Bönitsch heißt er, verzieht wie im Schmerz die linke Gesichtshälfte. Er sitzt ein wenig klein hinter dem mächtigen Schreibtisch, und es ist nicht gut, wenn jemand so groß und schlank gewachsen, und wie es scheint, so ganz ohne Furcht vor der Macht steht. Darum bittet er mit einer Handbewegung, daß auch das Fräulein Röhrl Platz nehmen solle.

Als Angela dann sitzt, kommt auch seine linke Gesichtshälfte wieder zur Ruhe. Ja, Herr Bönitsch findet jetzt sogar ein wohlwollendes Lächeln. Man habe das alles längst bedacht und habe vorgesorgt. Der Röhrlsche Betrieb sei vorbildlich und leistungsstark. Dies alles stehe in den Akten, wenn man auch wisse, daß nicht Blasius Röhrl der leitende Kopf sei, sondern sie, die Tochter. Darum habe man großen Respekt vor ihr und wolle ihr auch die ‚gebissenen Affen' nicht übelnehmen. Das sei wohl die gesunde Sprache des Volkes. Der Kreisamtsleiter lehnt sich jetzt weit in seinem Sessel zurück und schaut zur hohen Decke hinauf, denn es handelt sich um ein altes Patrizierhaus, das man einem Juden weggenommen hat.

„Also, Fräulein Röhrl, wie gesagt, es ist für alles vorgesorgt. In etwa zehn Tagen kommen die ersten Arbeitskräfte aus Polen. Die werden auf die umliegenden Orte verteilt. Zwanzig Frauen sind für den Röhrlschen Strickereibetrieb vorgesehen."

„Polen?" fragt Angela erschrocken. „Aber die verstehn doch kein deutsch."

„Oh, die lernen es schon, müssen es sogar lernen, wenn Polen in absehbarer Zeit dem Großdeutschen Reich eingegliedert wird."

Angela denkt jetzt angestrengt nach, bis ihr die Frage einfällt:

„Und wo sollen wir die unterbringen?"

„Soviel ich unterrichtet bin, habt ihr doch einen riesigen Schafstall."

„Ja, für die Schafe, aber doch nicht für Menschen."

Herr Bönitsch rutscht jetzt wieder nach vorn und legt die Arme auf die Schreibtischplatte.

„Sie vergessen, liebes Kind, Sie vergessen, daß es sich bei diesen Menschen aus dem Osten um Menschen zweiter Klasse handelt. Es sind da genaue Richtlinien ausgearbeitet, an die man sich zu halten hat. Eine Fraternisierung soll es unter gar keinen Umständen geben."

Angela hätte nun am liebsten gesagt, daß sie nicht sein liebes Kind sei. Aber sie ist zu sehr mit dem Wort Fraternisierung beschäftigt und fragt daher:

„Eine Fraternisierung? Was ist das?"

„Das heißt soviel, wie keinerlei Freundschaft oder Verbrüderung. Und unter gar keinen Umständen darf gemeinsam an einem Tisch gegessen werden."

„Mit soviel Leuten ginge das sowieso net. Unsere Bauernstub'n ist klein. Wir müssen uns da schon was anderes einfallen lassen."

„Bei Ihrer Intelligenz wird Ihnen das nicht schwerfallen, Fräulein Röhrl. Übrigens, was anderes, wenn es erlaubt ist: Haben Sie schon Post von Otto?"

„Von wem?" fragt Angela leicht erschrocken.

„Ach, tun Sie doch nicht so. Wir wissen doch, daß er in Sie verliebt war bis über beide Ohren."

Angela schluckt. Sollte Otto Fischer sich hier mit etwas gebrüstet haben, zu dem er kein Recht hatte?

„Hat er das gesagt?"

„Nein, nein! Fischer ist kein Schwätzer. Aber wir wissen doch, daß er öfter zu Ihnen hinausgefahren ist. Immer mit Blumen. Er hat Sie doch auch einmal geknipst. Das Bild stand immer auf seinem Schreibtisch. Ebenfalls immer mit frischen Blumen geschmückt. Am Abend, bevor er ins Feld zog, war er nochmal hier auf der Dienststelle und hat sich den Dienstwagen ausgeliehen. Wohin sonst könnte er denn gefahren sein, als noch mal zu Ihnen hinaus."

„Ja, das stimmt. An dem Tag war er noch mal bei uns. Und damals hat er zum erstenmal gesagt, daß er mich liebt. Ob ich das glauben darf, weiß ich nicht."

„Aber sicher, Fräulein Röhrl. Fischer ist ein ernstzunehmender Mensch. Kein Bruder Leichtfuß. Auch ein äußerst pflichtbewußter Mensch, sonst hätte er sich bei Kriegsbeginn nicht sofort freiwillig gemeldet."

„Ach so? Freiwillig", sagt Angela ein wenig enttäuscht. „Das hat er mir gar nicht gesagt."

„Bei seiner glühenden Hingabe an das Reich und den Führer war das kaum anders von ihm zu erwarten."

Diese glühende Hingabe, denkt Angela, die hätte er besser und früher an mich verschenken können. Aber das kann sie hier schlecht sagen. Sie fragt nur noch, ob sie denn für die zwanzig Menschen auch Lebensmittelkarten zugewiesen erhalte.

„Aber natürlich. Was aber nicht heißen soll, daß Sie davon nichts für Ihr Haus abzweigen können. Diese Ostvölker dürfen nicht zu üppig ernährt werden."

Was Angela in diesem Augenblick denkt, das hätte den Kreisamtsleiter wahrscheinlich vom Stuhl gerissen. Ihr Gesicht ist ganz unbewegt, als sie jetzt aufsteht und sich verabschiedet mit einem ‚Grüß Gott', obwohl in diesen Räumen eigentlich anders gegrüßt wird.

*

An dem Tag, an dem die Polen ankommen, ist der Krieg in ihrem Lande bereits beendet. ‚Mit Mann, mit Roß und Wagen, hat sie der Herr geschlagen', tönt es mit gröhlender Stimme über die Lautsprecher.

An diesem Tag trifft auf dem Krassingerhof die Nachricht ein, daß der Sohn Jakob auf dem Felde der Ehre gefallen sei.

„Wo ist denn da die Ehre?" schreit die Krassingerin auf und rennt in den Hof hinaus, rauft sich die Haare und stößt ihren Mann zur Seite, der sie beruhigen will. Dann steht sie einen Augenblick ganz starr wie ein Denkmal aus Stein. In ihren Augen ist ein Glanz, als ob sie aus Eis wären. Dann hebt sie die Hand und deutet in die Richtung, wo man unter dem bunten Herbstlaub die Gebäude der Strickerei Röhrl sieht.

„Und an allem ist das Luder da hinten schuld. Hätt' die unserm Buben den Kopf net verdreht, dann wäre er Pfarrer geworden und hätte net einrücken brauchen."

„Grad so", will sie der Bauer beschwichtigen.

Aber die Krassingerin ist nicht zu beruhigen. Als dann am andern Morgen in der Zeitung steht, daß der Soldat Jakob Krassinger für Führer, Volk und Vaterland gefallen sei, bekommt sie förmlich einen hysterischen Anfall und will wissen, wer das von Führer und Volk in die Todesanzeige aufgenommen hat.

Dies sei so Vorschrift, sagt man ihr, und dann hat man die Schreiende in die Mehlkammer gesperrt, weil sie sonst vielleicht ein nie wieder gutzumachendes Unheil über den Hof gebracht hätte. Schreien ist zwar nicht verboten – noch nicht –, aber was da an unflätigen Worten hinausgeschrien wird, das ist nicht für jedermanns Ohren bestimmt. Die Krassingerin wird dann allmählich auch ruhiger und zu schwach, um bis in die Nacht hinein zu schreien, sie murmelt nur mehr vor sich hin und wird dann still wie ein Stein. Und sie bleibt schweigsam, bis man in der Pfarrkirche den Heldengottesdienst abhält.

Im Friedhof, Angela kommt gerade vom Grab der Brieglmutter her, trifft sie mit der Krassingerin zusammen. In dem schwarzen Gewand sieht Angela noch größer und schöner aus. Das blonde Haar sitzt ihr wie eine goldene Haube über der Stirn. Ihren Augen sieht man an, daß sie geweint hat, denn der Jakob ist ja vor seinem Tod noch mal bei ihr gewesen, ein müder, trauriger junger Mensch, den sie mütterlich hat trösten müssen und den sie zum Abschied noch geküßt hat. Wenn sie ihm auch nicht zugehörig gewesen ist, sie leidet wegen seines frühen Sterbens und meint, es seiner Mutter schuldig zu sein, ihr aufrichtig zu bekunden, daß auch ihr schwer ums Herz sei.

Die Krassingerin, bleich im Gesicht wie ein Leintuch, mit tiefen Falten um die Nasenwinkel, läßt ihre Eisaugen über Angela hingehen und sagt dann so laut, daß es alle Umstehenden hören können, es sei ihr nicht bekannt, daß auch Huren schwer ums Herz sein könne.

Alle sehen es, wie Angela erbebt, und wie ein ungeheurer Schreck ihre Augen weitet, um ihren Mund zuckt es, aber nicht eine Sekunde senkt sie die Stirn, obwohl ihr zumute ist, als brenne ein Schandmal darauf. Wortlos wendet sie sich ab, und da schreit ihr die Krassingerin noch nach, daß sie Gott einen zukünftigen Geistlichen weggestohlen habe. Angela dreht sich nicht einmal um, und niemand kann es sehen, wie ihr die Tränen über das Gesicht laufen. Niemand glaubt aber, daß die bösen Worte, die aus dem verbitterten Mund der Krassingerin gekommen sind, eine Berechtigung haben könnten, denn dazu ist Angelas Name doch zu gut angeschrieben.

Die Schultern eingezogen, geht sie dahin, und der Herbstwind weht den langen, schwarzen Rock um ihre Beine.

*

Was nun die Polen betrifft, sie bewegen sich am Anfang wie ein Häuflein verstörter Hühner, und der Schmerz um ihre geschlagene Heimat zeichnet sich in ihren Gesichtern ab. Auch die Angst durchweht wie ein eisiger Wind ihre Herzen und lockert sich erst allmählich zu Vertrauen, als sie merken, daß man ihnen in diesem Röhrlschen Betrieb nichts Böses will.

Blasius ist wieder in seinem Element. Mit Hilfe des Schäfers baut er an der Nordseite des Schafstalles aus gefugten Brettern einen riesigen Raum und stopft Glaswolle in die Zwischenräume der Bretterwände, er ist rührig und gewandt wie in seinen besten Jahren. Es ist gerade, als ob er mit grimmigem Ehrgeiz das Gegenteil von dem tut, was von oben her befohlen wird. So wird von oben her die Meinung vertreten, einfache Holzpritschen würden ohne weiteres genügen für dieses Volk aus dem Osten. Blasius aber ist für festgefügte Bettstätten mit einem gutgefüllten Strohsack und warmen Wolldecken, denn man muß auch an den Winter denken. Es bedarf hartnäckiger Verhandlungen, bis man die Wolldecken und die Strohsäcke genehmigt bekommt. Angela muß des öfteren in die Höhle des Löwen. Man nennt es Sturheit, mit der sie alles durchsetzen will. In ihren Akten wird fein säuberlich vermerkt: Äußerst aggressiv und in ihrer Aussprache nicht wählerisch. Ihre Linientreue steht auf wackeligen Beinen, und manchmal hat man den Eindruck, als fühle sie sich zur slawischen Lebensart hingezogen.

Herr Bönitsch, der Mann aus der Kreisleitung, sagt seinen Besuch an und schreit die Polen ganz ohne Grund an. Er nickt auch nur grimmig, als Angela ihm sagt, daß sie mit der Arbeitsleistung dieser Leute vollauf zufrieden sei, und es müsse ja beim Amt des Herrn Bönitsch vermerkt sein, daß die Produktion von Wollsocken und Strickwesten um 20 Prozent gestiegen sei.

„Ist vermerkt worden, jawohl", bestätigt Bönitsch notgedrungen und fügt hinzu: „Wär ja noch schöner, wenn es anders wäre. Man hat ja dieses Volk nicht zum Privatisieren herbeordert."

Man hat den großen Raum unterteilt in einen Schlafraum und eine Wohnküche. Dort steht in der Mitte ein Herd, in der einen Ecke ein großer Tisch mit Bänken, in der anderen ein Geschirrschrank. An den beiden Fenstern hängen bunte Vorhänge, auf der Mitte des Tisches steht eine große Vase mit bunten Astern. Mit steifen Beinen, die Hände hinter dem Rücken verschränkt, durchschreitet Bönitsch die Räume und hätte eigentlich zufrieden sein müssen über die Ordnung und Sauberkeit, die hier herrschen. Aber er konstatiert grimmig:

„Äußerst komfortabel hier alles. Entspricht nicht gerade meinen Anordnungen."

Angela, die neben ihm hergeht, lächelt auf ihre Art.

„Ich weiß nicht, was Sie erwartet haben. Was Ihre Anordnungen betrifft, die sind oft so verschwommen, daß ich mich gezwungen sehe, das richtige Mittelmaß zu finden."

„Was heißt hier Mittelmaß. Maßgebend ist die konkrete Erfüllung meiner Anordnungen, die ich ja auch nicht selber entwerfe, sondern die von den Stellen über mir kommen."

„Es ist nicht immer alles gut, was von oben kommt", sagte Angela, die allerdings weiß, daß man so was nicht sagen sollte. Aber sie ist nicht gewillt, für alles, was da befohlen wird, Erfüllungsgehilfin zu sein. Und als Herr Bönitsch jetzt fragt, wie es denn mit der Esserei sei, wird ihm geantwortet:

„Es wird reichlich und kräftig gekocht. Meistens nach der Art ihres Landes. Und es wird immer abgewechselt. Jede Woche hat eine andere Frau Küchendienst."

„So? Eigentlich war es so nicht gedacht", sagt Bönitsch indigniert.

„Wie denn sonst?"

„Weniger reichlich und weniger kräftig. Überhaupt sollte da jemand Neutrales am Herd stehen und die Portionen genau einteilen."

„Vielleicht könnten Sie uns aus dem Hotel Ritz jemand zuweisen."

Herr Bönitsch bekommt einen roten Kopf.

„Spott über eine große Sache ist so ziemlich das letzte, was ich von Ihnen hören möchte, Fräulein Röhrl. Sie vergessen immer, daß wir die Macht haben und die Mittel, unliebsame Spötter zum Schweigen zu bringen. Man sieht Ihnen vieles nach, aber das muß nicht immer so sein. Wenn unser Otto Fischer noch da wäre, der könnte Ihnen nichts anderes sagen."

Aber Otto Fischer ist nicht da. Seine Briefe kommen augenblicklich vom Saarland, wo sein Regiment liegt. Oh, seine Briefe, sie machen Angela glücklich, denn sie sprechen von glühender Liebe, es sind Geständnisse eines Herzens, aus dem Sehnsucht schreit. Sie kann nicht anders darauf antworten, als mit dem ernstgemeinten Versprechen: „Ja, lieber Otto, wenn dieser unsinnige Krieg vorüber ist, werden wir heiraten." Aber es sieht nicht so aus, als ob dieser Krieg schon bald vorüber wäre. Man liegt da draußen in Wartestellung, und wenn Ottos Briefe zensiert worden wären, so hätte man es sicherlich übelgenommen, daß da von einem unsinnigen Krieg die Rede war. Otto bittet Angela, doch einmal für ein paar Tage zu ihm zu kommen, weil er in diesem Wartezustand keinen Urlaub bekäme. Soweit hat Otto Fischer mit seinen Briefen sich schon in ihr Herz geschrieben, daß Angela ein kleines, braunes Köfferchen packt und ihren Leuten sagt, daß sie übers Wochenende zu Otto fahren wird. Sie sagt es so, daß eine Widerrede völlig zwecklos wäre. Blasius schaut sie nur lange an und meint dann:

„Ich nehme an, daß du in dein Herz lang genug

hineingehorcht hast, Angela. Für ein Abenteuer bist du mir nämlich zu schade."

„Ein Abenteuer ist es net, Vater. Ich glaub, so gut solltet ihr mich schon kennen. Ich hab' diesen flotten Burschen einfach lieb gewonnen, zumal ich weiß, daß sich sein früheres Flottsein gewandelt, daß sich die Flamme seiner Begeisterung etwas gelegt hat."

„Ja, so ein Krieg öffnet manchem erst die Augen", meint Blasius. Und dann fährt Angela. Sie weiß nicht wie es sein wird, aber Otto, der Leutnant Otto Fischer, nimmt sie auf dem Marktplatz des kleinen Städtchens gleich so ungestüm in seine Arme, als habe er nicht ein einfaches Mädchen aus den Bergen empfangen, sondern ein junge, blühende Frau, der nichts abgeht, als ein goldener Reif am Ringfinger der rechten Hand.

Otto hat Angelas kleinen Koffer in seine Hand genommen, und als er den rechten Arm ein wenig krümmt, hängt sie sich vertraulich ein und gibt schweigend ihr Einverständnis: ‚Führ mich hin, wo du willst, ich folge dir.' Es ist ein kleines, mittleres Hotel, in dem sie absteigen. Otto kann nicht die Nacht über bleiben. Für ihn ist um zehn Uhr Zapfenstreich. Angela ist erstaunt und sagt zuerst mit ablehnender Stimme:

„Ach so meinst du's. Ein paar Stunden Angela, und dann bin ich alleingelassen in einem fremden Ort. Dann morgen vielleicht wieder ein paar Stunden Angela, und ich kann wieder mein Kofferl packen."

„Ach, Angela, wenn du wüßtest, wie ich nichts anderes mehr in meinem Leben möchte, als immer bei dir zu sein. Wie ich mich nach dir gesehnt habe, das kann ich dir nicht sagen. Aber es gibt eben Gesetze, denen ich unterworfen bin. Morgen, am Sonntag, da hab ich den ganzen Tag frei bis wieder am Abend um zehn Uhr. Sei bitte mein vernünftiges Mädchen jetzt und verstehe das."

„Ja, Otto. Ich will es verstehn."

„Ach, Angela, wenn du wüßtest, wie schrecklich es war, und wie ich Gott danke, daß ich dich jetzt wiedersehen darf."

„Was? Du dankst Gott? Du hast doch einmal gesagt, es gäbe keine Götter, außer denen, für die du einen Eid abgelegt hast."

„Ein Krieg verändert so manches, Angela. Da ist es möglich, daß man sich auf die alten Werte wieder besinnt, die man einmal in einem guten Elternhaus mitbekommen hat. Aber laß uns jetzt nicht mehr davon reden, Mädchen. Laß uns von nichts anderem mehr reden, als daß wir uns liebhaben, und laß es uns so erleben, als würden wir uns später nie mehr sehn."

„Nein, so net, Otto. Du wirst wiederkommen. So lange wird doch der Krieg net dauern, ewig könnt ihr doch net in – wie hast du gesagt?"

„In Ruhestellung sein. Nein, so wird es nicht bleiben. Das Feuer glüht jetzt nur unter der Asche, ein Windhauch nur, und es werden die Flammenzeichen wieder rauchen, und tausendfaches Gebrüll wird die Erde erschüttern. Und du fragst dich dann nach dem Sinn und nach dem Warum."

Er ist ein anderer geworden, der Otto Fischer, irgendwie gewandelt, nachdenklicher, grüblerischer. Seine innere Einstellung hat einen Knacks bekommen, jedenfalls sieht es so aus, als sei er ein wenig aus der Fassung geraten, sonst hätte er sie jetzt nicht beschwören können:

„Du darfst nicht wieder fortgehen, Angela. Nie wieder."

Sie schaut lange in sein braungebranntes, ein wenig schmäler gewordenes Gesicht und legt dann beide Hände um seine Schläfen.

„Aber du Bub, du. Das weiß doch sogar ich, daß das net geht."

„Dann bleib wenigstens so lange, wie du kannst."

„Ich kann nur über den Sonntag. Du weißt ja gar nicht, was daheim alles auf mich wartet. Ich habe ja auch die zwanzig Polinnen im Betrieb."

„Ja, erzähle, wie geht es dir denn mit ihnen? Soweit ich die Polen kennenlernte, sind es gutwillige Menschen."

„Am Anfang waren sie recht verängstigt, aber jetzt haben sie volles Vertrauen zu mir. Sie haben nur noch Angst, wenn Bönitsch kommt."

Otto runzelt nachdenklich die Stirne.

„Ach ja, Bönitsch. Sei auch du vorsichtig, Angela. Bönitsch ist hinterhältig und bösartig."

„Ich weiß, aber ich biete ihm die Stirn. Ich hab keine Angst vor ihm, ich hab nur Angst um dich, daß du mir verlorengehst. Komm, laß uns nur von dir reden. Übrigens", sie umschließt plötzlich sein Gesicht und küßt ihn, „tausend Dank, lieber Otto, für deine schönen Briefe. Sie haben mir viel Kraft geschenkt, und wenn es

223

wahr ist, daß du mich so liebst, wie du schreibst, dann, Otto, dann könnte es einmal die Seligkeit auf Erden werden."

„Ich lüg dich nicht an, Angela. Du bist mir wirklich das Liebste auf Erden."

„Ich glaub, du mir auch."

Zuviel hat Otto auf diesem Gebiet noch nicht erlebt, und darum hat er noch viel Sinn für das Wunder, und er hätte sie am liebsten wie eine Gralsschale in seine Hände genommen, um zu beweisen, daß seine Scheu nichts Gespieltes und sein demütiges Werben um ihren jungen Körper nur eine große Bitte ist, um in dieser Stunde zu vergessen, daß die Kanonen wieder einmal dröhnen und die große Sense zu mähen beginnt.

*

Und das beginnt früher, als man denkt. Otto Fischer wird von der Sense erfaßt bei der Erstürmung eines Bunkers in der Maginot-Linie an einem Maientag, an dem ums Morgenrot noch die Lerchen über den Feldern gesungen haben.

Er hat sonst niemand auf der Welt gehabt, und darum sendet man ihr das kleine Päckchen, in dem nichts ist als ein nachträglich verliehenes Eisernes Kreuz, seine Armbanduhr und ein schmales Silberkettchen mit einer Madonna dran, das sie ihm beim letzten Auseinandergehen geschenkt hat. Ferner noch seine Brieftasche mit ihrem Bild und ein Brief vom Kompanieführer, daß den

Leutnant Otto Fischer in getreuer Pflichterfüllung eine Kugel mitten ins Herz getroffen habe. Es lügt sich gut aus der Ferne, und so ‚mitten ins Herz' ist ein guter Trost. So erfährt niemand, daß er unter den allesversengenden Strahlen eines Flammenwerfers verglüht ist.

*

Auf Angela wirkt diese Todesnachricht lähmend. Sie kann ihren Schmerz nicht hinausschreien wie die Krassingerin, es erfaßt sie vielmehr Verstörtheit, und in ihre Augen kommt ein fiebriger Glanz, wie man ihn bei Menschen findet, die von einem leisen Wahn umfangen sind.

„Warum?" fragt sie den Vater und denkt dabei an die Stunden des letzten Beisammenseins mit dem jungen, blühenden Menschen und an das stille Lächeln des Glücks, nachdem sie einander in Liebe umfangen hatten.

Die Maschinen surren, die Webstühle klappern, und die Bäume haben zu blühen angefangen. Angela hört und sieht von all dem nichts. Die Hände vor der Brust gefaltet, steigt sie den Bergwald hinan, bis dorthin, wo die Almgründe beginnen und man von einer kleinen Blöße aus den See drunten schimmern sieht, das Dorf mit seinen roten Dächern und den spitzen Kirchturm. Alles leuchtet und glänzt unter dem hohen Maienhimmel. Regungslos sitzt sie dann zwischen zwei großen Baumwurzeln, und sie hebt keine Hand, die Tränen fortzuwischen. Sie rinnen langsam die Wangen herab und tropfen vom Kinn. Und in diesem regungslosen Hinstarren spürt sie, wie etwas in ihr aufzusteigen und zu wachsen beginnt, etwas, das in diesem Augenblick viel stärker ist als der kurze Traum ihrer Liebe. Ist Haß der stärkere Bruder der Liebe? Haß gegen jene, die diesen Krieg vom Zaun gebrochen haben? Und das kann ja nicht einer allein gewesen sein, wie man später einmal sagen wird. Die armen kleinen Menschen wollen ja einander gar nicht umbringen. Es sind immer nur ein Dutzend Mächtige und Große verschiedener Sprachen, die zum Völkermord aufrufen im Namen ihrer Völker.

Es dunkelt schon, als Angela an diesem Abend nach Hause geht. Das Abendessen steht für sie auf dem Tisch. Sie sieht es kaum, nickt dem Vater und der Mutter nur stumm zu und geht die Stiege hinauf in ihre Kammer. Ganz still liegt sie auf dem Bett und hört, wie mit leisem Windrauschen die Nacht über das Land geht. Einmal hört man in der Ferne einen Hund bellen, und wenn die Kirchenuhr schlägt, dann ist es, als knarze es dabei im Glockenstuhl.

Wenn Angela sich aufrichtet, sieht sie über dem schwarzen Wald die mächtigen Umrisse der Berge und über ihnen, in einem nachtblauen Himmel, eine glitzernde Sternenwiese, über die mit langsamen Schritten der tote Soldat Otto Fischer hingeht. Und einmal, ja, wirklich, da bückt er sich, pflückt eine von den Sternblumen und läßt sie auf sie herunterfallen, mitten in ihr verwaistes, leiddurchzucktes Herz.

*

Immer schwerer, immer ernster wird die Zeit, und immer öfter wird in der Kirche ein Heldengottesdienst für einen der gefallenen Heimatsöhne abgehalten.

Wer mitdenkt und mitrechnet, der sagt es dem andern, der weniger mitdenkt, daß dieser Krieg bald einmal zu Ende sein wird. Stalingrad ist gewesen, und im Westen sind die Amerikaner gelandet. Mit der Zeit aber merken sie, daß es noch zu früh ist, ein weißes Bettlaken bereitzuhalten, um es zu gegebener Zeit über das Balkongeländer zu hängen, als Zeichen der Ergebung.

Ja, dazu ist es noch zu früh. Auf den Schlachtfeldern ist noch zu wenig gelitten worden, und die Heimat ist noch nicht ganz zermürbt. Das Leben läuft weiter, die Strickmaschinen im Röhrlschen Betrieb werfen weiterhin Pullover und Socken aus. Dorthin kommt auch nach wie vor der Bönitsch aus der Kreisstadt, um zu kontrollieren, wo es gar nichts zu kontrollieren gibt. Und er schreit wie eh und je, bloß daß es sich jetzt oft so anhört, als schreie er in den Wind hinein und daß ihm jetzt entgegengeschrien wird. Angela ist nämlich längst nicht mehr das Mädchen, dem man Furcht einjagen kann. Seit ihr der Krieg das Liebste genommen hat, ist sie wie verwandelt, und es kommt zu immer heftigeren Auftritten zwischen ihr und dem Mann aus der Kreisleitung. Herrn Bönitsch ist das peinlich, denn mit der Zeit haben die Polen alle so leidlich deutsch gelernt, daß sie mitbekommen, was ihm da alles an den Kopf geschleudert wird. Das kann auf die Dauer nicht gutgehen, das Pendel schlägt zuungunsten Angelas aus, zumal es im Pfarrdorf Hierling auch ein paar Judas Ischariots gibt, die alles nach oben berichten. So füllt Angelas Sündenregister bald einen Ordner. Dort ist aktenkundig, daß diese Angela Röhrl oft bis Mitternacht im Aufenthaltsraum der Polinnen sitzt und deren wehmütigen Liedern mit Hingabe lauscht. Daß sie dabei Apfelmost und Wurstbrote kredenzt. Es ist ferner vermerkt, daß diese Röhrl den Pfarrer von Hierling, der sie vor zweiundzwanzig Jahren einmal auf einer Alm getauft haben soll, überredet hat, in der Osterwoche einmal um Mitternacht in der Polenunterkunft eine Messe zu lesen und allen, einschließlich der Röhrl, das Brot des Herrn zu reichen. Das ist für die Kreisleitung das rechte Fressen. An einem Morgen kommt Bönitsch angefahren und verlangt, sofort die Röhrl zu sprechen. Er sagt schon lange nicht mehr Fräulein Angela, sie ist jetzt einfach ‚die Röhrl'. Die berüchtigte Röhrl. Sie bittet ihn ins Büro, bietet ihm Platz an und ordnet dabei ein paar Schriftstücke auf dem Schreibtisch. Dann hebt sie den Kopf und fragt:

„Was ist jetzt wieder los, daß Sie schon am frühen Morgen daherkommen?"

„Das Faß ist voll, es ist übergelaufen, wenn Sie verstehn, was ich meine."

„Nicht ganz. Sie müssen sich schon deutlicher ausdrücken."

Bönitsch nimmt einen Ordner aus seiner Aktentasche und blättert ein wenig darin. Dann hebt er ruckartig den Kopf.

„Stimmt es, daß der Pfarrer von Hierling in der Polenunterkunft eine Messe abgehalten hat, an der auch Sie teilgenommen haben?"

„Ja, warum? Ist das vielleicht verboten?"

Bönitsch sieht sie über den Schreibtisch hinweg mit halb zugekniffenen Augen an. Dann holt er tief Atem.

„Sagen Sie einmal, Röhrl, sind Sie so dumm, oder stellen Sie sich nur so? Sie wissen doch ganz genau, daß das gegen die Vorschriften ist. Wenn hier bis Mitternacht gesungen wird, dann können die Slawenweiber tagsüber nicht hundertprozentig bei der Arbeit sein. Und das ist Sabotage, wenn Sie mich recht verstehn. Und Sie selber sabotieren mit, da Sie dauernd unsere Vorschriften mißachten."

Bönitsch beachtet in seinem Eifer nicht, daß sich Angelas Brauen immer enger zusammenziehen, bis eine messerscharfe Falte über ihrer Nasenwurzel steht. Dann lehnt sie sich zurück und sagt mit ziemlich heller, tragender Stimme:

„Rutschen Sie mir doch mit Ihren ewigen Vorschriften den Buckel runter. So ein Blödsinn! Verminderung der Arbeitsleistung wegen ein paar Liedern. In Wirklichkeit haben wir das Soll übererfüllt, wenn Ihnen das entgangen sein sollte. Wenn es nach Ihnen ginge, müßten diese armen Menschen freilich weinen statt singen. Gott sei Dank geht es aber in diesem Betrieb nicht nach Ihnen, sondern nach mir."

„Aber nicht mehr lange, wenn Sie in diesem anmaßenden Ton weitersprechen."

„Und gerade das werde ich tun. Von Ihnen lasse ich mir den Mund noch lange nicht verbieten. Ich frage mich schon länger, warum Sie hier und anderswo immer herumschnüffeln. Warum sind Sie eigentlich nicht dort, wo geblutet und verblutet wird, im Osten oder im Westen?"

Aschfahl ist Bönitsch geworden. Mit zitternden Händen packt er seine Papiere in die Aktentasche und steht auf.

„Das war zuviel. Sie werden noch von uns hören."

Wie von einer Zentnerlast befreit, atmet Angela ein paarmal tief durch. Dann schaut sie zum Fenster hinaus, sieht, wie Bönitsch in den Wagen steigt, die Wagentüre krachend zuschlägt und mit aufheulendem Motor davonfährt.

Blasius steckt seinen grauen Kopf zur Tür herein.

„Kindl, Kindl, jetzt, mein ich, hast du zuviel gesagt."

„Aber ich fühle mich erleichtert Vater. Einmal hat es ja dazu kommen müssen. Komm, sorg dich net. Ich werde schon fertig mit denen." Sie lacht ganz herzhaft und wirklich wie befreit. „Wenn ich ein Bub wär, dann könnten sie mich jetzt vielleicht einziehen. Aber als Mädl geht das doch net gut."

Der Vater lacht wohl ein bißchen mit, aber es ist ihm nicht ganz wohl dabei. Er denkt wieder in verschiedenen Gleichnissen, und er denkt auch daran, daß der Herr einmal gesagt haben soll: ‚Mein ist die Rache.'

*

Die Rache läßt nicht lange auf sich warten. Genau eine Woche später wird der Betriebsinhaberin Angela Röhrl schriftlich mitgeteilt, daß sie einen Kriegsversehrten zugeteilt erhalten wird. Es sei ein erstklassiger Fachmann, der keiner langen Einweisung bedürfe.

Der Mann heißt Konrad Hofleitner und hat nur noch einen Arm. Der andere, sagt er, läge irgendwo bei Smolensk. Er weiß Bescheid über Angela, sagt aber gleich, daß er ihr keinerlei Rechte abschneiden wolle und daß sie – so hoffe er wenigstens – gut miteinander auskommen werden.

Natürlich hätte es keines Betriebsleiters – es fällt auch das Wort Treuhänder – bedurft, denn besser kann ja der Betrieb gar nicht geleitet werden. Aber man will die Rache nicht nur tropfenweise versprühen. Der Rest kommt dann eine Woche darauf mit einem Einschreibebrief, der nichts anders ist als ein Gestellungsbefehl für die Rotkreuzschwester Angela Röhrl. Am fünfzehnten des Monats habe sie sich an der unten bezeichneten Sammelstelle zu melden. Da erst begreift Angela, daß es sinnlos ist, sich als kleiner Mensch mit der Macht anzulegen und daß die Macht den längeren Arm hat. Man kann von ihr wie eine Null zertreten werden.

Angela versteht, was das bedeutet und nimmt nach dem ersten Schreck diesen Befehl als Schicksal hin, das ihr auferlegt worden ist und mit dem sie fertig zu werden hat. Die Familie aber gerät in einen Zustand der Bedrücktheit und Wut, und Mutter Barbara redet in ihrer Naivität davon, daß Angela sich verstecken solle, im

Moor vielleicht, hinter dem See, in den Wäldern oder auf einer der Almen. Aber Angela hat ja auch das Kleingedruckte auf der Rückseite gelesen, wo unter Paragraph IV steht, daß derjenige, der diesem Einberufungsbefehl nicht Folge leistet, mit dem Kriegsgericht zu rechnen hat.

Es gibt noch viel mit Hofleitner zu besprechen, und es ist ein kleiner Trost, daß es sich bei ihm wirklich um einen versierten Fachmann handelt, er ist Ingenieur und hat vor dem Krieg im Vogtland eine Baumwollspinnerei geleitet. Er verfügt nicht nur über große Kenntnisse, was Garn, Wolle und Maschinen betrifft, Angela imponiert am meisten die Art seiner Menschenführung, auch wenn diese Menschen eine andere Sprache sprechen. Solange Angela noch da ist, ändert sich überhaupt nichts. Aber unerbittlich rückt der Tag ihrer Einberufung näher.

Es ist noch dunkle Nacht, als sie sich auf den Weg macht, sie hat die Mutter noch nie so weinen sehen wie in dieser dunklen Morgenstunde. Es hat in der Nacht geregnet. Kein Stern braucht zu erlöschen, weil keiner sichtbar ist. Über dem See liegt ein leichter Glanz, als ob sich hinter den Wolken ein Morgenrot andeuten möchte, das aber nicht durchkommen kann. Ja, das Dorf schläft noch, und der Tau tropft von den Bäumen ins Gras. Und der Regenvogel ruft sein klagendes Lied in den erwachenden Morgen.

*

Fünfundzwanzig solcher Schwestern sind es, die an einer Sammelstelle eingekleidet werden, und ein alter Stabsarzt gibt ihnen noch Instruktionen. Seine Stimme ist müde und ein wenig traurig, auch wenn er den Dornenweg nicht genau beschreibt, den sie zu gehen haben. Er hat Mitleid mit diesen halben Kindern, denn es sind ja nicht alle zweiundzwanzig wie Schwester Angela Röhrl, sie sind körperlich nicht so gebaut wie sie, und es steht auch keiner diese trotzige Entschlossenheit im Gesicht, mit der sie ihr Schicksal zu tragen bereit ist – mit dem Gedanken im Hintergrund, dem Mann von der Kreisleitung alles heimzuzahlen, wenn einmal alles vorbei ist. Jenem Herrn Bönitsch, dem sie es zu verdanken hat, daß sie jetzt in einem rüttelnden Eisenbahnwaggon durch ein fremdes Land nach Osten rollt. Hinter den zwei Personenwagen sind eine lange Reihe von Güterwagen angehängt, vollgestopft mit Soldaten der Reserve.

Angela steht an einem der Abteilfenster und sieht in das abendliche Land hinaus, und das Herz wird ihr dabei schwer. Es ist alles so fremd hier und so kahl. Keine Berge gibt es hier, keine Wälder, ja selbst die Vögel, die man aus den Feldern aufsteigen sieht, sind ihr fremd. Sie spürt den Faden, der ihr Herz noch mit der Heimat verbindet, immer länger und dünner werden, bald wird er ganz reißen, dann ist sie erst voll der Fremde ausgeliefert.

Sie läßt ihr bisheriges Leben an sich vorbeiziehen. Es hat eigentlich aus nichts als einer großen Menge Arbeit und Aufgaben bestanden. Das kommt ihr jetzt erst alles zum Bewußtsein. Der Aufbau der Strickerei ist eigentlich ein gewaltiges Werk gewesen, das mühsame Heranzüchten der Schafherden, der Umbau und Ausbau der Gebäulichkeiten. Der Vater hat seine ganze zähe Kraft mit hineingeworfen, aber gedacht und geplant hat immer nur sie, das Mädchen. Wo andere in ihrem Alter an die Liebe denken und sich umschmeicheln lassen, hat sie stur nur an ein Ziel gedacht. Die Freuden der Jugend und des Lebens sind an ihr vorbeigeglitten. Und als sie einmal die Hände nach ein bißchen Glück gestreckt hat, am Seeufer zwischen Moos und Schilf, da ist bereits die dunkle Wolke aufgezogen. Jakob hat sie nicht erobern können, er hat geweint an ihrem Herzen. Und nun gibt es keinen Jakob mehr. Dann ist die Liebe gekommen, zu jenem jungen, glühenden Otto Fischer, der wie ein Gott in ihr Leben gekommen ist. Aber es hat auch hier nicht zur letzten Entfaltung gereicht, zur Vollendung. Vielleicht hätte sich daraus noch etwas Blutvolles gestaltet, eine Liebe fürs ganze Leben mit Kindern in der Wiege und feierabendlichem Gezärtel unterm alten Kastanienbaum. Wer kann das wissen, denn bevor sie auch die Seele des jungen Gottes hatte entdecken können, hat der Griffel des Krieges seinen Namen ausgelöscht. Nein, sie hat kein Glück, was Männer und Liebe betrifft. Sie denkt auch an daheim, sie sieht die Mutter mit dem Melkkübel aus dem Stall kommen, dann wird sie mit ihrem unvermeidlichen Strickzeug im Ofenwinkel sitzen, und der fette Kater Leopold wird schnurrend in der warmen Mulde ihres Schoßes liegen. Und der Vater wird beim Wirt seinen

Dämmerschoppen genießen. Im Betrieb wird Feierabend sein, und der Abendwind wird um die Kanten und Ecken des Schafstalles wehen.

Nach zwei Tagen Fahrt, in einer schwarzen Regennacht, werden sie ausgeladen, während der Zug mit den Soldaten noch etwas weiter fährt. Die Schwestern, sechs an der Zahl, werden in ein Auto verfrachtet und in das nächste Feldlazarett gefahren. Weiter vorn zerreißt greller Feuerschein den Horizont. Der Wind trägt das polternde Einschlagen durch die Nacht.

Eine von den jungen Schwestern klammert sich zitternd an Angela.

„Ich habe Angst", flüstert sie. „Nimm mich ein bißchen in deinen Schutz. Von dir geht soviel Ruhe aus."

Angela legt ihren Arm um die schmalen Schultern des Mädchens. Sie selber kann nicht sagen, was in ihr vorgeht, ob es Angst ist, oder nur die dumpfe Ergebenheit in das Schicksal, das sie selber heraufbeschworen hat, denn wahrscheinlich hätte sie der Krieg nicht in seine stählernen Klauen geschlossen, wenn sie duldsamer und vor allem schweigsamer gewesen wäre. Aber sie hat die Macht verkannt.

Der Wagen rüttelt auf der schlechten Straße hin und her, und der Regen fällt schräg auf das Zeltplanendach über ihren geduckten Köpfen.

*

Wenn der noch junge Stabsarzt mit dem zernarbten Gesicht ein Bein vom Körper eines Soldaten abgetrennt und es achtlos beiseite gelegt hat wie ein Buchenscheit, wischt er sich mit dem schweißtriefenden Ärmel seines Kittels die Stirne ab. Dann schaut er Schwester Angela an, und die weiß, was sie jetzt zu tun hat. Sie zündet eine Zigarette an und steckt sie ihm zwischen die Lippen, während er sich die Hände wäscht. Wenn er die Zigarette geraucht hat, schaut er sich bereits den nächsten an, den man auf den Tisch gelegt hat. Dann kann es sein, daß er den Kopf schüttelt und sagt: „Ist bereits zu spät. Der Nächste."

Stundenlang geht das so fort, und einmal, in einer kurzen Pause der Erschöpfung, sagt er zu Angela:

„Für dich, Mädchen, ist es wohl furchtbar."

Angela weiß nicht, ob es noch furchtbar ist. Am Anfang, ja, da war es noch furchtbar gewesen. Aber sie ist nicht ohnmächtig geworden wie Schwester Martha, das halbe Kind, das immer noch ihren Schutz sucht. Fast mechanisch greift sie zu, wenn der Arzt seine Orders gibt: „Schere, Säge, Skalpell, Nadel, Faden."

Schwer ist für Angela nur die Mißachtung allen Lebens, das schwere Stöhnen der Verwundeten, die Vernichtung aller geheiligten Bilder, die sie aus der Heimat in sich trägt, die Zerstörung ringsum, als sei ein Gewitter aus Stahl und Eisen über die arme Erde gegangen. Angela hat nicht viel Zeit, nach dem Sinn dessen zu fragen, was um der angeblichen Ehre des Vaterlandes wegen geschieht, denn sie ist fast pausenlos im Einsatz. Wenn die andern Schwestern erschöpft zusammenbrechen, steht dieses Kind aus den Bergen, wie sie der Stabsarzt nennt, immer noch wie ein Baum aus ihren heimatlichen Wäldern. Aber auch Bäume werden in ihren Wurzeln locker, wenn sie dauernd Stürmen ausgesetzt sind. Windwurf sagt man, wenn sie daliegen und die Äste wie anklagend gen Himmel strecken.

Es kommt auch vor, daß ein Hagelwetter aus Stahl über das Feldlazarett geht, wenn nicht gar auf es selber niederrauscht. Dann wird es Zeit, das Lazarett weiter westwärts zu verlegen. Immer nach Westen, nie mehr nach Osten.

Eines Tages wird es dann auch für Schwester Angela zuviel, Fieber wütet in ihrem Körper, aber sie erfüllt immer noch ihre Pflicht, nicht dem Reich, aber den armen, geschlagenen Menschen zuliebe. Der Stabsarzt beobachtet sie ein paar Tage, dann nimmt er Angela in einer kurzen Pause beiseite.

„Hör einmal, Mädchen, zu sechst seid ihr mir zugeteilt worden. Du bist die einzige, die durchgehalten hat. Aber nun geht es auch mit dir nicht mehr. Ein paar Tage noch, dann brichst du mir zusammen. Ich hab schon alles vorbereitet, den Fahrschein, den Marschbefehl. Pack deine Sachen zusammen, in zwei Stunden fahren ein paar Lastwagen mit Verwundeten in Richtung Lemberg. Dort steigst du in den Zug und fährst nach Bad Wormstein. Dort meldest du dich im Standortlazarett beim Oberstabsarzt Bolz. Der weiß bereits Bescheid. Also, Glückauf, Schwester Angela. Du wirst mir sehr abgehen, aber es wäre sinnlos, auch dich noch zu opfern, wenn hier über kurz oder lang alles drunter und drüber geht."

Angela hat Tränen in den Augen, als sie dem Stabsarzt die Hand gibt. „Leben Sie wohl, Doktor." Dann wendet sie sich schnell ab und packt ihre Sachen zusammen.

*

Angela weiß nicht, wie lange sie geschlafen hat, und als sie in dem Bett mit der schneeweißen Bettwäsche aufwacht, ist ihr, als sei alles ein Traum. Erst allmählich tasten sich ihre Sinne in die Wirklichkeit hinein, die lange nicht mehr so grausam ist wie die jüngste Vergangenheit.

Das ehemalige Kurhaus in Bad Wormstein hat man in ein Lazarett umgewandelt. Hier ist alles still. Man hört wieder Bäume rauschen und Vogelstimmen, man hört nicht mehr das Gebrüll des Krieges, und der große Tod ist hier ferner. Wohl geht auch hier zuweilen der Sensenmann durchs Haus, wie man ihr bei der Ankunft gesagt hat, aber nur selten. Hier gibt man sich alle Mühe, die Männer, die der Tod schon gestreift hat, zusammenzuflicken, um sie wieder hinausschicken zu können, wo sie abermals dem Tod begegnen, der ein zweitesmal dann vielleicht um so wilder zuschlägt, weil er zornig ist, das erste Mal nur halbe Arbeit geleistet zu haben. Wieder andere werden hier soweit zusammengeflickt, daß man sie nach Hause schicken kann, mit einem oder mit gar keinem Bein mehr, oder nur mit einem Arm, wie jenen

Konrad Hofleitner, in dessen Obhut ihre Schafe, die Wolle, die Maschinen und die Menschen gegeben worden sind. Er verwaltet alles, bis sie wiederkommt, so schreibt der Vater in seinen kurzen Briefen.

Die Briefe des alten Blasius sind kurz, aber gefährlich, so daß ihn Angela bitten muß, vorsichtiger zu sein, weil sie sonst Angst hat, ihn nicht mehr zu sehen. Er solle lieber vom Durchhaltewillen und vom Glauben an den Endsieg schreiben, als das Ganze als einen Schwindel zu bezeichnen.

An all das muß Angela denken, während sie sich ankleidet. Alles ist neu, einschließlich der weißen Haube mit dem roten Kreuz über der Stirn. Sie betrachtet sich im Spiegel und denkt an die zerlumpten, blutverschmierten Fetzen, mit denen sie hier angekommen ist. Danach steht sie eine Weile am Fenster und schaut hinunter in den Park. Neben den kiesbelegten Wegen stehen rote und weiße Ruhebänke, auf denen Verwundete sitzen. Manche werden von einem Kameraden oder einem Sanitäter in einem chromblitzenden Wägelchen mit Gummirädern geschoben. Viel Elend auch hier, wenn auch nicht mehr so grausam.

Vorsichtig wird die Tür geöffnet. Eine Schwester streckt den Kopf herein und lächelt:

„Ach, bist du nun wach?" Sie kommt auf Angela zu und reicht ihr die Hand. „Ich bin Schwester Isabella. Und du bist Schwester Angela, wie ich aus deinen Papieren gesehen habe. Sei von uns allen herzlich begrüßt."

Angela nickt und sieht die andere lange an. Sie schaut

rosig und gesund aus, und in ihrem Gesicht zeichnen sich keinerlei Strapazen ab.

„Ja, Angela heiße ich, mit Zunamen Röhrl. Wie lange habe ich denn geschlafen?"

„Die ganze Nacht – und bis jetzt."

„Und wie spät ist es jetzt?"

„Halb fünf Uhr nachmittags."

„So lange hab ich nimmer geschlafen, seit ich als Kind die Masern gehabt habe. Aber jetzt muß ich wohl zum Chef. Wo finde ich ihn?"

„Komm, ich begleite dich."

Es ist so ruhig auf den Gängen. Kein Stöhnen und Schreien mehr. Die Türen sind alle weiß lackiert. Der lange Gang ist mit einem Läufer belegt. Einmal bückt sich Angela und faßt das Gewebe an.

„Keine reine Wolle", sagt sie. „Das sind Kunstfasern."

In diesem Augenblick biegt ein Verwundeter auf Krücken um die Ecke. Es fehlt ihm der rechte Unterschenkel. Als sie auf gleicher Höhe sind, bleibt der Verwundete mit einem Ruck stehen, als habe ihn ein Blitz getroffen. Er starrt Angela ins Gesicht. Auch Angela gibt es einen Riß. Sie starren einander an, bis der Verwundete seine Krücken wieder ansetzt und langsam weitergeht. Die Schwester Isabella sagt versonnen:

„Nein, wie so was möglich ist."

„Was meinst du, Isabella?"

„Ich meine, daß zwei Menschen soviel Ähnlichkeit miteinander haben. Und wie er dich angeschaut hat. Du ihn aber auch. – Hier, Angela, klopf an, hier haust der Chef des Hauses, der Oberstabsarzt Dr. Bolz."

„Wie ist er denn?"

„Er verlangt von uns Schwestern nicht mehr, als er selber tut, und das ist manchmal sehr viel. Also klopf schon an."

Doktor Bolz ist ein älterer, weißhaariger Mann, der ein bißchen lächelt, weil sich diese Neue so vorschriftsmäßig meldet: „Schwester Angela meldet sich zur Stelle."

Er steht auf und reicht ihr die Hand. Dann deutet er auf den Stuhl gegenüber dem seinen.

„Sie sind also die Neue, die aus der Hölle kommt." Er zieht Angelas Personalakte hervor. „Sie heißen Angela Rohrl."

„Nein, Röhrl."

„Ach ja, Röhrl heißt das. Dem Dialekt nach kommen Sie aus Bayern?"

„Aus Oberbayern, Herr Oberstabsarzt."

„Als Sie gestern ankamen, sagte mir einer von den Oberärzten, Sie seien gesundheitlich in einem Zustand, daß wir mindestens vierzehn Tage brauchten, um Sie wieder aufzupäppeln."

Angela lächelt müde und denkt wieder an die seltsame Begegnung vorhin im Gang draußen. Blond ist er, denkt sie, hellblond, und seine Augen sind von einem so seltsamen Blau.

„Ich hatte drei Tage und drei Nächte nicht mehr geschlafen. Herr Oberstabsarzt. Jetzt fühle ich mich aber wieder ganz frisch."

„Das freut mich zu hören. Aber spannen Sie ruhig zunächst einmal ein paar Tage aus. An sich ist es ja eine Schande, daß man Mädchen Ihres Alters –" Er verstummt plötzlich, als hätte er Angst bekommen, das zu sagen, was er denkt. „Im Grunde genommen wären Sie für einen Heimaturlaub reif. Mal sehen, was sich machen läßt."

Es läßt sich aber nichts machen, denn am späten Abend trifft ein Transport mit über hundert Verwundeten ein. Das Haus ist nun bis unter das Dach voll, und als Angela, ohne dazu aufgefordert zu sein, zugreift, hat sie sich schweigend wieder eingeordnet in die Pflicht, weil es das Mitleid mit den stöhnenden Menschen verlangt. Von Urlaub ist dann keine Rede mehr.

*

Zwei Tage später hat sie den Chef zur Visite zu begleiten. Was für ein Unterschied, denkt Angela, zwischen diesem Haus mit der Sauberkeit und peinlichen Ordnung gegen das Feldlazarett. Hier saubere Betten mit weißen Bezügen, eine Tafel mit Fiebertabelle und dem Namen des Verwundeten. Etwa zwanzig Betten stehen in dem einen Saal. Zu jedem einzelnen gibt Dr. Bolz eine kurze Erklärung ab.

Im letzten Bett, das am Fenster steht, richtet sich einer auf. Die Morgensonne fällt zum Fenster herein und flimmert in seinem blonden Haar, das vom Liegen etwas zerrauft ist. Hastig fährt er sich mit den Fingern durch das blonde Gewirr und bringt es ein wenig in

Ordnung. Jetzt steht die Visite vor ihm. Angela liest auf der Tafel: Gefreiter Ambros Höllriegl, Amputation des rechten Unterschenkels. Fieber: 37,6.

Dr. Bolz gibt seine Erklärung und fügt noch hinzu: „Übrigens, Schwester Angela, der Gefreite Höllriegl müßte ein Landsmann von Ihnen sein. Sie sind doch auch aus Oberbayern?"

Der Gefreite Höllriegl nickt nur und sieht immerzu Angela an.

„Wird in vierzehn Tagen entlassen", sagt Dr. Bolz. „Endgültig in die Heimat. Der Krieg ist für ihn aus, und seine Äcker haben ihn wieder."

„Mit einem Bein kann man nicht mehr hinter einem Pflug gehen", antwortet der Soldat mit verbittertem Mund.

„Nein, aber es gibt ausgezeichnete Prothesen, und außerdem geht man nicht mehr hinter Pflügen neuerdings, man sitzt auf einem Traktor, der zwei oder drei Pflugscharen hinter sich zieht."

Dann gehen sie zum nächsten Saal. Unter der Tür dreht Angela sich noch mal um. Der Gefreite sitzt immer noch aufrecht in seinem Bett und starrt hinter ihr her. Im Blau seiner Augen leuchtet etwas fast unirdisch Schönes. Angela lächelt ihm zu. Das kann heißen, daß sie sich freut, nach so langer Zeit wieder den heimatlichen Dialekt gehört zu haben, oder daß sie hofft, ihn auch außerhalb der Visite bald zu sehen.

Dies geschieht am gleichen Abend noch.

*

Die Arbeit ist in diesem Lazarett so geregelt, daß den Schwestern nach Abschluß des Tages noch ein paar Stunden Zeit bleiben, sich bei schönem Wetter ein wenig in dem prächtigen Park zu ergehen, zumal aus kameradschaftlichen oder sonstigen Gründen auch einmal der oder jener von den Sanitätern die Nachtwache übernimmt.

Angela ist für diesen Tag noch zu keiner Nachtwache eingeteilt. Der Abend will schon sinken, als sie das hintere Portal verläßt und sich in den Park begibt. Wie benommen geht sie dahin, die Hände hinter dem Rücken verschlungen, den Blick hinaufgerichtet zu den Kronen der alten Bäume, in deren Blätter schon der Abendwind singt.

Beim Rondell, wo der Musikpavillon steht, sitzt eine Anzahl Leichtverwundeter, die sich schon mehr in der Rekonvaleszenz befinden und sich wieder daran erinnern, daß zweifellos in so einer Schwester, mag sie durch ihre Tracht noch so tabu sein, auch ein Weib steckt, das atmet, das man darauf ansprechen muß. Man kann ihr schon etwas zurufen, vielleicht, daß sie schön sei oder einen schwebenden Gang habe, wie eine Gazelle.

Angela hört das alles nicht. Unbeirrt geht sie weiter, in die Tiefe des Parkes hinein, bis zu dessen Ende, wo man über einen hohen Staketenzaun in ein weites, flaches Land schauen kann. Unweit liegt ein Bauernhof, hinter dem eine Anzahl Kühe weiden. Das Abendrot spiegelt sich auf den steil abfallenden Dächern und in den Fenstern, als ob es da drinnen brennen würde.

In tiefer Versunkenheit lehnt Angela am Zaun. Sie schließt die Augen und sieht, wie in einem Trancezustand, ihre Schafherde über die Wiese hinziehen, mitten in das Abendrot hinein.

Auf einmal ist Angela, als habe sie den Atem eines Menschen hinter sich gespürt, und als sie den Kopf langsam wendet, steht der Soldat Ambros Höllriegl auf seinen Krücken hinter ihr.

Mit einem leicht verlegenem Lächeln steht er da, was Angela flüchtig an Otto Fischer erinnert. Und es weht sie ungeheuerlich heimatlich an, daß er sofort das vertraute Du findet, wie in der Heimat.

„Denk dir nichts dabei", sagt er, „daß ich dir gefolgt bin. Du kannst mich jetzt zurückschicken, du kannst weiß Gott was mit mir tun, aber ich werde dir immer wieder folgen und dich suchen."

„Warum das?"

„Einfach so. Wann hab' ich das letzte Mal in meiner Heimatsprache reden können? Begreifst du nicht, daß das wie eine Gnade ist?"

Angela nickt und deutet auf eine Bank hin, die im Schatten der Bäume steht. Sie will wissen, wo er daheim ist. Aber Perlbach ist für sie kein Begriff, auch wenn er sagt, daß ihre Stimme im Saal der Verwundeten oft klinge wie eine der Glocken aus Perlbach, die Marienglocke könnte es sein. Es mag wohl schön sein dort, in diesem fruchtbaren, weiten Bauernland mit seinen sanften Hügeln und beim Klang der Glocken zur Abendzeit. Der Soldat hebt das alles mit einer gefühlvollen Beredsamkeit heraus, daß Angela alles deutlich vor sich sieht, ohne daß es bis in die Erinnerung ihrer Kinderzeit zurückreicht.

Der Soldat schaut auf seine Uhr am Handgelenk und meint, daß es für ihn nun höchste Zeit sei, in den Schlafsaal zu gehen, genau nach der Vorschrift des Hauses. Aber Angela verrät, daß sie einen Schlüssel zum hinteren Portal hat, und sie habe so lange schon mit niemandem mehr aus der Heimat reden können.

Und der junge Mann redet und redet und hält dabei mit seinen Händen die Hände der Schwester Angela umschlossen. Als man einmal ganz fern eine Turmuhr schlagen hört und durch die sich leise bewegenden Zweige die Sterne funkeln sieht, da weiß auch er von den vielen ihr gehörenden Schafen, von der Fabrik und noch sonst eine ganze Menge aus ihrem Leben. Nur von der Liebe, um die sie dieser Krieg betrogen hat, davon spricht sie an diesem ersten Abend noch nicht.

Aber es gibt noch viele Abende, die sie hier in diesem verborgenen Winkel beieinandersitzen, und Angela erlebt nun – wie eine Wiedergeburt – die Macht einer neuen Liebe, die über beiden zusammenschlägt. Und diesmal ist es ganz anders. Es ist von ihrer Liebe zu Otto Fischer etwas zurückgeblieben. Nein, der Tote ist noch nicht ganz von ihr fortgegangen, er ist noch nicht ausgelöscht. Aber sie kann eine neue Zukunft heraufbeschwören. Angela meint, daß es nicht nur eine Kammer im Herzen gibt. Wenn eine der Kammern von der Erinnerung geschlossen wird, dann tut eine andere sich auf und füllt sich mit einer neuen Liebe, auch wenn diese sich erst nach dem Krieg ganz erfüllen wird. Auf seinen Bauernhof will er sie holen, davon spricht er unablässig, auch von seiner stillen, schweigsamen Mutter, die seines Schutzes bedürftig ist, und von seinem strengen Vater, dessen Starrheit er erst wird brechen müssen. Denn wie könnte denn Angelas Einzug auf dem Wimbacherhof zu einer Gnade werden, wenn nicht zuerst saubere und klare Verhältnisse auf dem Hof geschaffen werden für ein zukünftiges Geschlecht. Sie brauche also gar keine Angst haben.

„Ich habe keinerlei Angst", sagt Angela, „habe sie nie gekannt. Und wenn du es verlangst, Ambros, dann gehe ich mit dir auch durch die Flammen der Hölle."

Natürlich können sie ihre Liebe nicht lange geheim halten. Angela sitzt oft zu lange am Bett des Gefreiten Höllriegl, und er kommt auch oft nachts spät in den Schlafsaal zurück. Die Schwester Isabella sagt einmal direkt zu Angela:

„Das hab ich schon vom ersten Tag an so kommen sehn. Bei euch ist es wie bei zwei Magneten, die ziehn einander auch an. Aber das Merkwürdige dabei ist . . ."

„Was ist denn dabei so merkwürdig, Isabella?"

„Ihr seht einander so ähnlich, daß man meinen könnte, ihr wäret Zwillinge."

Angela lacht herzlich auf, wie man sie selten lachen hört.

„So? Meinst du?"

„Das meine nicht bloß ich."

„Eine Laune der Natur, weiter nichts."

In der Woche einmal fährt ein Omnibus mit den leichter Verwundeten in das nahe Städtchen. Von so einer Fahrt bringt Ambros zwei silberne Ringe mit, weil es keine goldenen gibt. Und dann wird eine richtige Verlobung gefeiert, an der auch der Stabsarzt teilnimmt. Der Stabsarzt meint, ob man nicht überhaupt gleich eine Kriegstrauung vollziehen solle.

Dagegen aber sträubt sich Angela. Eine Hochzeit ohne die Eltern, ohne Pfarrer und Glockenklang. Nein! Das sieht auch Ambros ein. Außerdem, der Krieg kann ja nicht mehr so lange dauern. Die Russen drängen ungestüm nach Westen vor, und die andern stürmen bereits auf Paris zu.

Dann naht unerbittlich die Stunde des Abschieds. Sie weinen beide bitterlich und halten sich umschlungen, als würde eines ohne das andere in die Tiefe stürzen.

Angela hat einen Brief geschrieben, den Ambros daheim bei ihren Eltern abgeben soll. Es ist ein langer Brief, zunächst mit vielen Fragen nach daheim, nach dem Betrieb, nach der Gesundheit, bis sie dann den Namen Ambros erwähnt und welche Bedeutung er in ihrem Leben hat.

. . . nehmt ihn auf wie Euren Sohn, denn sobald auch ich heimkomme, werden wir heiraten. Entweder gehe ich zu ihm auf seinen Hof oder der Ambros zieht zu uns. Auf alle Fälle werde ich dann den Namen Höllriegl tragen. Und was ich besonders betonen möchte, auseinanderbringen kann uns niemand mehr. Wir haben soviel

Gemeinsames, Ambros und ich, die Leibe zur Heimat zum Beispiel, die Kraft und den Willen, gemeinsam eine schöne Zukunft aufzubauen mit vielen Kindern.

Ich umarme Euch, liebe Eltern, und bin mit tausend herzlichen Grüßen Eure Euch liebende

Angela.

*

„Jetzt herbstelt es aber schon richtig", sagt Mutter Barbara und nimmt schnell noch einen Packen Wäsche von der Leine, weil es ausschaut, als würde es im nächsten Moment schon zu regnen anfangen. Blasius steht unter der Haustüre und schaut sich die schwarzen Wolken an, die sich von Westen herschieben.

„Ein paar Tage", meint er, „sollte es noch aushalten, dann hätte ich die letzten Äpfel vom Baum."

„Die holen sich die Polenmädchen schon runter", lacht Barbara und will mit der Wäsche ins Haus gehen, als ein Gespann daherkommt.

„Was will denn der hier?" fragt Blasius mit gefurchter Stirn, sieht aber dann gleich, daß es nicht der Wimbacher ist, der den Grauschimmel unter das Dach des Schafstalles lenkt, die Zügel festbindet und nach Krücken greift, mit deren Hilfe er sich eigentlich ganz geschickt vom Wagen schwingt. Nun steht er einen Augenblick hochaufgerichtet da, und Barbara bekommt so einen Schreck, daß ihr die Knie zu zittern beginnen. „Der Mann aus dem Nebel", flüsterte sie und hat dabei das Gefühl, als würden die Jahre von einem riesigen Schwungrad zurückgedreht, bis zu jener Stunde, als ein gewisser Ferdinand Höllriegl über die Schwelle der Brachtensteinhütte getreten ist. Aber dann sieht sie, daß es nur ein verjüngtes Ebenbild ist, aber dieses Ebenbild könnte genausogut ein Ebenbild der Angela sein, von der sie nun schon seit Wochen keinerlei Post mehr erhalten haben.

Unschlüssig, was sie tun sollen, bitten sie den Fremden ins Haus, obwohl ihnen zumute ist, als habe jemand einen Stein nach ihnen geworfen. Und als freue es ihn, daß ihm dieser erste Steinwurf gelungen ist, sagt er zunächst einmal gleich, wer er ist.

„Ich bin der Ambros Höllriegl vom Wimbacherhof zu Perlbach." Er langt in seine Joppentasche. „Den Brief von Angela soll ich euch übergeben."

„Komm doch herein", sagt Blasius. Barbara scheucht den Kater vom Kanapee, damit der Fremde sich's dort bequem machen kann. Sie tut alles mit scheuen, ängstlichen Bewegungen, indessen Blasius nach seiner Brille sucht, die er nie findet, weil er sie bald da oder dort ablegt, wie ein lästiges Übel, weil sie ihn peinlichst an sein Alter erinnert.

„Wo hat es denn dich erwischt?" fragt er.

„Vor Leningrad. Aber kennengelernt hab ich die Angela im Lazarett von Wormstein. Sie läßt euch schön grüßen, und da wäre halt dieser Brief von ihr."

Blasius steht am Fenster ʹund beginnt zu lesen. Zunächst nickt er ein paarmal vor sich hin. Dann verfinstert sich sein Gesicht mit einemmal.

„Was schreibt sie denn?" will Barbara wissen.

„Daß es ihr gut geht, daß sie meint, das Ärgste hinter sich zu haben, wie der Betrieb läuft und wie es uns geht."

„Sonst nichts?" fragt Ambros in gespannter Erwartung.

„Nein, sonst nichts", antwortet Blasius und wirft einen hilflosen Blick auf Barbara.

„Aber das gibt es doch gar net", sagt Ambros. „Sie muß euch doch geschrieben haben, wie es um uns zwei steht. Ich hab es meinen Leuten daheim schon gesagt. Sowie der Krieg aus ist, werden wir heiraten."

„Nein, nein! Um Christi willen, nein!" schreit Barbara, läßt sich auf die Bank neben dem Herd fallen und schlägt die Hände vors Gesicht.

„Was heißt das: nein?" fragt Ambros fassungslos, und es ist ihm, als würde er aus dem Himmel gestoßen. „Warum schreist du denn das Nein so laut hinaus? Wir haben uns doch gern. Was habt ihr gegen mich? Was hab ich euch denn getan?"

„Du gar nichts", antwortet Blasius und wirft einen hilfesuchenden Blick auf Barbara, obwohl in diesem Haus es doch immer er gewesen ist, der sich schwierigen Situationen gestellt hat.

Ganz still ist es auf einmal, so daß man die Uhr ticken hört und das feine Geprassel der Holzscheite im Herd. Barbara schiebt den Kater weg, der es sich in ihrem Schoß bequem machen will. Dann schaut sie wieder den jungen Menschen an, dem der Schreck so im Gesicht steht, daß man Erbarmen mit ihm haben muß. Und weil

Barbara nichts sagt, liegt es nun doch wieder an Blasius, einen Ausweg zu finden, und wenn er zu einer barmherzigen Lüge wird greifen müssen, denn weh tun will er diesem jungen Menschen auch nicht, dem der Krieg durch den Verlust eines Beines schon eine gräßliche Wunde geschlagen hat. Er räuspert sich und will gerade anfangen zu reden. ‚Junger Mann‘, will er sagen, ‚das ist nämlich so.‘ In diesem Augenblick hebt Barbara den Kopf und sagt:

„Laß es sein, Blasius. Ausflüchte führen hier zu gar nichts, er muß die Wahrheit wissen, auch wenn sie schmerzt." Sie beugt sich ganz nah über den Herd, daß sie mit der Hand Ambros' Ärmel berühren kann. „Hör zu, junger Mensch, du erbarmst mich, weil ich sehe, daß du es ehrlich meinst. Wenn ich vorhin nein geschrien hab, dann net, um dir weh zu tun, sondern weil ich Grund dazu habe. Und ich müßt tausendmal nein schreien und allweil wieder nein. Damit du es aber besser verstehst, muß ich dir eine G'schichte erzähl'n."

„Ich will jetzt keine G'schichten hören", sagt Ambros unwillig und streift Barbaras Hand von seinem Ärmel. „Ich will wissen, was los ist."

„Eine G'schichte erzähln", fährt Barbara unbeirrt fort, „die sich vor fast fünfundzwanzig Jahren zugetragen hat, droben auf der Brachtensteinalm. Da hat eine Sennerin gehaust, der Name tut nichts zur Sache. Eines Tages ist ein Fremder aus dem Nebel aufgetaucht, groß und blauäugig, so einer wie du. Und der hat dem Mädl schön getan, hat ihr das Heiraten zugesagt und den Himmel auf

Erden versprochen. Aber wie es dann drauf ankommen wär, da hat er sie sitzen lassen in der Schande. Er hat eine andere geheiratet und ist ein großer, reicher Bauer geworden. Die Sennerin hat ihr Kind ganz allein aufziehen müssen. Das heißt, sie hat dann doch noch einen guten Menschen gefunden, der sie aus allem Elend rausgenommen und das Kindl gern gehabt hat wie sein eigenes . . ."

„Und wie hat der Kerl aus dem Nebel geheißen?" fragt Ambros leise. Ganz steil aufgerichtet sitzt er da, mit einem Gesicht so weiß, als hätte man ihm Mehl darüber geschüttet.

„Das – hat mir die Sennerin net gesagt", meint Barbara.

„Aber ich kann es dir sagen. Mir ist auf einmal alles ganz klar. Angela hat mir was von einer Brachtensteinalm erzählt und daß der Pfarrer sie dort droben getauft hätte. Der Mensch aus dem Nebel hat Ferdinand Höllriegl geheißen, und was die Sennerin betrifft . . ." Ambros kann nicht mehr weiterreden. Es würgt ihm in der Kehle.

„Die Sennerin", erklärt jetzt Blasius, „die Sennerin ist sie gewesen." Er legt jetzt wie schützend seinen Arm um Barbaras Schultern. „Weißt jetzt, junger Mann, warum wir nein sagen müssen?"

„Weil, ja – weil, ja, die Angela . . ."

„Ja, weil sie deine Schwester ist."

Ambros beugt sich nach vorn, gerade als ob ihm übel würde. Und immerzu schüttelt er nur den Kopf.

„Das ist ja furchtbar", kommt es endlich gequält von

seinen Lippen. Dann deutet er auf seinen Beinstumpf.
„Wie es mir den da weggerissen hat, da hab ich gemeint, jetzt kann mir im Leben nichts Schlimmeres passieren. Aber das, was ich jetzt hab erfahren müssen, das ist viel schlimmer. Die Angela und ich –" Er unterbricht sich, schlägt die Hände vors Gesicht und beginnt bitterlich zu weinen, daß es seine Schultern geradezu wirft.

Barbara erhebt sich, setzt sich neben ihn und legt ihre Hand auf sein Haar, versucht zu trösten, so gut sie es kann.

„Schau Bub, ich weiß, wie dir jetzt zumute ist. Du meinst jetzt, die Welt bricht zusammen oder das Herz springt dir auseinander. Aber ein Herz zerbricht net so leicht, wenn man jung ist. Denk dran, daß es Angela genauso treffen wird. Aber hätten wir schweigen sollen? Hätten wir euch in die größte, durch nichts mehr gutzumachende Sünde hineintaumeln lassen sollen?"

Ambros hebt das tränenüberströmte Gesicht. Er scheint auf einmal um Jahre gealtert. Dann zieht er den Ring von seinem Finger und legt ihn in Barbaras Hand.

„Und das alles hab ich ihm zu verdanken", stöhnt er, „ihm, der meine Mutter oft gepeinigt hat bis aufs Blut, ihm, der mir meine Jugend versaut hat, ihm, der sich als Ehrenmann aufspielt und soviel Dreck und Schande auf seinen Namen geworfen hat und auf den meinen damit."

„Auf deinen doch net", sagt jetzt Blasius.

„Doch, doch, auch auf den meinen. Aber – das muß er mir büßen. Euch aber dank ich, ihr guten Leute. Wie ich mit dieser Enthüllung fertig werde, das weiß ich noch nicht." Ambros steht auf und greift nach seinen Krücken. Man will ihn zum Bleiben auffordern, er soll mit ihnen zu Mittag essen. Aber Ambros schüttelt nur zu allem den Kopf. „Laßt mich gehen. Ich muß jetzt mit mir allein sein, so allein, wie ich's allweil war, bis Angela in mein Leben gekommen ist."

Sie sehen ihm vom Fenster aus nach, wie er zu seinem Gefährt humpelt. Wie ein großer Vogel sieht er aus mit seinen Krücken.

„Ach", seufzt Barbara. „Mir hat der Bub so leid getan. Er ist so ganz anders, wie sein Vater es gewesen ist. Aber das Schwerste, Blasius, das steht uns noch bevor. Wie werden wir es der Angela sagen? Dem Dirndl bleibt aber auch gar nichts erspart."

Draußen fährt das Gespann aus dem Hof, und der junge Wimbacher hockt auf dem Sitzbock, Schultern und Rücken tief gebeugt, als habe man ihm eine tonnenschwere Last aufgebürdet.

*

Es schneit in die Blüten, als in den ersten Maitagen des Jahres 1945 der unselige Krieg zu Ende ist. Die Bäume aber blühen längst nicht mehr, als Angela Röhrl abseits der Straße durch den Wald geht. Das heißt, gehen kann man das nicht nennen, sie schleppt sich Schritt für Schritt dahin, und wenn sie gar nicht mehr kann, läßt sie sich einfach ins Moos oder ins Gestrüpp fallen und schließt die Augen. Wer ihr begegnet, der könnte meinen, sie sei ein streunendes Zigeunerweib, obwohl sie weizenblond ist. Aber der Kleidung nach könnte sie schon ein Korbflechterweib sein. Sie hat einen verblichenen Uniformmantel lose um die Schultern hängen, in der Hand trägt sie eine Art Brotbeutel. Mit nicht viel mehr hat man sie vor Wochen entlassen.

„Es wäre sträflich, wenn ich euch noch zurückhalten wollte, Kinder. Morgen schon kann der Russe da sein. Schaut bloß, ihr Mädchen, daß ihr nach Hause kommt", hatte Dr. Bolz gesagt.

Nach Hause. Das sind für Angela vielleicht neunhundert oder tausend Kilometer gewesen, darum blühen die Bäume nicht mehr, als sie auf eine Lichtung kommt und tief unten den kleinen See liegen sieht, das Dorf Hierling und weiter hinten die Gebäude der Strickerei und des Schafstalles.

Das gibt es also alles noch. Nur werden die Maschinen stillstehen, die Polenmädchen werden in ihre Heimat zurückgekehrt sein, und Sigmund, sofern er und die Schafe noch da sind, wird bereits wieder auf Wanderschaft sein. So wie sie. Doch ihre Wanderschaft wird nun bald zu Ende sein. Sie wird den Vater und die Mutter wiedersehen, die kleine, gemütliche Bauernstube und ihr Mansardenstüberl, in dem sie zuerst von der Liebe geträumt und noch nicht gewußt hat, wie sie wohl sein wird. Nun weiß sie es, und sie weiß auch um viele andere Dinge, denn sie hat viel Erschütterndes erlebt, viel Leid und Tränen gesehn.

Schließlich hat sie selber so leiden müssen, daß sie sich wie ausgebrannt vorkommt, mit einem Herzen, das blutet, als sei es von sieben Schwertern durchbohrt worden.

*

Der Sommer kommt ins Tal, ein großer, schöner Sommer mit ein paar Gewittern, und wenn danach die Sonne wieder scheint, sehen die Berge ringsum aus, als seien sie gewaschen worden. Das Leben normalisiert sich langsam. Schwankende Heufuhren rumpeln wieder über die Tennbrücken, dann hört man aus irgendeinem Hofwinkel das feine Läuten des Sensendengelns, bis die Nacht sich schweigend über die Dächer legt.

Um diese Zeit kann es sein, daß der Doktor von Hierling noch schnell einmal nachschaut bei dem Mädchen Angela, das tagsüber unter dem alten Kastanienbaum in einem Liegestuhl liegt und nicht gesunden will von einer Krankheit, die auch der Doktor nicht ergründen kann, der zur Mutter Barbara sagt: „Das muß seelisch bedingt sein. Spricht sie denn nie darüber?"

Nein, Angela spricht nicht darüber. Wochen dauert dieser Zustand nun schon. Man weiß nicht, ob Angela überhaupt von dem stillen, beglückenden Sommer berührt wird, ob sie den Ruch des reifenden Kornfelds hinterm Haus wahrnimmt oder den Klang der Herdenglocken, wenn ihn der Südwind von den Bergen heruntertägt.

Doch, das alles nimmt Angela in sich auf. Sie spricht bloß nicht darüber, auch darüber nicht, daß ihre Gedanken unentwegt arbeiten und in die Zukunft gerichtet sind. Es ist ja nichts zerstört, die Maschinen sind alle noch da, eine Menge Wolle und Garn. Bloß die Menschen sind fort. Blasius meint schon, ob er wieder mit Pferd und Wagen losziehen solle, mit Socken vielleicht oder mit Pullovern. Es liegt ja noch eine Menge von dem Zeugs da, und es gibt keine Soldaten mehr, die man damit ausstatten müßte. Angela lächelt still dazu, denn um diese Zeit weiß sie bereits, was sie will.

Blasius ist überhaupt recht besorgt und bemüht um das große, kranke Kind, während die Mutter ständig darüber nachdenkt, was sie alles an Leckerbissen bereiten kann, damit das Kind den Willen zum Leben wiederfindet. Dann beraten die beiden Alten wieder, wie sie es Angela schonend beibringen könnten, daß da einmal einer dagewesen ist, daß er einen Ring zurückgelassen und bitterlich geweint hat ... Aber solange Angela – die übrigens immer noch den gleichen Ring trägt, wie Ambros ihn abgelegt hat – noch in diesem sonderbaren Zustand schwebt, kann man ihr doch diesen Schlag nicht versetzen. Dann aber, als sie gewisse Anzeichen von sich gibt, daß sie wieder ins Leben zurückkehren will, meinen die guten Alten, mit Angela reden zu müssen. Blasius will das tun, aber Barbara sagt, daß dies ganz allein ihre Sache sei.

Es ist ein Sonntag von wunderbarer Stille. Die Schwalben fliegen hoch, und weiße Flaumwolken ziehen am

Himmel zu den Bergen hin, hinter denen sie verschwinden.

„Geh du nur zu deinem Sonntagsbier", sagt Barbara. „Wenn du zurückkommst, ist alles vorbei."

„Ja, aber – bring es ihr ganz schonend bei, Barbara."

Barbara nickt, nimmt ihr unvermeidliches Strickzeug und setzt sich damit zu Angela unter den Kastanienbaum. Ganz vorsichtig tastet sie sich an das schwere Thema heran, redet zuerst von dem schönen Sonntag und daß es vom lieben Gott sehr weise gewesen sei, daß er den siebenten Tag als Feiertag eingeschaltet habe. Es hätte ja auch der zehnte oder zwölfte Tag sein können.

„Der siebte Tag ist besser", sagt Angela, „denn der liebe Gott hatte ja keine Maschinen. Er hat alles mit der Hand machen müssen."

Pause. Die Stricknadeln klappern leise, hoch droben im Laub wispern ein paar Vögel, und die Luft ist voll vom Ruch reifenden Korns.

„Hab ich dir eigentlich schon gesagt, Angela", – beginnt Barbara wieder vorsichtig.

„Was gesagt?"

„Daß da einmal einer da war bei uns. Ambros hat er geheißen, und einen Brief hat er uns von dir gebracht und hat gesagt..."

„Was hat er gesagt?"

„Daß er dich gern hat und daß... Aber da muß ich dir zuerst eine Geschicht erzähln. Da war einmal eine Sennerin auf der Alm..."

Ganz still liegt Angela, nur um den Mund ist auf

einmal ein schmerzlicher Zug, aber auf ihrer Stirn ist ein Schimmer von Sonnenlicht, das durch eine Laublücke fällt. Jetzt streckt sie eine Hand zu den Händen der Mutter herüber.

„Du mußt net weiterreden, Mutter. Ich weiß doch schon alles."

Barbara erschrickt so, daß ihr das Strickzeug aus den Händen fällt.

„Waaas . . .?"

„Auf meinem weiten Heimweg damals, da bin ich zuerst beim Ambros auf dem Wimbacherhof gewesen, und da hab ich alles erfahren."

Barbara hat das Gefühl, als greife jemand nach ihrer Kehle und drücke sie langsam zu. Erst nach einer Weile kann sie die Frage stellen:

„Und ihn – ihn selber hast auch gesehn?"

Angela richtet sich im Liegestuhl auf, schlingt die Hände um das eine aufgezogene Knie und atmet einmal tief durch. Ihr Blick ist auf einmal verdunkelt und in die Ferne gerichtet. Ganz monoton sagt sie jetzt:

„Als uns Schwestern der Oberstabsarzt damals beim Herannahen der russischen Panzer gesagt hat, Mädls, schaut bloß jetzt, daß ihr heimkommt, da hat er mir allein seine Pistole geschenkt und gesagt ‚Wenn du in Gefahr kommst, Mädl, dann wehr dich.' Ich hab mich net wehren müssen – aber als dieser Mensch da gesagt hat, daß er es schriftlich hätte von dir und daß man überhaupt nichts Gewisses wüßte und er dich kaum gekannt habe, da hab ich in meiner Wut gemeint, ich müßte die Pistole rausreißen und ihn niederschießen. Gott sei Dank, der Ambros hat mich dran gehindert. Wir sind voreinandergestanden am Hof, drei Gesichter und doch bloß eines, denn der Ambros und ich, wir haben alles von ihm, das Haar, die Augen, die Mundpartie. Bloß seinen Charakter net. So, Mutter, jetzt weißt du alles, jetzt weißt du, warum ich all die Wochen so dagelegen bin. Aber jetzt ist es vorbei, jetzt hat mich das Leben wieder. Was das andere betrifft, den Ambros und mich – wir dürfen net zusammenkommen, aber wir werden einander im Herzen behalten bis in den Tod. Nein, wein jetzt net, Mutter. Du warst mir immer die beste, die gütigste Mutter, wie mir auch Blasius kein besserer Vater hätte sein können. Ich hab euch lieb, und ihr habt mir soviel Liebe geschenkt, daß ich damit auskommen kann für mein Leben."

Der Abend dämmert bereits, und als Blasius vom Dorf herkommend die beiden Frauen Arm in Arm auf sich zukommen sieht, da weiß er, daß die dunklen, trüben Tage und Wochen zu Ende sind und ein neues Leben beginnen kann.

*

Um diese Zeit kommt jener einarmige Konrad Hofleitner zurück, der vergeblich im Osten nach seiner Familie gesucht hat und nun bittet, hierbleiben zu können. Die Fabrik liegt zwar still, aber es gibt soviel zu ordnen, zu sichten und zu registrieren. Es ist noch genügend Material vorhanden. Man hat ja geliefert, als sollte der Krieg noch zwei Jahre dauern. Herrenloses Gut ist das ja wohl. Aber wer kümmert sich in dieser Zeit schon darum. Hofleitner meint, man könne mit der Produktion sofort wieder anfangen. Und damit kommt er Angelas Gedankengängen vollkommen entgegen.

Mit der Zeit kommen dann alle wieder in die Heimat zurück, die das Glück hatten, überleben zu dürfen. Es kommen aber auch eine ganze Anzahl von Menschen in das schöne Hierlinger Tal, die im Osten ihre Heimat verloren haben. Flüchtlinge sagen die einen, mit abwertendem Unterton, Heimatvertriebene nennen es die andern, die sich in ihrem Herzen noch etwas Barmherzigkeit bewahrt haben.

Verschüchtert und nur mit dem Wenigen, das sie mitschleppen konnten, sitzen diese Menschen herum und warten, denen zum Mißvergnügen, bei denen sie zwangseinquartiert sind. Am schlechtesten haben es jene, die man auf dem Krassingerhof einquartiert hat, eine Frau mit fünf Kindern, die weinend zum Bürgermeister kommt und klagt, daß es dort die Hölle sei und die Bäuerin ein Teufel.

Der Bürgermeister, Maurer von Beruf, den die Amerikaner für würdig befunden haben, einer Gemeinde vorzustehen, weil an seinem Joppenrevers nie ein Parteiabzeichen gesteckt hat, ja, der gibt sich alle Mühe, aber er hat eben doch besser mit der Maurerkelle umgehen können als mit den Schwierigkeiten dieses Amtes. Er gibt sich zwar Mühe, es allen recht zu machen, aber es ist sehr schwer. Man müßte halt Arbeit finden für all diese Leute.

Und da schlägt die große Stunde für Angela Röhrl.

Wie gut, daß dieser Hofleitner da ist. Mit ihm kann sie über alles reden. Mit dem Vater wohl auch, aber dessen Pläne gehen in eine ganz andere Richtung. Er will wieder Hausierer werden und über Land fahren, mit den liegengebliebenen Socken und Pullovern. Er kauft sogar einen Gaul und meint es ernst.

An einem Sonntagnachmittag bittet Angela Herrn Hofleitner ins Büro hinüber und eröffnet ihm kurzerhand:

„Ich will den Betrieb wieder anlaufen lassen."

Hofleitner nickt und dreht sich eine Zigarette von den Tabakblättern, die Blasius im Garten herangezüchtet hat.

„Das wäre ganz in meinem Sinne, vorausgesetzt, daß Sie mit mir zusammenarbeiten wollen."

„Ja, ich habe Vertrauen zu Ihnen. Aber wie gehe ich es am besten an, den Betrieb wieder anlaufen zu lassen?"

„Sie meinen, die Amerikaner könnten dagegen sein?"

Angela zuckt mit den Achseln, steht auf, öffnet das Fenster und setzt sich wieder.

„Wie kann man mit denen zurechtkommen, ohne unterwürfig zu sein?"

„Mit Zähigkeit und einem makellosen Fragebogen."

„Haben Sie den, Herr Hofleitner?"

„Soweit es sich um Militarismus handelt, nicht."

„Ich werde ohnehin selber gehen, wenn es sein muß. Ich bin auch in die Höhle der anderen Löwen gegangen. Was aber ist zunächst zu tun?"

„Ich denke, daß der erste Weg zum Bürgermeister sein

wird. Dort muß man einen Antrag stellen, und der muß als dringend befürwortet werden. Wenn der Bürgermeister will ..."

„Der will schon", lächelt Angela und geht hinüber ins Haus.

Blasius ist gerade damit beschäftigt, die gelb gewordenen Tabakblätter nach seiner Art zu beizen, mit Honig und sonstigen Mixturen, was beinahe eine Wissenschaft ist. Die Mutter brummelt zwar ein bißchen, weil er immer den ganzen Herd beschlagnahmt, aber sie weiß ja, ohne Rauch ist Blasius ein Mann voller Unzufriedenheit.

„Ach, Vater", sagt Angela, „nimm doch einmal einen Packen Pullover und Socken von drüben und schau, ob du damit auf dem schwarzen Markt nicht Zigaretten einhandeln kannst. Und noch was anderes, Vater, hast du noch ein paar Rankerling Geselchtes im Kamin hängen?"

Blasius nickt und schaut seine Tochter fragend an.

„Dann gib mir ein Stück davon. Ich muß nämlich zum Bürgermeister gehn in einer dringenden Angelegenheit. Nein, nicht ins Amt, in die Wohnung geh ich. Wir werden nämlich den Betrieb wieder anlaufen lassen."

Beim Bürgermeister gibt es überhaupt keine Schwierigkeiten. Der Maurer August Fichtl atmet direkt auf, als er hört, daß Angela fürs erste einmal dreißig Leute einstellen will. Und da der Name Röhrl in keiner Weise angeschlagen ist, verspricht er, gleich morgen die notwendigen Fragebogen ausfüllen zu lassen und mit wärmsten Empfehlungen an die Militärregierung weiterzuleiten.

*

Es dauert aber dann doch noch einige Wochen, bis das Fräulein Angela Röhrl – nicht gebeten, sondern aufgefordert wird, beim zuständigen Amt der Amerikaner in der Kreisstadt zu erscheinen, wegen der Erlaubnis, den stillliegenden Strickereibetrieb wieder anlaufen zu lassen.

Wenn Angela geglaubt hat, es ginge bei den Amerikanern weniger umständlich zu als bei denen, die vorher die Macht ausgeübt haben, so sieht sie sich enttäuscht. Es ist ein recht merkwürdiges Wechselspiel. Ist man vorher auf Herz und Nieren geprüft worden, ob man dem Staat mit ganzem Herzen ergeben war, stellt man jetzt die Fragen umgekehrt, nämlich, ob man gegen diesen Staat gewesen ist und ihn geschädigt habe.

Dieser Captain Falkner, der die Fragen stellt, denkt wahrscheinlich, daß man sie leichter stellt, wenn man sich im Drehstuhl weit zurücklehnt und die Füße gekreuzt auf die Schreibtischplatte legt. Er weiß nicht, daß diese junge Frau in ihrem Innern denkt, es säße irgendein Flegel aus Oklahoma vor ihr. Immerhin ist dieser Captain auch Manns genug, um zu sehen, daß diese Bittstellerin, die eigentlich gar nicht bittet, sondern eher fordert, eine Schönheit ohne Makel ist. Er lächelt sie an und sagt ihr, daß die amerikanische Armee so überraschend schnell hiergewesen sei, daß die Machthaber von gestern gar nicht mehr dazugekommen seien, die Akten zu vernichten. Ihre Akte habe er mittlerweile eingehend studiert und daraus ersehen, daß man ihr recht übel mitgespielt habe. Übrigens, wenn es sie interessiere, wo dieser Bönitsch jetzt sei: In einem Lager in Mossburg.

„Nein, es interessiert mich nicht", sagt Angela. „Aber wenn der Herr Captain meine Akte kennt –?"

„Ja, ich kenne sie. Sie haben Mut bewiesen, und das flößt uns Respekt ein. Sie wollen also diese Strickerei wieder in Gang bringen? Oder haben Sie sonst noch etwas im Sinn?"

„Wenn es mit der Strickerei nicht gehen sollte, mache ich notfalls im Schafstall eine Champignonzucht auf. Nur arbeiten will ich wieder, denn das Leben muß ja weitergehen."

„Da haben Sie recht. Und wir haben nichts dagegen. Die Erlaubnis geben wir allerdings nur an Personen, die uns würdig erscheinen. Gehen Sie dann auf Zimmer Nummer zwölf, da liegen Ihre Papiere bereit. Ich wünsche Ihnen recht viel Glück, und wenn Sie sonst etwas benötigen, Maschinen, Garn oder sonstiges Material, da können wir Ihnen ohne weiteres behilflich sein. So, und nun auf Wiedersehen, Fräulein Röhrl."

„Behüt Ihnen Gott", sagt Angela, und der Captain lächelt ihr wohlwollend nach. Da um diese Zeit noch keine Bahn- oder Busverbindung besteht, wird es dunkle Nacht, ehe Angela wieder heimkommt.

*

In der Folgezeit gibt es hinten im Röhrlgrund nur mehr eine einzige Baustelle. Nebenbei laufen auch die Strickmaschinen, und es ist Arbeit da für vorerst dreißig Personen. Angela wirft sich mit dem Ingrimm einer

Leidenschaft, die sie anders nie mehr wird verschenken können, auf die Arbeit. Und Hofleitner ist ihr eine wertvolle Stütze dabei. Er ist realistischer in seinem Denken und ist eigentlich die treibende Kraft, was das Bauen betrifft.

„Machen Sie Schulden", drängt er immer. „Sie können gar nicht genug Schulden machen. Und schaffen Sie sich so bald wie möglich einen Wagen an."

Drei Lastwagen hat Hofleitner selber aus einstigen Wehrmachtsbeständen organisiert. Einer ist ständig für den Neubau eingesetzt, die zwei andern fahren mit Strickwaren über Land. Hier aber wiederum weiß Hofleitner zu bremsen. „Sie müssen die Waren zurückhalten, Angela. Und warten Sie noch mit dem Einstellen von Vertretern."

Eines Tages begreift auch Blasius, der immer dagegen gewesen ist, daß Angela soviel Schulden macht, daß dieser Hofleitner doch recht gehabt hat. An diesem verregneten Sonntag bekommt man nämlich nach langem Anstehen im Schulhaus das neue Geld in die eine Hand ausbezahlt, während man mit der andern Hand alle Schulden wegschieben und als getilgt betrachten kann. Gerade acht Tage vorher sind durch Vermittlung der Amerikaner noch vier riesige Maschinen geliefert worden, aus großen Betrieben, in denen sie überflüssig geworden sind.

Angela hat eine Glückssträhne. Der Betrieb arbeitet jetzt mit hundert Personen. Sie erkennt aber auch, daß dieser Hofleitner ihr eine große Hilfe ist als Betriebsleiter. Oft sitzen sie stundenlang beisammen und tüfteln wieder was Neues aus, andere Muster, andere Größen. Bei aller Vertrautheit und Hochachtung voreinander ist ihrem persönlichen Verhältnis zueinander aber eine strenge Grenze gezogen. Sie finden zu keinem Du, wollen es vielleicht auch gar nicht.

„Jetzt ist es soweit", sagt Hofleitner eines Abends, „daß wir drei oder vier Vertreter einstellen müssen. Wir haben den Raum Württemberg noch nicht erfaßt, die Rheinpfalz liegt noch offen vor uns, das ganze Ruhrgebiet, Nordrhein-Westfalen. Nehmen Sie es mir nicht übel, Angela, aber wir sind jetzt vorn dran, die Konkurrenz wird bald aufkreuzen."

„Gut, Konrad, übernehmen Sie das alles."

„Ja, und da ist noch was, Angela. Sie müssen jetzt unbedingt den Führerschein machen. Ich hab da einen Wagen aufgetrieben, ein Kabriolett, gut erhalten. Sie müssen nämlich auch über Land, Kundschaft besuchen, andere Betriebe besichtigen. Ach, da kommt noch so vieles auf Sie zu, Angela."

Und das bekommt sie bald zu spüren. Das Wirtschaftswunder, wie man es nennt, ist angebrochen. Angela wird mit ihrem Betrieb wie auf hohen Wellen getragen. Bald sind es hundertfünfzig Leute, die sie beschäftigt, und sie wollen es auf dreihundert bringen. Zweifellos, Angela steht im Streß, aber sie fühlt sich so jung, so voll sprühender Kraft, daß man meinen könnte, sie lenke alles nur mit einer Hand. Nur manchmal, in einer stillen Stunde des Alleinseins, denkt sie zurück an ihre Jugend und begreift dann, daß sie eigentlich keine Jugend gehabt hat wie andere, mit Lachen, Tanzen und Fröhlichsein. Bei ihr war alles darauf ausgerichtet, einmal aufzusteigen aus dem Dorf wie eine Fackel, und sie wird ihren Eltern einmal alles tausendfach vergelten, was sie ihr geschenkt haben an Geborgenheit, Liebe und verständnisvoller Hilfe.

Angefangen aber hat alles mit einem einzigen Lamperl, genannt Betzerl, das sich das Haxerl gebrochen hat und ihr geschenkt worden ist von einem blondhaarigen Buben namens Ambros, der später . . .

Wenn sie daran denkt, dann graben sich tiefe Falten in ihre Stirn, und es kommt ein sinnender Ausdruck in ihre Augen. Aber nur für eine kleine Weile, dann schiebt sie diese Gedanken wieder gewaltsam zurück, und es spielt ein fernes Lächeln um ihren Mund, als erwarte sie, daß noch einmal ein Zauber über sie kommt. Und doch weiß sie, daß alles, was mit Mann und Liebe zusammenhängt, ein ausgeträumter Traum ihres Lebens ist, der nie mehr Erfüllung finden wird.

*

Die Jahre gehen dahin. Im zehnten Jahr des Neubeginns beschäftigt die Strickwarenfabrik Röhrl mit dem Firmennamen ‚Angöhrl' dreihundert Personen. Es gibt eine Betriebsleitung, eine Versandabteilung, eine Buchhaltung, ein Zeichenbüro, eine Abteilung Färberei und eine Betriebsküche. Es wird eigens dafür eine Köchin eingestellt, und Mutter Barbara ist ein wenig verschnupft, daß man sie da beiseiteschiebt. Aber in dieser Hinsicht bleibt Angela hart.

„Nein, Mutter, wie stellst du dir denn das vor? Für dreihundert Leute kochen. Nein, nein, nein. Deine Hände sollen endlich den verdienten Feierabend halten. Es ist schon genug, wenn du für uns drei kochst, für Vater, für dich und für mich. Das sind dann unsere Feierstunden, denn sonst habe ich ja wenig Zeit."

Aber mit dem Vater kann sie nicht so reden. Der baut auf seinen ihm verbliebenen Äckerlein noch Weizen an und viel Gemüse, das man alles für die Betriebsküche brauchen kann. Und er züchtet Schweine, von denen er jede Woche eins schlachtet und verwurstet wie ein gelernter Metzger, so daß er sagen kann: „Was tätst denn du mit deiner ganzen Betriebsküche, wenn du mich net hättest."

„Ja, Vater", lacht Angela. „Was tät ich wirklich ohne euch beide. Aber bei aller Freude am Wachsen und Gedeihen des Betriebes ist es doch meine größte Freude, wenn ich euch beiden das Leben so schön machen kann, wie es geht. Ihr wollt bloß nicht. Fahrt doch nach Venedig – oder du wolltest doch immer einmal nach Rom, Mutter."

„Geträumt hab ich davon", wehrt Mutter Barbara ab.

„All eure Träume könnten heute Erfüllung finden, wenn ihr nur wolltet."

Sie selber ist viel unterwegs mit ihrem neuen roten Sportkabriolett. Bei schönem Wetter hat sie das Dach offen, und ihr blondes Haar flattert im Wind, wenn sie es nicht zu einem strengen Knoten im Nacken verschlungen hat. Dieser rote Flitzer, mit der schönen blonden Frau, ist im weiten Umkreis bekannt, und man deutet ehrfurchtsvoll hinter der leichten Staubwolke her: ‚Das war die Chefin vom Angöhrlbetrieb in Hierling.'

Wenn Angela durch das Dorf fährt, hält sie auch heute noch beim Friedhof an und steigt aus, um das Grab der Brieglmutter zu schmücken. Und wenn sie dort steht und die Hände gefaltet hat, dann gedenkt sie auch liebend derer, die einmal in ihrem Leben von einiger Bedeutung gewesen sind. Des Krassinger Jakob weniger, des Otto Fischer in treuem Gedenken.

Nicht weit vom Grabe der Brieglmutter liegt seit dem letzten Winter auch die Krassingerbäuerin, die es sich bis zu ihrem Tode nicht hat verkneifen können, überall herumzuerzählen, daß die Mutter dieser blonden Hexe, die da im Dorf jetzt das große Wort führt, bei ihr ‚bloß' einmal Magd gewesen ist. Eine gute Magd, das gibt sie zu, aber ein recht liederliches Weibsbild, die sich mit einem Hausierer eingelassen hat.

Konrad Hofleitner übrigens hat im Frühjahr eine Kriegerwitwe mit schönem Hausbesitz vom Nachbardorf geheiratet. Angela und Vater Blasius sind Trauzeugen gewesen. Angela hat ihm ein Hochzeitsgeschenk gemacht, von dem er noch ein Haus hätte bauen können.

Blasius' Haar ist weiß geworden, und er macht ganz kleine Schritte. Er ist auch nicht mehr so gesund, obwohl Angela die besten Ärzte kommen läßt. Als dieser Sommer sich mit dem Herbst vermählen will, stirbt Blasius hochbetagt, einst Hausierer und Schafhalter, jetzt weit über das Land hinaus bekannt als Seniorchef des Strickereibetriebes Angöhrl. Diesem Ansehen und diesem Namen ist man es schuldig, dabei zu sein, wenn seine sterbliche Hülle dem lehmigen Boden des Hierlinger Friedhofs übergeben wird. Fünfundzwanzig Kränze sind um das Grab gelegt, weil sich ja alle Geschäftsfreunde der Firma dieser Verpflichtung nicht entziehen können. Die Tochter registriert es ganz bestimmt, wenn sich einer der Teilnahme entzogen hätte. Und mit der will sich's niemand verderben, weil man weiß, wie sehr sie ihren Vater geliebt hat.

Aufrecht, des Weinens nicht mehr fähig, steht sie am Rande der Grube, und stützt die Mutter, die es einfach nicht fassen will, daß ihr Blasius sie allein gelassen hat. Das Krachen der drei Böllerschüsse – da ja Blasius einmal Krieger gewesen ist – läßt Barbara so erschrecken, als begreife sie jetzt erst ganz, daß sie Witwe geworden ist und fortan das Elend des Alleinseins zu tragen haben wird. Als sich dann die Fahnen der verschiedenen Vereine über das Grab zum letzten Gruß senken, bewegen sich Barbaras Lippen zu unentwegtem Gemurmel, aber doch so, daß Angelas treffliches Ohr die Flüsterworte verstehen kann.

„Brauchst net meinen, Blasi, daß ich dich lang allein laß da droben auf der Himmelsbank. Bald werd ich kommen zu dir. Und hoffentlich werden wir da der Krassingerin net begegnen, aber wenn es doch sein sollte, dann machen wir zwei einen großen Bogen um sie, denn sie hat mir doch im Leben viel Bösartiges angetan und nachgesagt."

„Sei still, Mutter, du hast doch mich noch, und – ich brauch dich doch", flüstert Angela einmal zurück, um sich dann aufzurichten, um viele Hände zu drücken, obwohl sie in der Todesanzeige hat wissen lassen, daß von Beileidsbekundungen am Grabe Abstand zu nehmen sei.

An die fünfhundert Beileidsschreiben läßt Angela durch eines der Büromädchen beantworten, so daß sie nur ihren Namen einzusetzen braucht. Auf dem Nachlaßgericht gibt es nicht viel zu eröffnen, denn Blasius hat ja all sein Vermögen in den Betrieb gesteckt.

Barbara scheint an nichts anderes zu denken, als bald zu ihrem Blasius zu kommen. Ein Vierteljahr später sitzt sie nichtsahnend auf der Hausbank, hat die Hände im Schoß gefaltet und schaut unverwandt zu den Bergen hinauf, die im Abendlicht glänzen. Das Abendrot fällt in ihre groß aufgeschlagenen Augen.

So findet sie Angela eine Viertelstunde später ohne Atem, um die Mundwinkel ein feines, erstarrtes Lächeln, mit dem sie wahrscheinlich den Tod begrüßt haben mag.

Sie schickt Hofleitner, der ihr geholfen hat, die Mutter in die Stube zu tragen und dort aufzubahren, ins Dorf in den Pfarrhof, so daß an diesem Abend noch das Sühneglöcklein für Mutter Barbara läutet und dann erst der Gruß an den Engel des Herrn.

*

Angela findet oft nicht die Zeit, die vielen Fachzeitschriften zu lesen. Sie macht sich dann meistens an einem Sonntag darüber. Unter den vielen Zeitungen findet sich auch das Wochenblatt der Bayrischen Bauernschaft, das Blasius noch abonniert hat. Das interessiert Angela nur darum, weil auch über Schafzucht so manches geschrieben steht. Die Schafherden hat sie übrigens abgestoßen, weil sie Wolle und synthetisches Garn viel günstiger einkaufen kann. Nur mehr ein paar Lämmlein laufen in der Weide herum.

Da fällt ihr Blick beim Lesen des Bauernblattes auf eine Todesanzeige, die kundgibt, daß im fernen Perlbach der ‚ehrengeachtete Bauer Ferdinand Höllriegl', führendes Mitglied in der Vorstandschaft des Bauernverbandes, verstorben sei und daß man ihm ein ehrendes Andenken bewahren werde.

Angelas Lippen verziehen sich zu einem bitteren Lächeln. ‚Der ehrengeachtete Ferdinand Höllriegl' denkt sie. Sie hat ihn weniger ehrengeachtet in Erinnerung. Aber von diesem Tag an, da sie weiß, daß er tot ist, reift in ihr ein Entschluß, den sie schon lange in sich herumgetragen hat.

*

Frühling ist es wieder. In den Bergen selber ist er zwar noch ein wenig armselig, und in den Mulden der Almfelder sieht man noch die weißen Flecken des Winterschnees. Aber drunten im Tal sind die Wiesen schon gelb vom Löwenzahn, die Birken zeigen ihr erstes, zartes Grün, und die Schwalben sind zurückgekehrt.

Angela kehrt von einer Geschäftsreise zu einer Baumwollspinnerei im Allgäu zurück. Auf der Autobahn Ulm-München sieht sie auf der Gegenseite zwei ihrer Lastzüge, auf deren Seitenwänden groß und fett geschrieben steht: ‚Wollspinnerei und Strickerei Angöhrl'. Sie schaut den Wagen im Rückspiegel nach. Eine der Planen flattert im Fahrtwind, und Angela wird diese Schlamperei bei der allwöchentlichen Betriebsbesprechung sofort vorbringen. Überhaupt will sie die eigenen Lastwagen bis auf ein paar aufgeben. Hofleitner hat errechnet, daß es rentabler ist, wenn man die Fernlieferungen irgendeinem Transportunternehmen übergibt.

In München hält sie noch mal an und trifft sich im Mathäser mit einem ihrer tüchtigsten Vertreter zum Mittagessen. Bei ihr ist jede Stunde ausgenützt zu Gesprächen und Anregungen.

Dann fährt sie in die heimatliche Richtung, aber nicht etwa nach Hierling, sondern nach dem Flachlanddorf Perlbach, das als winzig kleiner Punkt auf ihrer Landkarte eingezeichnet ist. Der Vater hat ihr erzählt, daß er sie als Kind einmal in diese Gegend mitgenommen hat, aber in ihr ist jede Erinnerung daran verschüttet, und sie muß sich erst beim Wirt im Dorf erkundigen, wo denn dieser Wimbacherhof liege.

Der Wirt, rotbackig, mit einer Stumpfnase und einem in die Stirn hereinhängenden Haarbüschel, ist sehr gesprächig, zumal da eine Frau bei ihm vor einem Viertel

Rotwein sitzt, von der er denkt, daß man mit soviel Schönheit Hand in Hand in den Wald hineingehen müßte, bis dorthin, wo er immer tiefer und dunkler wird. Aber dieses Fräulein oder die Frau, was sie sein kann, vielleicht gar eine Witwe, weil sie einen schlichten, schmucklosen Ring an der linken Hand trägt, ist wohl für seinesgleichen unerreichbar, auch wenn sie jetzt mit freundlich klingender Stimme sagt:

„Ich hab da kürzlich in der Bauernzeitung gelesen, daß von hier ein ehrengeachteter Ferdinand Höllriegl verstorben ist."

„Kürzlich war das nicht, es sind immerhin schon sieben Wochen her. Und von wegen ehrengeachtet! Es wird da im Nachruf oft viel zu einem Grab hin gelogen. Mögen hat ihn eigentlich niemand, denn so ehrenhaft war er nicht, die ganze Gemeinde hat gewußt, daß er sein Weib an seinem eisigen Schweigen hat verhungern lassen."

„Wie soll man denn das verstehn?"

„An seinem Schweigen, sagt man, sei sie vor sieben Jahren gestorben und sei sogleich in den Himmel gekommen, weil sie bei ihm das Fegfeuer schon auf Erden gehabt habe. Er hat jahrelang mit ihr kein Wort geredet. Erst als der Bub aus dem Krieg heimgekommen ist, hat sie es leichter gehabt, denn der Ambros ist zu seiner Mutter gestanden, und es hat böse Auftritte zwischen dem Alten und dem Jungen gegeben. Aber den Jungen hat er nicht mehr brechen können, an dem ist er gescheitert."

„Und der Junge, ist er schon verheiratet?"
Der Wirt ‚Zum weißen Schimmel' nickt.
„Ein Jahr, nachdem er vom Krieg heimgekommen ist mit einer Fußprothese. Bei mir im Saal haben sie Hochzeit gehalten. Aber der Alte ist gar nicht hergekommen."
Angela hat für einem Moment das Gefühl eines Schmerzes, der wie ein langsamer Stich durchs Herz fährt. Aber dann schüttelt sie wie immer schmerzliche Gedanken sofort ab.
„Hat er wenigstens eine gute Bäuerin erwischt?"
„Da kann man nichts dagegen sagen. Die Babett vom Klinglerbauern ist tüchtig und hat sich den Schneid vom Alten nicht abkaufen lassen. Sie haben drei nette Kinder, zwei Buben und ein Mädl. Der älteste Bub, der Franzi, soll recht gescheit sein und will einmal nicht Bauer werden, er will studieren."
„Ach so?"
Einen Moment ist Angela zumute, ihren langgehegten Vorsatz fallen zu lassen und nicht zum Wimbacherhof zu fahren. Aber dann deutet der Wirt mit ausgestreckter Hand über eine weite Ackerfläche hin, auf der Hafersaat sprießt.
„Der, der da drüben auf dem Traktor sitzt und Kunstdünger streut, das ist der junge Wimbacher."
Es ist zu weit, als daß Angela sein Gesicht erkennen könnte. Nur sein blondes Haar leuchtet in der Frühlingssonne, und er sitzt ein wenig nach vorn geneigt; manchmal wendet er den Kopf nach rückwärts, um zu sehen, ob der Kunstdünger gleichmäßig aus der Maschine rinnt.

Angela bezahlt und steht auf.

„Ihr Gespräch hat mich recht interessiert", sagt sie. „Vielleicht kehre ich ein andermal wieder bei Ihnen ein."

„Tät mich narrisch freu'n", sagt der Wirt, und als Angela in das offene Kabriolett steigt, staunt er ihr nach: „Sakradi, was für ein Wagen, was für ein Wagen!"

*

In langsamer Fahrt lenkt Angela den Wagen über die kurvenreiche Straße, die noch nicht geteert ist. Die Straße führt neben dem Haferacker entlang, und für ein paar Minuten fährt sie neben dem Bauerntraktor her. Am oberen Rain hält sie und wartet, bis auch Ambros herankommt. Ziemlich nahe kommt er heran, wendet aber den Traktor nicht mehr, sondern steht nun dicht neben dem roten Wagen, streckt sich, schaut und schaut, und dann gibt es ihm förmlich einen Riß.

„Nein", schreit er. „Das darf doch net wahr sein! Mich narrt doch ein Spuk oder ich träume."

„Nein, Ambros, du träumst net. Geträumt haben wir zwei nur damals, als wir noch ohne Wissen waren." Sie reicht ihm die Hand hinauf, damit er absteige. Man merkt kaum, daß er eine Prothese trägt.

„Nein, daß du kommst und ich dich nochmal wiedersehe! Wer hätte denn das geglaubt. Ich bin verheiratet und hab . . ."

„Das weiß ich schon alles, lieber Ambros. Du hast drei

Kinder, darunter einen Buben, der nicht Bauer werden will."

„Hat der Wirt drunten gequatscht?"

„Ich hab ihn ausgefragt. Was hättest du denn tun sollen, Ambros, nachdem dir das gleiche Leid geoffenbart worden ist wie mir. Jeder von uns hat doch sehen müssen, wie er zurechtkommt mit diesem Schicksalsschlag."

Ambros sieht seine Hand an, ob sie nicht voll Öl ist oder Staub und ob er sie auf Angelas Arm legen darf.

„Ach, Angela, wir zwei", sagt er mit einem so tiefen Seufzer, daß sie erschrocken fragt:

„Bist du net glücklich in deiner Ehe, Ambros?"

„Doch, doch", nickt er. „Sie ist brav und fleißig, die Babett. Und sie hat mir Kinder geschenkt. Aber weißt du, Angela, das mit dir, das sitzt mir heute noch so tief im Herzen, daß ich es nimmer rausbring. Du warst mir der Engel in meiner Finsternis, und ich hab vor dir und nach dir nie einen Menschen so gern gehabt."

„Laß uns die Erinnerung daran, Ambros."

„Ich sehe dich noch oft im Traum vor mir in dem langen Schwesternkleid und der weißen Haube über deinem blonden Haar. In dich waren doch alle im Saal verliebt."

„Das allerdings hab ich net gemerkt."

Dann schweigen sie eine lange Zeit, ganz in ihre Erinnerung versunken. Endlich fragt Ambros:

„Bist du auch verheiratet, Angela?"

Sie schüttelt den Kopf und hebt ihm die linke Hand mit dem Ring entgegen.

„Würde ich den sonst noch tragen?"

„Du mußt net meinen, Angela, daß ich dir nicht dann und wann nachgefragt hätte. Das ist kein Kunststück gewesen, deine Firma ist ja weit übers Land hinaus bekannt. Du bist so reich geworden und so groß, daß ich nie den Mut gefunden habe, dich aufzusuchen."

„Jetzt rede keinen Unsinn, Ambros. Ich will von Reichtum nichts hören. Und ich bitte dich darum, daß du mich einmal besuchst, mit deinem Buben, der so gescheit sein soll. Und jetzt – ich weiß net, ob das geht – ich möchte gern zum Hof hinauf."

„Ich mache sofort Feierabend, Angela."

„Auf ein Wort noch, Ambros! Weiß sie, wie wir zwei zueinander stehen?"

„Nein! Aber ich werde sagen, daß du eine entfernte Verwandte von uns bist, und das ist nicht zu weit an der Wahrheit vorbeigelogen."

„Nicht entfernt", sagt Angela. „Ganz nah sogar, näher können zwei Menschen gar nicht verwandt sein. Richte es so ein, daß du schon im Haus bist, wenn ich komme."

„Ach, Angela", seufzt er wieder. „Meine schöne Schwester Angela."

Da neigt sich Angela vor und küßt ihn auf beide Wangen.

„Das ist die Lösung, Ambros. Ich bin die ‚Schwester Angela' aus dem Lazarett. Du bist dann zwar im Vorteil, denn du kannst zu mir sagen liebe Schwester Angela, ich aber zu dir nicht lieber Bruder Ambros. Das muß das Geheimnis zwischen uns zwei bleiben, bis wir einmal nicht mehr sind."

Diese Babett ist eine von jenen gutgedrechselten Mädchen des Bauernschlages, mit einem rosigen, vollen Gesicht, dunkelhaarig ist sie und hat gute, braune Augen, sowie einen Mund, der gerne lacht.

„Nein", lacht sie, „du bist die Lazarettschwester vom Ambros? Da hat er mir eigentlich gar net soviel erzählt. Sag einmal Ambros, hat dir denn bei soviel Schönheit net das Herz gepumpert, wenn sie dir Fieber gemessen oder den Blutdruck abgenommen hat?"

Das ist so drollig und unbeschwert hingelacht, daß beide, Ambros und Angela, herzlich mitlachen müssen. Das Reden der Babett ist deshalb auch so anheimelnd, weil sie überhaupt keine Hemmungen hat und Angela mit dem vertraulichen Du anspricht. Ungeniert plappert sie weiter: „Das ist jetzt schon saudumm, daß ich gar nichts daheim habe, keinen Kuchen und nichts. Aber einen guten Kaffee koche ich dir. Schmalznudeln vom Mittag hätte ich – oder ein Butterbrot?"

„Bitte, wegen mir doch keine Umstände!"

„Die reichen Leute mögen oft lieber was Einfaches zum Kaffee."

Angela runzelt die Brauen.

„Aber, aber. Wer weiß denn hier schon wieder von meinem Reichtum?"

„Wenn jemand so einen Wagen fährt", sagt die Babett

und deutet zum Fenster hinaus, um dann im gleichen Atemzug schon wieder weiterzureden. „Die Kinder kommen aus der Schule, und's Annerl zappelt schon wieder hintennach. Daß die Buben auch nie warten können."

Angela sieht sich in der ziemlich großen Küche um. Alles ist blitzsauber, alles Geschirr funkelt aus dem breiten Gläserschrank. In der Mitte des Raumes liegt ein heller Fleckerlteppich auf blankgescheuerten Dielenbrettern. Angela denkt sofort, daß sie in der Weberei einen breiteren und schöneren Teppich anfertigen lassen wird.

Inzwischen kommen die Kinder hereingestürmt. Die Buben werfen ihre Schulranzen in die Bankecke. Das Mädl legt ihre Mappe fein säuberlich auf den freien Platz bei der Anrichte. Sie sehen die fremde Frau neugierig an.

„Na, was ist denn?" fragt Ambros. „Habt ihr keine Hand zum Hergeben?"

„Aber die meinen sind so dreckig", sagt der kleinere Bub, der Michel heißt.

„Dann wasch sie dir", sagt die junge Bäuerin. Der Franzel aber kommt heran und reicht Angela die Hand. Angela meint, der Atem bleibe ihr im Hals stecken. Blondhaarig ist dieser Franzl, schlankgewachsen, und Augen hat er, so blau wie der Enzian auf den Bergen.

„Du bist also der Franzl, der so gescheit sein soll?"

„Er denkt oft zuviel, der Franzl", meint sein Vater.

Zum Kaffeetrinken gehen sie in die große Bauernstube hinüber. Auch hier ist alles blitzblank. An der Wand, zwischen zwei Heiligenbildern, hängt ein Bild der verstorbenen Wimbacherin, darunter eine kleine Vase mit Blumen. Vom verstorbenen Wimbacher ist kein Foto zu sehen.

„Es wird auch nie ein Bild von ihm dort hängen", sagt der junge Bauer, als er Angelas fragenden Blick bemerkt.

Angela betrachtet während des Kaffeetrinkens die Kinder, eines nach dem andern. Die beiden jüngeren sehen ihrer Mutter gleich, sie sind dunkel, vollbackig, mit lustigen Augen. Nur der Franzl hat das weizenblonde Haar seines Vaters und seine blauen Augen, genau so wie der Gast. Angela erinnert sich an ein Bild aus ihren Kinderjahren und denkt bei sich, daß sie dieses Foto niemals diesem Buben zeigen dürfte, denn dann würde er meinen, er sähe sein eigenes Bild.

Viel später, als der Michel und das Annerl längst wieder draußen umeinandertollen, und der Franzl seine Schulhefte herauskramt, sagt Angela:

„Franzl, komm einmal zu mir her." Folgsam stellt der Bub sich vor sie hin. Sein Blick ist offen und frei. Angela nimmt sein Gesicht in ihre beiden Hände. „Nun sag einmal, Franzl, ich hab gehört, daß du später nicht Bauer sein möchtest hier?"

„Nein!" Das kommt fast trotzig heraus.

„Aber was willst du denn dann werden?"

Einen Augenblick besinnt sich der Franzl, bis er sagt: „Pfarrer auf keinen Fall. Es gibt so viel anderes."

„Ja, zum Beispiel einen Wirtschaftsfachmann. Da brauchst du aber zuerst Abitur und dann eine bestimmte Anzahl von Semestern in Betriebswirtschaft. Als Betriebswirt steht dir heute die ganze Welt offen. Da kannst du dein gutes Einkommen finden. Zum Beispiel in meinem Betrieb."

„Das wäre ja großartig", fällt die junge Bäuerin gleich ein. Ambros schweigt zuerst. Er hat nur die Stirn voller nachdenklicher Falten. Dann sagt er:

„Das kommt auf den Buben an. Zwingen sollte man ihn zu gar nichts."

„Nein, das nicht. Er soll sich ganz frei entscheiden. Vielleicht kommst du einmal zu mir und schaust dir den Betrieb an?"

Immer noch hält sie seine Wangen umschlossen und hätte ihn am liebsten an sich gedrückt. Diese Hände sind so weich und warm, denkt der Franzl, und schaut immerzu in die blauen Augen hinein. Dann schließt er ganz kurz seine Augen, und das sieht so aus, als gäbe er damit eine Erklärung ab, daß er mit ihrem Vorschlag einverstanden sei.

Die Bäuerin sagt, daß sie jetzt in den Stall gehen müsse und bittet Angela, daß sie doch noch zum Abendessen dableiben möge. Aber Angela schüttelt den Kopf.

„Ich glaube kaum, es wird schon spät."

Sie bleibt aber dann doch noch. Der Bub geht ihr nicht mehr von der Seite, und es wird schon Nacht, als Angela endlich wegkommt.

Es ergibt sich, daß Ambros und Angela noch draußen vor dem Wagen stehen. Angela hat bereits die Autoschlüssel aus der Handtasche genommen.

„Ich bin so froh, Ambros, daß ich nun doch die Fahrt hierher gewagt habe."

„Ich kann dir gar net sagen, Angela, wie mich das freut."

Angela steigt in den Wagen und steckt den Zündschlüssel ein. Dann beugt sie sich nochmals heraus.

„Mir ist es bitter ernst mit dem, was ich gesagt habe. Den Franzl nähme ich gern zu mir. Ich würde ihm das Studium bezahlen und – wer weiß, Ambros – denk darüber nach – ich würde ihn sofort adoptieren. Schau, ich habe keine Kinder, und der Franzl, der sieht halt dir so ähnlich und . . ."

Sie verstummt plötzlich, ihr Kopf sinkt gegen die Windschutzscheibe vor, es geht nicht mehr anders, sie muß weinen. Und dem Wimbacher ist nicht viel anders zumute. Aber es dauert nicht lange. Ambros hat sich zu ihr niedergebeugt, und sie schlingt ihre Arme um seinen Hals. Sie küssen sich, ohne Angst zu haben, daß ihnen zugeschaut wird. Vielleicht ist es das letzte Mal.

„Ach, Angela", seufzt er.

„Ach, Ambros", lächelt sie. „Wir beide, nicht wahr? Leb wohl, Ambros, und – gib mir bitte, bitte, deinen Buben."

Dann fährt sie davon mit aufgeblendeten Scheinwerfern.

Es ist wirklich Nacht geworden inzwischen. Sie fährt unter einem Himmel, der voller Sterne steht. In ihrem Herzen ist ein unendlicher Friede, und es ist ihr gerade, als ob Gottes segnende Hand zwischen zwei Sternbildern auf sie herunterdeute, um ihr zu sagen:

‚Nun soll auch dein Herz endlich wieder ganz ruhig sein. Sei ohne Sorge, Angela Röhrl. Dein Leben wird einen neuen Sinn bekommen, man wird dir diesen Franzl in deine Hände geben, du wirst ihn adoptieren, und er wird einmal Sohn und Erbe all deines Werkelns und Mühens sein.'

Als sie daheim ankommt, ist inzwischen der Mond hochgestiegen. Sein Licht liegt verschwenderisch über den Dächern. Er scheint auch durch die Fenster ihres Schlafgemaches, und Angela Röhrl träumt in dieser Nacht einen stillen, wunderschönen Traum.

*   *

*